# MI DESTINO

## MI TORMENTO: LIBRO 3

### ANNA ZAIRES

♠ MOZAIKA PUBLICATIONS ♠

Copyright © 2020 Anna Zaires
www.annazaires.com/book-series/espanol/

Publicado por Mozaika Publications, de Mozaika LLC.
www.mozaikallc.com

Traducción de Scheherezade Surià

Diseño de cuberta de Najla Qamber Designs
najlaqamberdesigns.com

ISBN: 978-1-63142-605-6

Print ISBN: 978-1-63142-606-3

# PARTE I

S*ara*

UNOS LABIOS CÁLIDOS ME PRESIONAN LA MEJILLA CON UN beso tierno y suave, incluso a pesar de que la barba incipiente de un día me raspa la mandíbula.

—Despierta, *ptichka* —me murmura una voz familiar con un ligero acento en el oído mientras mascullo una protesta soñolienta y me acurruco aún más en torno a la almohada—. Es hora de irnos.

—Mmm. —Mantengo los ojos cerrados, reacia a alejarme del sueño. Por una vez era agradable. Incluía un lago en un día soleado, un par de perros divirtiéndose y Peter jugando al ajedrez con mi padre. Los detalles comienzan a desvanecerse de mi mente, pero los sentimientos de satisfacción y euforia permanecen, incluso cuando la realidad, junto a la consciencia amarga de la imposibilidad de esa fantasía, empieza a hacerse paso.

—Vamos, mi amor. —Me deposita un beso tierno en el lóbulo de la oreja, provocándome un escalofrío de placer—. El avión nos está esperando. Puedes dormir de camino a casa.

Los residuos del sueño desaparecen y me giro sobre la espalda mientras reprimo una mueca ante el dolor persistente en el hombro izquierdo. Abro los ojos y me encuentro con la mirada cálida y plateada de mi captor. Está inclinado sobre mí con una sonrisa tierna en los labios esculpidos y, por un segundo, la satisfacción eufórica se intensifica.

Estamos vivos. Está aquí conmigo. Puedo tocarlo, besarlo, sentirlo. Tiene el rostro más delgado, demacrado por el estrés y la falta de sueño, pero la pérdida de peso aumenta la férrea belleza masculina, agudizando la pendiente de esos pómulos exóticos y angulados y resaltando la línea dura de la mandíbula.

Este asesino enamorado de mí es perfecto.

El homicida de mi marido, el que nunca me dejará libre.

Se me encoge el pecho, la alegría se tiñe de una sensación conocida de culpa y odio hacia mí misma. Quizás algún día deje de encontrarme en esta encrucijada, deje de sufrir el malestar de necesitar al hombre que me mira como si fuera su mundo, pero, por ahora, no puedo olvidarme de quién es y de lo que ha hecho.

No consigo ignorar la vergüenza de saber que me

estoy enamorando de mi torturador.

La sonrisa de Peter se desvanece y noto que se ha percatado de mis pensamientos, de la culpabilidad y la tensión que refleja mi rostro. Durante las últimas dos semanas, desde que desperté en la clínica, he estado evitando pensar en el futuro y en lo que provocó el accidente. Necesitaba demasiado a Peter como para alejarlo de mí y él también me necesitaba. No obstante, esta mañana, cuando volvamos al refugio de Japón, no podré seguir metiendo la cabeza bajo tierra.

No podré fingir que el hombre al que me he aferrado como si fuera un salvavidas no tiene intenciones de mantenerme cautiva para siempre.

—No lo hagas, Sara —dice con voz profunda y suave, aunque la plata cálida de la mirada se le enfría hasta convertirse en acero helado—. No sigas por ahí.

Parpadeo y dulcifico la expresión. Tiene razón: ahora no es el momento. Me incorporo sobre el codo derecho y comento en tono neutro:

—Debería vestirme. Si me lo permites...

Se incorpora y me deja espacio para sentarme. Agradecida por llevar la bata del hospital, me escabullo de la cama y me apresuro hacia el baño antes de que cambie de opinión y decida, a pesar de todo, tratar el tema. Tenemos que hablar sobre lo que ocurrió (de hecho, hace tiempo que debíamos habernos enfrentado a eso), pero aún no estoy preparada. Durante las dos semanas últimas, hemos intimado más que nunca y no quiero estropearlo.

No quiero volver al momento en el que veía a Peter

como a un adversario.

Mientras me lavo los dientes, observo la cicatriz diagonal de la frente, donde un fragmento de cristal me produjo una larga brecha. Los cirujanos plásticos de la clínica han hecho un buen trabajo arreglando lo que se habría transformado en una deformación y, sin los puntos, la cicatriz parece menos agresiva. En pocas semanas, se convertirá en una fina línea blanca y, en un par de años, apenas se notará, igual que los moretones descoloridos de la cara.

Cuando el hijo que Peter quiere obligarme a tener sea lo bastante mayor para darse cuenta y preguntar, no debería quedar ninguna huella del desastroso intento de huida.

Respiro hondo ante ese pensamiento y presiono la mano contra el estómago mientras cuento los días con un temor creciente. Han pasado dos semanas y media desde que practicamos sexo sin protección durante mi período potencialmente fértil, lo que significa que debería haberme bajado la regla hace unos días. Entre las operaciones y los fármacos, no he prestado demasiada atención al calendario, pero ahora que he hecho los cálculos, me he dado cuenta de que tengo un retraso. Aunque no es lo bastante tarde como para ponerme paranoica, sí lo es para preocuparme de verdad. Quizás esté embarazada.

Siento el impulso de correr hacia la enfermera que se encuentre más cerca y pedirle que me haga un análisis de sangre. Estoy segura de que me hicieron la prueba de embarazo hace dos semanas, cuando me trajeron a la clínica tras el accidente, pero las primeras muestras de hCG en sangre aparecen de siete a doce días después de la concepción. Sin duda, di negativo y no han encontrado razones para hacerme la prueba otra vez. Ninguna excepto que ahora tengo un retraso.

Me detengo cuando estoy a punto de girar el pomo de la puerta. En cuanto me haga un análisis de sangre, Peter lo sabrá. Tendrá acceso a los resultados antes que yo y algo en mi interior retrocede ante ese pensamiento. Hasta el momento, no tengo elección ni control sobre nuestra relación y necesito sentir que, al menos en este caso, sí los tengo.

Si un niño va a crecer dentro de mí, quiero decidir cuándo anunciar la noticia.

Es una decisión irracional, lo sé. Peter no es tonto. También puede contar los días y, si todavía no se ha dado cuenta de que tengo un retraso, lo hará pronto y sabrá que ha ganado. Por suerte o por desgracia, estaremos unidos por un conjunto de células que quizás ya esté creciendo en mi interior, por el hijo de un asesino perseguido por las autoridades de todo el mundo y del objeto cautivo de su obsesión.

Siento una presión palpitante en el ojo izquierdo y un dolor repentino e implacable de cabeza. No puedo seguir evitando pensar en el futuro, no puedo permitirme vivir el día a día y cruzar los dedos esperando que pase lo mejor.

Tengo que proteger a este bebé y no sé cómo hacerlo.

No puedo escaparme y Peter nunca me dejará libre.

 eter .

S<small>ARA ESTÁ EXTRAÑAMENTE CALLADA CUANDO SALIMOS DE</small>
la clínica y siento fríos los dedos esbeltos bajo mi
sujeción. Sé que ha vuelto a tener dudas sobre
nosotros, que esa mente hiperactiva le está mostrando
todas las razones por la que lo nuestro está mal y no va
a funcionar.

Ojalá pudiera reconfortarla, explicarle el nuevo
plan y decirle que solo necesita tener paciencia, pero
no quiero hacer promesas que quizás no pueda
cumplir. Hay tantos niveles en esa estrategia, tantas
variables, que las posibilidades de fracaso son mucho
mayores que las de éxito.

Si acepto la oferta de un millón de euros de Danilo
Novak para acabar con Julian Esguerra, mi equipo y yo

nos estaríamos enfrentando al hombre más peligroso que conozco.

En otras circunstancias, ni siquiera sopesaría la idea. Esguerra juró que me mataría por poner en peligro a su esposa para rescatarle, pero, antes de eso, pasé un año trabajando con él como asesor de seguridad para conseguir la lista de personas involucradas en la masacre de mi familia. Conozco al traficante de armas colombiano, sé lo violento y cruel que es. Su organización, sin ayuda ninguna, acabó con uno de los grupos terroristas más letales de la historia y les ha hecho cosas horribles, atroces, a otros enemigos. Con su enorme fortuna y contactos en los gobiernos de todo el mundo, Esguerra roza la invulnerabilidad. Sus instalaciones en la selva amazónica son el equivalente a un fuerte militar. Por eso Novak nos está ofreciendo tanto dinero: porque nadie en su sano juicio se enfrentaría a alguien tan poderoso y despiadado.

La única razón por la que estoy pensando en embarcarme en ese plan es Sara.

Tengo que compensarla por el accidente que casi la mata.

Tengo que hacer todo lo que esté en mi mano para darle la vida que merece.

Anton ya está en el avión cuando los gemelos y yo llegamos con Sara. En cuanto la coloco en la seguridad de su asiento, despegamos. Tardaremos catorce horas en llegar a Japón, por lo que, una vez que estamos en el aire, le quito las zapatillas y le arropo los pies con una manta para que esté lo bastante cómoda como para echarse una siesta.

No he dormido mucho desde el accidente, pero quiero que ella descanse y se recupere.

Me mira con ojos sombríos color avellana cuando cojo el portátil y le pregunto:

—¿Tienes hambre, mi amor?

Desayunamos antes de irnos de la clínica, pero apenas comió, por lo que he traído varios sándwiches para el vuelo.

Niega con la cabeza.

—Estoy bien, gracias. —Su voz es melodiosa y un poco grave. Siempre he pensado que es como la de una cantante. Quiero escucharla durante toda la eternidad, ya sea hablando o enloqueciendo con una de las canciones pop que le gustan. Sin embargo, lo que más deseo es escucharla canturreándole una nana a nuestro bebé para que el niño sepa que está a salvo y se sienta querido.

Me obligo a alejar esa imagen tan atrayente. No puedo pensar en crear una familia con Sara ahora… no cuando me espera una tarea tan peligrosa.

Es mejor que no esté embarazada y, hasta que no superemos este obstáculo, me aseguraré de que siga así.

eter

—¿QUE HICISTE QUÉ?

Anton me mira como si hubiera perdido la cabeza y la mandíbula escondida bajo la barba revela sorpresa. Como yo, los chicos se han despertado temprano a pesar de que anoche llegamos tarde, por lo que he pensado en informarles sobre nuestra próxima misión antes de que Sara se despierte.

—He programado una reunión con Novak —repito mientras rompo un huevo y lo añado al bol antes de verter un poco de leche—. Iremos a Belgrado a mediados de diciembre. El capullo serbio está demasiado paranoico, dice que solo nos explicará los detalles sobre no sé qué activos que tiene en la organización de Esguerra en persona, ni por correo ni por teléfono.

Yan se inclina sobre una encimera cercana con una divertida expresión gélida en los ojos verdes mientras cruza las piernas a la altura de los tobillos.

—¿Por qué a mediados de diciembre? Estamos a principios de noviembre.

Me encojo de hombros.

—No tenemos prisa. Y él tampoco. —Lo segundo no es verdad. Novak quería que nos reuniéramos la semana que viene, pero lo he aplazado para el mes siguiente porque, cuando pongamos las cosas en marcha, no podremos parar y aún no estoy listo.

Quiero, bueno, necesito pasar tiempo con Sara antes de embarcarme en esta misión. Además, nuestros piratas informáticos están pisándole los talones a Wally Henderson y quizás descubran otra pista pronto. Es el último nombre en la lista y, de lejos, el más esquivo. También es el general a cargo de la operación en Daryevo, lo que le convierte en el mayor responsable de la masacre de mi mujer y mi hijo. Si no fuera por el accidente de Sara, lo habríamos capturado en Nueva Zelanda cuando la imagen de su mujer se filtró en Instagram, subida por el propietario de una bodega, ajeno al problema y orgulloso de su clientela. Como era de prever, sin embargo, tras desviarnos hacia la clínica suiza y recomponerme lo bastante como para enviar a mis hombres a capturar a Henderson, este ya había llevado a cabo su truco de invisibilidad de nuevo. Pero esta vez, con su rastro tan reciente, nuestros *hackers* tienen una idea más clara de dónde buscar.

Vamos a encontrar a Walter Henderson y, cuando lo hagamos, voy a arrancarle las extremidades una a una a ese *sookin syn*.

Ilya frunce el ceño y las calaveras tatuadas le brillan bajo la luz matinal cuando se sienta en un taburete.

—¿Estás seguro, tío? Cien millones de euros son suculentos, pero estamos hablando de Esguerra. Kent va a estar involucrado y…

—Que le jodan. —Rompo otro huevo con tanta fuerza que mancha un lateral del bol—. El cabrón se lo merece después de cagarla con Sara.

—Pero ¿Esguerra? —dice Anton tras recuperarse de la sorpresa—. Ese hombre tiene un pequeño ejército a sus órdenes y las instalaciones en la selva… Tú mismo has dicho que eran impenetrables. ¿Cómo cojones vamos a…?

—Por eso tenemos que reunirnos con Novak, para descubrir el as que tiene en la manga. —Estoy empezando a perder la paciencia—. No soy un puto suicida. Solo lo haremos si tenemos probabilidades de seguir vivos.

—¿En serio? —Yan cruza la cocina y se sienta en un taburete junto a su hermano—. ¿Estás seguro? Porque Sara salió herida estando bajo la vigilancia de Kent.

Su voz desprende una suavidad aterciopelada, pero reconozco el desafío cuando lo escucho.

Con expresión calmada, camino hacia el fregadero y me lavo los restos de huevo crudo de las manos.

Anton, que me conoce mejor, da un paso atrás por prudencia, pero los gemelos Ivanov no se mueven de sus asientos, observándome a través de esos idénticos ojos verdes cuando, con tranquilidad, doy la vuelta en torno a la encimera y me acerco a Yan.

—Entonces, ¿piensas que me estoy dejando guiar por la polla? —La suavidad en mi voz imita a la suya—. ¿Crees que estoy dispuesto a dejar que nos maten para castigar a Kent por permitir el accidente de Sara?

Yan gira el taburete para ponerse frente a mí.

—No lo sé. —Su expresión desprende cierta diversión, pero tiene los ojos fríos y penetrantes—. ¿Lo estás?

Curvo los labios en una sonrisa sombría mientras cierro el puño derecho en torno a la navaja que llevo en el bolsillo.

—Y, si lo estuviera, ¿qué?

Yan me sostiene la mirada durante unos segundos de tensión mientras el aire en la habitación se espesa por el desafío. Yan me cae bien, pero no voy a permitir esta muestra de insubordinación. Sabía lo que firmaba cuando se unió al equipo, era consciente de que, para participar en este nuevo negocio tan lucrativo, debía ayudarme con mis asuntos personales. Ese fue el trato y estoy dispuesto a cumplirlo, incluso si ahora es Sara la que motiva mis acciones, en lugar de mi esposa y mi hijo muertos.

—Yan. —La voz de Ilya es tranquila cuando se pone de pie y coloca una mano enorme en el hombro de su hermano—. Peter sabe lo que está haciendo.

Yan permanece en silencio durante unos segundos. Luego, inclina la cabeza con una sonrisa forzada.

—Sí, claro. Después de todo, él es el jefe del equipo.

Sus palabras son conciliadoras, pero no soy tonto. Tendré que estar muy alerta en esta misión. Yan podría convertirse con facilidad en una complicación.

## 4

*S*ara

Mientras los cinco desayunamos, no puedo evitar notar la tensión que flota en la mesa. No sé si ha ocurrido algo antes de que bajara o si todos están tan afectados por el desfase horario como yo, pero esta mañana no percibo la camaradería relajada que siempre he observado entre Peter y sus hombres.

En lugar de las bromas entre ellos y las anécdotas sobre Rusia que me contaban para entretenerme, los compañeros de Peter devoran la tortilla en silencio y desaparecen a toda velocidad. Anton se sube al helicóptero para ir a por suministros y los gemelos se dirigen hacia el exterior para una sesión de entrenamiento en el bosque.

—¿Qué ha pasado? —le pregunto a Peter cuando

nos quedamos a solas en la cocina—. ¿Os habéis peleado o algo así?

—Algo así. —Se levanta para recoger los platos vacíos—. Digamos que no todos están de acuerdo con el plan de acción que he elegido.

—¿Qué plan de acción?

—Estoy pensando en aceptar otra oferta de trabajo, una especialmente lucrativa.

Frunzo el ceño y me levanto para ayudarle a introducir los platos en el lavavajillas.

—¿Es peligrosa?

Sonríe sin entusiasmo.

—Nuestra vida es peligrosa, *ptichka*. El trabajo es solo una parte de ella.

—Entonces, ¿por qué se quejan los chicos? —Bajo el plato que estaba enjuagando y miro a Peter mientras se seca las manos con un trapo—. ¿Es, de alguna manera, peor que vuestras misiones habituales al estilo *Misión imposible*?

Se le enternece la mirada plateada ante el tono angustiado.

—No hay nada por lo que te tengas que preocupar, mi amor. Al menos, no por ahora. No nos vamos a reunir con ese cliente potencial hasta mediados de diciembre y en esa asamblea decidiremos si aceptamos el trabajo o no.

—Ah. —La preocupación disminuye en parte, dejando paso a una curiosidad creciente—. ¿Vais a reuniros con ese cliente en persona? —Cuando Peter asiente, pregunto—: ¿Por qué? No es lo normal, ¿no?

—No, pero esta vez vamos a hacer una excepción. —No parece dispuesto a desarrollar sus respuestas, por lo que decido dejarlo estar por el momento. Faltan semanas hasta mediados de diciembre y me lo contará cuando esté preparado, quizás cuando no se haya enfadado con sus compañeros de equipo.

Terminamos de recoger en medio de un silencio agradable y me maravillo de lo natural que parece desayunar con Peter y los chicos, limpiar los platos y hablar sobre el trabajo. No importa que estemos en el pico inaccesible de una montaña en Japón con treinta centímetros de nieve cubriendo el suelo ni que el trabajo en cuestión sea un asesinato cruento. El tiempo que he pasado lejos, los días que estuve en Chipre con los Kent y las dos semanas en la clínica suiza, comienzan a parecer un mal sueño, un parón tenebroso en esta nueva vida, una vida que se está volviendo más cómoda y real con cada día que transcurre en este lugar que empieza a parecerse a un hogar.

Espero sentir la punzada dolorosa del autodesprecio y la culpa, pero solo noto algo similar a una resignación hastiada. Estoy cansada de luchar contra mí misma y contra estos sentimientos confusos, cansada de resistirme y de fingir que el hombre que me mira a través de esos ojos plateados no es nada más que mi captor, que no me aferré a él en la clínica como un bebé koala a su madre. Cuando me he despertado esta mañana, sola en una cama vacía, me han entrado ganas de llorar y no tenía nada que ver con que aún no me haya bajado la regla.

Alejo ese pensamiento antes de volver a enloquecer. Sí, sé que tengo un retraso de varios días, pero hay otras explicaciones posibles para esa demora. Estrés, por ejemplo, tanto físico como emocional. Sin una prueba de embarazo y con la ausencia de síntomas, no hay manera de saber en esta etapa temprana si estoy lidiando con los efectos del accidente o las consecuencias del sexo sin protección. Por ahora, puesto que no estoy preparada para sacarle el tema a Peter, necesito alejarlo de mi mente y cruzar los dedos.

Si estoy embarazada, lo sabremos pronto.

—¿Estás bien? —pregunta Peter juntando las cejas oscuras en un ceño fruncido y me doy cuenta de que, de forma involuntaria, he hecho una mueca, como si me doliera algo.

—Solo un poco afectada por el desfase horario —digo y, para aliviar aún más su preocupación, esbozo una sonrisa inmensa—. Ya sabes, por el vuelo tan largo y todo eso.

—Ah. —Levanta la mano enorme para tocarme con delicadeza la cicatriz de la frente que está en proceso de curación—. Deberías tomarte estos días con calma. Aún no estás recuperada del todo. —Frunce aún más el ceño—. Quizás deberíamos haber permanecido en la clínica más tiempo.

Suelto una carcajada y niego con la cabeza.

—Oh, no. Hemos estado una semana de más. Estoy bien, solo un poco cansada, eso es todo.

—Bien. —No parece convencido y, guiada por un impulso, me pongo de puntillas y beso la línea dura de esa boca sensual.

Es solo un beso breve y juguetón, pero ambos nos tambaleamos como si nos hubieran golpeado. No sé por qué lo he hecho, por qué me ha parecido lo más natural del mundo para tranquilizarlo. No era porque quisiera follar, aunque sí que quiero, ya que no lo hemos hecho desde Chipre y siento el cuerpo anhelando su roce. No, simplemente era lo que quería hacer, lo que me ha parecido apropiado.

Se recupera él primero y una sonrisa lenta y seductora le curva los labios esculpidos cuando estira la mano hacia mí y me desliza un brazo en torno a la cintura para atraerme contra él. Coloca la otra mano alrededor de mi mandíbula y me acaricia la mejilla con el pulgar rugoso.

—Sara... —Su tono es grave y áspero, tan cálido como el brillo en la mirada—. Mi preciosa *ptichka*... Te quiero tanto.

Se me encoge el pecho, sacándome el aire de los pulmones. Me ha dicho que me quería otras veces, pero nunca así... nunca con esta intensidad. Me tiemblan hasta los huesos porque, por vez primera, le creo.

Le creo y quiero devolvérselo.

La idea es como un martillo golpeándome la cabeza. He luchado con tantas fuerzas contra esto, lo he hecho todo para evitar enamorarme de este hombre, para escapar de él. Sin embargo, incluso mientras huía, sabía que no podía alejarme de mí misma, de esta parte oscura que quiere aceptar al asesino de mi marido, rendirse ante la fantasía de una vida feliz junto al homicida que me separó de todos mis seres queridos. He luchado, he huido y, en algún punto del camino, ha ocurrido.

Me he enamorado de él.

Me he enamorado del hombre al que debería odiar, al monstruo cuyo hijo puede que lleve en el vientre.

Me sostiene la mirada y, en sus ojos, veo la misma nostalgia fiera que he estado intentando con tantas fuerzas reprimir. Este captor letal me necesita, me necesita tanto que está dispuesto a darlo todo por mí. Y, por alguna razón, ese pensamiento ya no me aterroriza tanto como antes.

No sé si me ha leído el pensamiento o si la abstinencia de las últimas dos semanas y media han sido tan duras para Peter como para mí, pero el fuego que le brilla en la mirada se intensifica y el brazo poderoso en torno a la cintura me aprieta, atrayéndome contra su cuerpo.

Ese cuerpo duro y totalmente excitado.

Mi propio cuerpo se tensa, movido por una lujuria vacía y repentina mientras le presiono las manos contra el pecho musculoso. Le deseo, al igual que todas esas noches en la clínica mientras dormía entre sus brazos. Se negó a tocarme entonces, preocupado por las heridas, pero ya no me duele nada, al menos nada relacionado con ellas.

Inclina la cabeza y le doy la bienvenida a ese beso rudo y voraz. Esto es exactamente lo que deseo: que me posea, conocer la violencia de su pasión. Ya no me trata con delicadeza y no quiero que lo haga. Lo quiero así: duro y casi sin control, que me consuma con su necesidad, que me queme con esa hambre abrumadora.

En algún momento, le enredo las manos en el pelo oscuro, aferrándome a los mechones gruesos y sedosos mientras le devuelvo el beso con la misma brutalidad. Nuestras lenguas se desafían mientras los cuerpos forcejean a través de las capas de ropa. Jadeo, igual que él, cuando me empuja contra la esquina de la encimera y me sube encima de ella, deshaciéndose de los pantalones de yoga y del tanga con un único tirón brusco. Luego, se baja la cremallera y empuja la polla gruesa contra mí. Grito ante la embestida brutal. Si no estuviera tan húmeda, me habría destrozado, pero estoy mojada por la necesidad y, cuando empieza a moverse dentro de mí, le rodeo las caderas con las piernas, aceptándolo, disfrutando de todo lo que tiene que ofrecer.

No pasa mucho tiempo antes de que se me tense el cuerpo y dé vueltas a un ritmo vertiginoso alrededor del clímax. Comienza a embestirme a más velocidad, a un compás tan salvaje que nos conduce hacia la locura.

—Oh, joder —gruñe, echando la cabeza hacia atrás cuando le sobreviene el orgasmo y yo grito, temblando por el placer agonizante, a la vez que los músculos internos presionan contra la polla palpitante. El semen caliente me baña por dentro y se me contrae el cuerpo una y otra vez en una liberación que dura una eternidad.

Sin embargo, al final acaba y percibo la piedra firme de la encimera de cuarzo liso bajo la espalda y el peso abrumador de Peter sobre mí. Ambos respiramos con dificultad y, a pesar de la camisa, siento el sudor que le cubre la espalda.

Acabamos de follar en la encimera de la cocina, donde cualquiera podría habernos pillado.

Lo hemos hecho como animales, como si hubieran pasado años desde el último polvo en lugar de semanas.

Una risa nerviosa se me escapa de la garganta al mismo tiempo que Peter maldice en voz baja y se separa de mí. La expresión sombría de su rostro mientras se sube la cremallera de los pantalones me hace reír todavía más. Reprimiendo una risa histérica, me deslizo de la encimera con piernas temblorosas y localizo las mallas y el tanga bajo el lavavajillas.

Estoy desnuda de cintura para abajo.

Tenía el culo desnudo pegado a la encimera de la cocina, como un pavo esperando a que lo rellenen.

La histeria alcanza un nuevo nivel y me inclino hacia delante, riendo con tantas ganas que se me saltan las lágrimas. Peter me mira como si me hubiera vuelto loca, lo que empeora la situación porque sé la pinta que debo tener, con el culo al aire y aullando como una demente.

Tras unos minutos, me calmo lo suficiente para recoger la ropa, pero Peter me agarra de los hombros antes de que pueda agacharme. El ceño fruncido me produce nuevas carcajadas histéricas.

—Vas a… Vas a tener que desinfectarlo —suelto

entre estallidos incontrolados de risa—. Ya que... Ya que cocinas aquí y eso...

Me estoy riendo demasiado como para hablar, pero debe haberlo entendido porque una diversión reticente le brilla en los ojos y le curva los labios. Y, después, también él se echa a reír porque sigue habiendo platos sucios por todas partes, acabamos de follar donde cualquiera podría habernos visto y el semen se me desliza por los muslos hasta las baldosas limpias del suelo.

Al final, nos calmamos y recupero las mallas y la ropa interior bajo el lavavajillas. Me duele la garganta y el abdomen de reírme, pero me siento purificada, vacía de toda la amargura y el resentimiento. La expresión de Peter, sin embargo, se oscurece una vez más y, cuando se dirige hacia la ducha, en el piso superior, le pregunto:

—¿Qué pasa?

Al principio no responde, ocupado en girar el grifo y desvestirnos a los dos al llegar al baño. Espero, paciente, y, cuando nos colocamos bajo el chorro de agua y comienza a lavarme la espalda, dice por fin:

—¿Te he hecho daño?

Parpadeo y me giro para mirarle. ¿Es eso lo que le preocupa? ¿Que haya sido demasiado brusco? Me sigue doliendo el hombro izquierdo al habérmelo dislocado en el accidente, pero estoy bastante segura de que el sexo enérgico no me ha hecho daño.

—No, claro que no. Te lo he dicho. Estoy perfectamente.

Me mira poco convencido. Luego, suspira y me atrae contra él para abrazarme. Cierro los ojos para evitar que me entre el agua en ellos y le envuelvo el torso duro y musculoso con los brazos. Permanecemos ahí, de pie, sujetándonos sin palabras y siento que, dentro de lo malo, todo va bien.

Siento que pertenecemos el uno al otro, que estábamos predestinados.

eter

A LA MAÑANA SIGUIENTE, ME DESPIERTO ANTES QUE SARA y, como se ha convertido en costumbre en los últimos tiempos, la observo durante unos minutos mientras duerme. Después, me obligo a salir de la cama.

No sé si solo fue una ilusión, pero ayer me pareció distinto. Sentí como si la tregua provisional que establecimos en la clínica continuara. Normalmente, después del sexo, notaba que Sara se revolvía para reconstruir su fortaleza entre recriminaciones desagradables a sí misma, pero ayer no. Ayer no percibí ese conflicto interno y, tras asegurarme de que no le había hecho daño, dejé de martirizarme por la falta de control y por olvidarme de nuevo del condón a pesar de la resolución de no hacerlo.

Llegado a este punto, llenar a Sara con semen es algo instintivo y dichos instintos se niegan a entender las razones por las que necesito esperar a que la situación con Esguerra se resuelva.

En cualquier caso, no creo que lo de ayer suponga ningún peligro. Sara debe estar cerca del final del ciclo, dado el momento en el que tuvo la última regla. ¿Cuándo fue exactamente? ¿Hace tres o cuatro semanas? El reflejo del espejo del baño frunce el ceño mientras me deshago de los restos de la espuma de afeitar y bajo la cuchilla. No, eso no es posible. Hemos estado fuera casi tres semanas y, antes de eso, no había sangrado desde hacía…

Un golpe en la puerta interrumpe los cálculos.

—¿Peter? —La voz de Sara semidormida y ronca tiene un tono extraño y tenso—. Yan quiere hablar contigo. —¡Joder! Me paso la toalla por la cara para deshacerme de los rastros de espuma que puedan quedar en la piel y salgo del baño. Sara está de pie junto a la cama, envuelta en una bata gruesa que debe haberse puesto para abrirle la puerta a Yan—. Dice que bajes en cuanto puedas —comenta con el ceño fruncido dividiéndole la frente—. Es urgente.

Asiento, poniéndome unos vaqueros. Suponía que así era porque mis hombres no suelen llamar a la puerta de nuestra habitación. Algo ha debido de pasar, pero, por más que lo pienso, no sé qué puede ser. No hay posibilidades de que las autoridades ni ninguno de los enemigos nos hayan seguido hasta aquí y esa sería la única emergencia que se me ocurre para mostrar tanta urgencia.

—Vístete —le digo a Sara mientras me dirijo hacia la puerta—. Por si tuviéramos que irnos rápido.

Abre los ojos al comprenderme y se apresura a cubrirse con ropa, al mismo tiempo que bajo por las escaleras a toda velocidad.

Mis otros dos compañeros ya están allí, apiñados en torno a Yan, que observa la pantalla del portátil. Anton está escribiendo algo en el teléfono.

—¿Qué ocurre? —pregunto con brusquedad y los gemelos se giran para mirarme con caras sombrías.

—Sara sigue arriba, ¿verdad? —dice Yan, lanzando una mirada indescriptible a las escaleras. Asiento, disminuyendo la distancia entre nosotros con largas zancadas.

—¿Qué pasa?

—Mira —responde y gira la pantalla hacia mí.

Lo primero que veo es la conocida cocina antigua y acogedora de los padres de Sara, con electrodomésticos manidos y el alféizar repleto de macetas con plantas. El anciano padre de Sara, vestido con una bata, arrastra los pies por la cocina con un andador antes de echarse café y sacar un yogur de la nevera. Está a punto de llegar a la mesa con el desayuno cuando la melodía de un móvil interrumpe lo que debería haber sido una mañana tranquila.

Charles «Chuck» Weisman deja con cuidado la taza de café en la encimera y se lleva la mano al bolsillo para coger el móvil.

—¿Lorna? —pregunta con voz fuerte y firme a pesar de su edad—. ¿Te has olvidado de mirar...? —Se queda de repente en silencio e, incluso en la imagen granulada, veo que palidece. Abre y cierra la boca, sorprendido y sin palabras.

Tantea el aire de forma convulsa con la mano libre, pero no encuentra el manillar del andador y contengo el aliento cuando se tambalea. Para mi alivio, consigue agarrarse al borde de la encimera. Con lo delicado que está el padre de Sara, la caída podría haberle matado.

«¿Dónde?» es todo lo que pregunta tras un minuto de escucha tensa. Después, desliza el móvil en el bolsillo y se queda de pie durante unos instantes, con la barbilla temblorosa, antes de recomponerse y caminar con esfuerzo hacia el cuarto para vestirse.

—La grabación es de hace unas diez horas —comenta Yan cuando levanto la vista de la pantalla, dispuesto a dispararle con preguntas frenéticas—. Acabamos de escuchar el audio completo de la llamada. Parece ser que la madre de Sara tuvo un accidente de coche, uno grave. No están seguros de si sobrevivirá. Los piratas informáticos están accediendo a los registros del hospital mientras hablamos, pero en urgencias los doctores son muy lentos añadiendo sus apuntes al sistema. La buena noticia es que el padre de Sara sigue en el hospital o, al menos, no ha vuelto a casa.

—Acabo de hablar con nuestros contactos americanos —dice Anton, dejando el móvil a un lado—. Van de camino al hospital, por lo que tendremos noticias sobre su estado dentro de poco. Les he pedido que sean muy cuidadosos. Seguro que los federales estarán controlando la zona por si Sara aparece.

¡Joder! Cierro los ojos y me masajeo las sienes para paliar el dolor de cabeza incipiente. La peor pesadilla de Sara hecha realidad: que uno de sus padres sufra un percance mientras no está. Siempre ha temido por su padre, por los problemas de corazón, pero esta vez ha sido su madre, bastante juvenil y saludable para sus setenta y ocho años. Sara quedará devastada y todo lo que nuestra relación ha progresado en estas semanas se irá a la mierda.

Nunca me perdonará por mantenerla lejos del lecho de muerte de su madre. Creará otra grieta entre nosotros, una incluso más difícil de superar que la de la muerte de su marido.

Abro los ojos mientras un dolor retorcido y debilitante se me instala en la parta baja del vientre. Los hombres me miran con una mezcla de curiosidad y pena y sé que me entienden. Han llegado a conocer a Sara estos últimos meses y les gusta. Se han dado cuenta de lo unida que está a sus ancianos padres, cómo pregunta por ellos todos los días y cómo ha visto, diligente, los vídeos que le enseñábamos.

Saben que esto la destruirá.

Se culpará a sí misma tanto como a mí.

—Pásame la información que consigan los americanos —ordeno con voz grave y me dirijo escaleras arriba.

Tengo que parar a Sara antes de que baje.

No puede enterarse de esto hasta que sepamos algo seguro.

*ara*

R<small>EALIZO MI RUTINA MATINAL A TODA VELOCIDAD</small>, ME DOY una ducha y me lavo los dientes en menos de cinco minutos. Tres minutos después, estoy vestida y me pregunto qué hacer. ¿Debería bajar las escaleras para averiguar qué está ocurriendo? ¿O debería arreglar el equipaje por si nos tenemos que marchar de repente?

El pragmatismo gana a la curiosidad, por lo que busco una mochila en el armario y comienzo a llenarla de todo lo necesario: tres pares de ropa interior limpia, calcetines, vaqueros, camisas, sudaderas... tanto para mí como para Peter. Estoy segura de que él y sus hombres pueden comprar ropa nueva si lo dejamos todo y huimos hacia un refugio distinto, pero tener prendas que ponernos durante unos días nos será útil para que su adquisición no sea urgente. Aún recuerdo el vuelo que nos trajo aquí, cuando lo único que tenía era la manta en la que Peter me envolvió para capturarme y la ropa enorme de hombre.

Si puedo evitar ir de aquí para allá vestida con los pantalones de chándal de Peter, lo haré con gusto.

Una vez que he resuelto el tema de la ropa, me dirijo hacia los artículos de higiene personal. Introduzco los cepillos y una pasta de dientes en una bolsa de plástico hermética que encuentro bajo el lavabo. Cuando la cierro, tras meter también la cuchilla de Peter y un bote pequeño de crema hidratante, me sorprende la tranquilidad con la que me estoy tomando todo esto. Me sudan las manos y se me ha acelerado el corazón, pero no estoy más estresada que si estuviéramos llegando tarde a coger un avión. Supongo que, en el fondo, esperaba que algo así ocurriera. Por muy preparados que estén Peter y sus hombres para evadir a las autoridades, estaba claro que tarde o temprano nos encontrarían. Si no era el FBI o la Interpol, sería algún criminal buscando venganza por uno de sus objetivos.

Incluso los narcotraficantes y los banqueros corruptos tienen a alguien que los quiere.

Vuelvo hacia la habitación para hacerme con un cinturón para los vaqueros de Peter cuando este entra con expresión sombría.

—¿Qué ha ocurrido? —Dejo caer la mochila sobre la cama y corro hacia él—. ¿Tenemos que…?

Me sujeta la cara entre las manos ásperas y presiona

los labios contra los míos en un beso brusco, violento y lujurioso. No hemos hecho el amor desde nuestro encuentro en la cocina (después, caí rendida por el desfase horario y Peter me dejó dormir) y puedo notar el deseo reprimido en el beso, el fuego oscuro que nos abrasa a los dos.

Me empuja hacia la cama y se deshace de mi ropa y de la suya antes de que, sin preliminares, me penetre, llenándome con su grosor y golpeándome con un calor implacable. Grito por la sorpresa, pero no se detiene ni disminuye el ritmo. Le brillan los ojos con fiereza mientras me sube los brazos por encima de la cabeza y me encadena las muñecas con las manos. Entonces, me percato de que esta vez hay algo más que lujuria guiándole, algo salvaje y desesperante.

La respuesta de mi cuerpo es rápida y espontánea, como el fuego ante el aceite. Durante un instante, aprieto los dientes ante la fuerza despiada de las embestidas y, al siguiente, me precipito hacia el abismo y grito mientras salto hacia un éxtasis salvaje. No siento alivio con ese orgasmo, solo una disminución de esa tensión imposible, pero ni siquiera eso dura. El segundo clímax, tan violento como el primero, le pisa los talones y grito con espasmos agonizantes, el placer me devasta mientras entra dentro de mí, una y otra vez, cabalgándome hasta la culminación y más allá.

No sé durante cuánto tiempo me folla de esta manera, pero, cuando se corre, regándome el interior con el semen ardiente, siento la garganta en carne viva por los gritos y he perdido la cuenta de los orgasmos que ha provocado en este cuerpo maltrecho. Le brillan los músculos recios del pecho por el sudor cuando sale de mí y permanezco ahí, tumbada, jadeante, demasiado aturdida y agotada como para moverme.

Se marcha antes de volver unos segundos después con una toalla mojada, que utiliza para limpiarme con pequeños toques la humedad entre las piernas.

—Sara… —Su tono es rudo, grave por la emoción, mientras se inclina sobre mí para retirarme un mechón de pelo de la frente empapada en sudor—. *Ptichka*, yo…

Un golpe fuerte en la puerta nos sobresalta.

—Peter. —Es Yan con la voz tan intensa como esta mañana—. Tienes que escuchar esto. Ahora.

Maldiciendo en voz baja, Peter se levanta de la cama, encuentra los vaqueros olvidados entre el montón de prendas del suelo y se los pone sin preocuparse de la ropa interior. La mirada que me dedica por encima del hombro muestra fiereza, casi enfado, pero no dice nada cuando se marcha de la habitación con grandes zancadas.

Me siento, esbozando una mueca por el dolor entre los muslos, y me obligo a levantarme para tomar otra ducha rápida antes de vestirme de nuevo.

No tengo ni idea de qué está ocurriendo, pero tengo un presentimiento horrible.

## 7

*P*eter

Prueba de la seriedad de la situación es que no encuentre ninguna sonrisa pícara cuando entro en la cocina descalzo, con el torso desnudo y el olor del sexo a mi alrededor como un perfume primitivo.

—Es grave —dice Yan sin preámbulos cuando me acerco—. Un conductor borracho la embistió en un cruce y el coche dio tres vueltas antes de aterrizar sobre el techo. Tiene varios huesos rotos y hemorragia interna. Acaban de llevársela para una segunda operación, pero no pinta bien. Debido a su edad y al alcance de las heridas, no creen que salga con vida.

Cada palabra es una puñalada en el estómago.

—¿Y el padre de Sara? —pregunto mientras la mente me va a toda velocidad—. ¿Está…?

—De momento, lo lleva bien, aunque tiene la tensión arterial por las nubes. —La mirada oscura de Anton se torna seria—. Han intentado enviarle a casa para que descanse, pero se ha negado. Algunos amigos han ido a apoyarle, pero es lo único que pueden hacer.

—Claro. —Miro a mis compañeros de equipo y, en sus ojos, veo la comprensión desoladora de lo que voy a tener que hacer.

El sonido de pisadas suaves en la escalera capta mi atención, por lo que me giro a tiempo para ver a Sara bajando los escalones a toda velocidad, con la cara en forma de corazón pálida por la preocupación.

—¿Qué está pasando? —Los pies cubiertos por calcetines se deslizan sobre las baldosas de la cocina mientras patina hasta pararse frente a nosotros. Alterna la mirada color avellana entre mis compañeros y yo—. ¿Ha ocurrido algo?

—Dadnos un minuto —les pido a los chicos y, de inmediato, se dispersan. Los gemelos se dirigen al piso de arriba y Anton hacia el armario que hay cerca de la puerta.

—¿Quieres que prepare el helicóptero? —pregunta en ruso cuando pasa a mi lado y yo asiento, con la mirada fija en Sara, que parece más angustiada cada segundo que transcurre.

—¿Qué ha pasado? —pregunta de nuevo, acercándose a mí, y sé que no puedo retrasarlo más. Estiro los brazos y le escondo la mano delicada entre las mías. Con toda la suavidad posible, le cuento lo que acabo de descubrir.

Cuando termino, se le ha desvanecido por completo el color del rostro y tiene los dedos helados bajo mi sujeción. A pesar de la sequedad en los ojos, sé que es la conmoción lo que le impide venirse abajo. Mi pajarito está lidiando con un golpe devastador y, si no actúo rápido, nunca se recuperará de él.

La perderé.

Lo sé.

Lo siento.

Es lo más duro que he hecho nunca, pero digo con voz tranquila:

—Vi que antes estabas haciendo el equipaje. ¿Estás preparada para irte?

Parpadea sin comprenderme.

—¿Qué? —Su voz muestra aturdimiento, pero centra la mirada en mí con una esperanza repentina y desesperada—. ¿A dónde?

—A casa —contesto mientras el dolor debilitante del estómago y el vacío que se me extiende en torno al corazón se intensifican—. Te voy a llevar a casa, mi amor, antes de que sea demasiado tarde.

*ara*

Observo a través de la ventana del avión las nubes que hay debajo mientras se me dispersan los pensamientos y siento una tensión agonizante en el pecho. Quizás sea porque sigo en *shock*, pero todo ha ocurrido tan rápido que no consigo entenderlo, no le encuentro sentido a estos acontecimientos ni a la maraña de emociones que me ahogan por dentro.

Mamá ha tenido un accidente de tráfico. Podría morir.

Peter me está llevando a casa.

Respiro superficialmente, aunque, cuando inhalo, duele, como si el aire en la cabina fuera demasiado espeso. Siento que solo hemos tardado unos minutos en marcharnos, en subirnos al helicóptero y salir de allí, como si ese hubiera sido siempre el plan, como si lo hubiésemos hablado y decidido que era el momento.

El momento de irme a casa.

El momento de que mamá muera.

Me cuesta absorber una inhalación demasiado espesa y tengo que luchar para conseguir que se me expandan los pulmones, para introducir oxígeno a través de una tráquea que parece tener la anchura de una aguja.

La cuestión es que no lo hablamos. Nada de nada. Peter me informó y se acabó. Después de eso, solo quedó el ajetreo de apresurarnos, de coger todo lo que necesitábamos y montarnos en el helicóptero. Y, cuando entramos en él, Peter se puso al teléfono para arreglar algunas cosas, hablando la mayoría de las veces en ruso, pero también en inglés. He entendido algunas partes de la conversación, pero estaba demasiado distraída como para encontrarles sentido. La verdad es que nada lo tiene para mí. ¿Cómo me va a llevar a casa si le están buscando, si sabe que en el momento en el que haga mi aparición me trasladarán a algún lugar en el que nunca podrá encontrarme?

¿Cómo puede dejarme ir si juró que nunca lo haría?

Quiero preguntarle todo esto y más, pero no está a mi lado, sino en el sofá junto a los gemelos, pegado a la pantalla del portátil. Oigo una descarga de rápidas palabras en ruso mientras señalan algo en el ordenador y sé que están planeando la logística de esta operación imprevista, buscando la manera de entrar y dejarme, sin alertar a las autoridades.

Desearía levantarme y pedirles explicaciones, pero eso les distraería y podrían perder un detalle crucial que supusiera la diferencia entre la vida y la muerte o, al menos, entre la libertad y el arresto. Por eso, me quedo sentada y miro por la ventana, centrándome en la tarea agotadora de respirar.

Una inspiración, una espiración. Con lentitud y regularidad. Lucho para aprovechar este aire extraño y espeso mientras fijo la mirada en las nubes esponjosas del exterior. Concentrarme en ellas me ayuda a lidiar con la idea de que ahí fuera, a miles de kilómetros, mi madre está a merced del bisturí de un cirujano, con el cuerpo frágil abierto y sangrando. He visto cientos de operaciones, he conducido decenas de cesáreas y sé cómo es y lo que se siente. Llega un punto en el que el cuerpo humano se convierte en carne, algo que el doctor debe cortar, seccionar y coser para salvar la vida de una persona que no es tal para él en ese momento, sino una tarea, un desafío que superar.

Siento un nudo en el estómago y el pecho se me encoge aún más. Me paso la mano con fuerza por el cosquilleo que noto en la mejilla antes de bajarla cuando rozo la humedad.

No me había dado cuenta de que estaba llorando, pero ahora que lo sé, intento recomponerme y centrarme en otra cosa distinta a la imagen mental del cuerpo de mi madre en una camilla, con el estómago abierto para reparar el daño. Y de la de papá en la sala de espera del hospital, agotado y con falta de sueño, con el corazón abrumado y realizando sobresfuerzos.

¿Por qué está haciendo esto Peter? Intento pensar en eso porque es mejor que las imágenes de la cabeza. ¿Me está dejando ir para siempre o planea volver a por mí? Si es lo segundo, se tiene que dar cuenta que raptarme otra vez no va a ser tan fácil. Ya se expone a un gran riesgo al llevarme hasta allí. Sin embargo, lo está haciendo. ¿Por qué?

¿Se habrá aburrido de mí?

No. Cierro la puerta a ese pensamiento patético y de inseguridad. Sea lo que sea, Peter es lo opuesto a alguien inestable. Una vez que traza un plan de acción, no se desvía de él, ya sea para vengar a su familia o para introducirse en mi vida. Ayer me dijo que me quería y le creí. Sigo haciéndolo.

No me está llevando de vuelta para librarse de mí.

Lo hace por mí. Porque me quiere.

Me quiere tanto como para arriesgarse a perderme.

Aterrizamos en una pista privada cerca de Chicago justo cuando el sol se pone. No tengo ni idea de cuántos favores habrá tenido que pedir Peter para convencer a los controladores aéreos, pero el avión toca la pasarela sin interferencias. Un automóvil insulso nos espera al salir y Peter me conduce hasta él, sujetándome por el codo con dedos fuertes pero delicados.

Su expresión es como un bloque de granito, más dura y distante que nunca. No hemos tenido oportunidad de hablar durante el vuelo y no tengo ni idea de lo que está pensando. Durante la mayor parte del trayecto, ha estado conectado al teléfono y urdiendo un plan con sus hombres mientras yo alternaba las siestas intranquilas con el llanto silencioso. Hace unas horas nos enteramos de que mi madre había superado la operación, pero sus constantes vitales siguen siendo inestables.

Eso no es buena señal.

Nos detenemos frente al coche y veo a un hombre en el asiento del conductor.

Miro la cara indescifrable de Peter.

—¿Vas a…?

—Te va a llevar al hospital —responde en un tono neutro y severo—. No iré contigo.

Ya me lo esperaba, pero, aun así, las palabras me rompen el corazón.

—¿Cuándo…? —Trago el nudo que me crece en la garganta—. ¿Cuándo volverás a por mí?

Me mira y la máscara inexpresiva se fractura ligeramente.

—En cuanto pueda, *ptichka* —dice con voz grave—. Joder, en cuanto pueda.

El nudo en la garganta se hace más grande y siento un nuevo picor en los ojos debido a las lágrimas.

—Entonces, ¿me quedaré hasta que mi madre se recupere?

—Sí, y hasta que termine… —Se interrumpe e inhala con profundidad—. No importa. Ya tienes bastante con lo tuyo. Pero ten por seguro que volveré a por ti. —Fija la mirada ardiente en mí mientras me acuna el rostro con las palmas grandes y ásperas—. ¿Me estás escuchando, Sara? Pase lo que pase, mientras siga respirando, volveré a por ti. Eres mía, *ptichka*, mientras estemos vivos.

Le envuelvo las anchas muñecas con las manos cuando unas lágrimas abrasadoras me recorren las mejillas a la vez que le sostengo la mirada. Hubo un tiempo en el que esa afirmación me hubiera atemorizado, pero ahora reduce el dolor agonizante del pecho, me da una esperanza a la que aferrarme mientras se marcha y mi nuevo mundo, el que giraba en torno a él, se desmorona.

He luchado durante meses por volver a casa, pero hoy no me siento feliz, solo noto un vacío horrible en el corazón, en el lugar en el que Peter ha esculpido sin piedad un hueco para sí mismo.

Se inclina y me besa las lágrimas de las mejillas.

—Vete, mi amor. —Me suelta y da un paso atrás—. No hay tiempo que perder.

Y, antes de que pueda decir nada, antes de confesarle cómo me siento, se gira y camina hacia el avión, dejándome de pie junto al coche, abandonándome para que vuelva a casa yo sola.

## 9

DEBERÍA ESTAR AGRADECIDO POR ESQUIVAR A LAS autoridades americanas y superar esta pequeña operación sin ningún obstáculo, pero el dolor en el pecho es demasiado aplastante, demasiado brutal. Sé que esto es solo temporal, pero me siento como si me hubieran abierto y arrancado el corazón palpitante.

Mi *ptichka* estaba llorando cuando me he ido. Quizás sea una ilusión, pero creo que no le entusiasmaba volver a casa y no solo por las circunstancias. La manera en la que me ha preguntado cuándo volvería a por ella («cuándo», en vez de «si») y esa mirada a través de los ojos color avellana...

Ha sido como siempre había deseado y no tenía otra opción que marcharme, dejarla libre cuando el instinto egoísta me pedía a gritos que la retuviera, que la encadenara a mí y nunca permitiera que se fuera. Y, por encima de todo, ese miedo irracional por su seguridad, la terrible paranoia de que algo le pueda ocurrir mientras no esté a su lado. Sé que procede del accidente, pero no disminuye lo más mínimo.

Voy a hacer que la vigilen, pero no estaré cerca de ella y eso me mata.

—¿Estás seguro de esto? —me pregunta Ilya, desplomándose sobre un asiento a mi lado mientras el avión se eleva y las ruedas se esconden con un chirrido —. Aún estamos a tiempo. Podemos dar la vuelta y…

—No. —Cierro los ojos y me obligo a respirar de manera regular—. Se acabó.

Daría lo que fuera por mantener a Sara a mi lado, pero no puedo, no sin destrozarla a ella y a cualquier posibilidad de tener un futuro juntos.

En cualquier caso, quizás sea mejor que no esté cerca de mí mientras hago lo posible por asegurar ese futuro.

Regresaré a por ella, pero, primero, debo lidiar con Novak y Esguerra.

Sara

EL TRAYECTO HASTA EL HOSPITAL NOS LLEVA CASI DOS horas, ya que encontramos algo de tráfico en el camino, y estoy a punto de perder los nervios cuando el conductor me deja en la entrada y desaparece. No ha respondido a ninguna de mis preguntas, por lo que no tengo ni idea de quién es ni la relación que tiene con Peter y su equipo. Quizás sea lo mejor. No tengo dudas de que me interrogará el FBI en cuanto sepan que estoy aquí.

Espero poder ver a mamá y a papá antes de que eso ocurra.

Luchando por contener la ansiedad, corro por los pasillos conocidos. No necesito que me indiquen dónde está la UCI. Hice la residencia en este hospital y he trabajado en él durante años. Lo sentía como un hogar, más que la casa en la que vivía.

—¿Lorna Weisman? —pregunto, apresurándome hacia el mostrador de la UCI. Después, espero mientras grito en silencio, impaciente, a la vez que la recepcionista de mediana edad con una permanente de color rojo chillón busca el nombre con tranquilidad.

Veo el momento exacto en el que se topa con la nota especial que debe haber dejado el FBI en el sistema. Dirige los ojos hacia mí, muy abiertos y sorprendidos a través de las gafas de montura verde, y tartamudea:

—Un… Un segundo.

Me aferro al borde de la encimera.

—¿Dónde está? —Me inclino hacia delante e imito el tono intimidatorio de Peter—. Dímelo. ¡Ya!

—La están operando. —La mujer se encoge sobre sí misma tanto como se lo permite su tamaño considerable. Mueve los dedos adornados con anillos por la mesa en busca del móvil—. Se la han… Se la han llevado hace una hora.

—¿Otra vez?

Mueve la cabeza con desesperación justo cuando encuentra el botón de emergencia del móvil.

—Seguía teniendo una hemorragia interna y…

No me quedo a escuchar los detalles. En pocos minutos, seguridad y probablemente el FBI aparecerán y debo encontrar primero a mi padre. Lo último que le dijeron a Peter fue que papá aún no se había ido a casa y, por lo que acabo de averiguar, no hay duda de que está aquí, aguardando a ver si mamá sigue adelante.

Hay una sala de espera enorme cerca de la UCI, pero no lo encuentro allí. Es posible que haya bajado a la cafetería a comer algo o al baño. En cualquier caso, no tengo tiempo de dar vueltas por ahí, por lo que corro hacia otra de las salas de espera más pequeñas que está en uno de los extremos. Algunos de los familiares las prefieren para mayor privacidad, por lo que hay una mínima posibilidad de que mi padre...

—¿Sara?

Giro hacia la derecha con el corazón acelerado ante esa voz familiar.

Es mi amiga Marsha, vestida con la bata de enfermera. Me mira como si hubiera salido de debajo de su cama. Detrás de ella, hay otra cara (conocida) de sorpresa: Isaac Levinson, uno de los mejores amigos de mi padre. Su esposa, Agnes, y él están sentados en la esquina de la pequeña sala de espera por la que acabo de asomar la cabeza y, junto a ellos, está...

—¡Papá! —Corro hacia él, a punto de tropezarme con una silla cuando las lágrimas me nublan la visión y se me corta la respiración.

—¡Sara! —Mi padre me rodea con los brazos, mucho más delgados y débiles de lo que recordaba, y me doy cuenta de que también está llorando. Se le convulsiona el cuerpo quebradizo por los sollozos. Me aparta y me observa con una mezcla de desconcierto y alegría creciente. Le tiembla la boca cuando me sujeta las manos—. Estás aquí. Estás aquí de verdad.

—Estoy aquí, papá. —Le aprieto las manos trémulas y doy un paso atrás para limpiarme las lágrimas. Con voz tranquila, digo—: Ya estoy aquí. Dime... ¿cómo está mamá?

Se le ensombrece el rostro.

—Sigue sangrando. Pensaban que lo tenían bajo control, pero han debido olvidarse de algo o quizás los puntos se hayan desgarrado tras coserla. Le ha bajado la presión arterial otra vez, así que se la han vuelto a llevar y...

—Doctora Cobakis.

Se me tensan los músculos cuando me giro hacia la desconocida voz masculina.

Es un guardia de seguridad, acompañado de un policía con cara de niño. Tienen una expresión cautelosa pero firme y el segundo tiene la mano derecha posada sobre el arma, como si esperara involucrarse en un tiroteo contra mí.

—Doctora Cobakis, tiene que venir con nosotros —dice el guardia de seguridad y me doy cuenta de que la perilla rubia me resulta familiar. Lo habré visto alguna vez por el hospital. Tampoco importa. A juzgar por la resolución en la cara llena de pecas, no puedo confiar en que vaya a ayudarme o mostrar compasión por mí. Tampoco por parte del policía, que me observa como si llevara un chaleco bomba en lugar de unos vaqueros y una sudadera.

—Esperen un momento... —comienza a hablar mi padre con indignación.

—No ha venido —le interrumpo, levantando las manos por encima de la cabeza para mostrarles que no llevo armas. Entiendo de dónde procede tanta cautela y pretendo hacer lo posible para suavizarla—. Estoy sola, lo prometo.

Marsha parece recuperarse de la sorpresa, da un paso al frente y le dedica un ceño fruncido al guardia.

—¿Qué haces, Bob? Esta es mi amiga Sara. Es...

—Sabemos quién es. —Al joven policía le tiembla la voz mientras cierra los dedos en torno a la empuñadura de la pistola al acercarse con cuidado hacia mí—. No queremos problemas, pero...

—Oh, por Dios, ¡están operando a la madre de la chica! —Agnes Levinson se hace paso entre su marido y mi padre para mirar al guardia y al policía desde su metro cincuenta de estatura. Se le mueve el pelo gris como un halo en torno a esa cara pequeña cuando se coloca delante de mí con las manos en las caderas con una pose furiosa y dice—: Mi marido y mi hijo son abogados y puedo asegurarles que presentaremos cargos por acoso. Dejen que la niña hable con su padre y, luego, les tocará a ustedes. —Se gira hacia mí, mirándome con dulzura a través de sus ojos marrones —. Sara, cariño, ¿estás bien?

Pestañeo y, con lentitud, bajo las manos, ya que ni Bob, el guardia, ni el policía se mueven hacia mí.

—Estoy... Estoy bien. Gracias. —La amistad de los Levinson con mis padres se remonta a dos décadas atrás y mis padres siempre han dicho que Agnes e Isaac me consideran la hija que nunca tuvieron. Hasta este momento, estaba convencida de que era una exageración; siempre había pensado que se trataba de una pareja de ancianos agradables que, a su vez, eran amigos de mis padres. La defensa de Agnes, sin embargo, se acerca más a algo que se haría por un familiar y me encuentro extrañamente conmovida, sobre todo cuando Isaac da un paso hacia delante y comienza a sermonear a mis aspirantes a carceleros con toda la jerga legal a su disposición, lo que le da la oportunidad a mi padre de sujetarme del brazo y apartarme a un lado.

—Rápido, cariño, cuéntamelo todo. —La voz de papá es baja y apremiante mientras me estudia el rostro con la mirada antes de detenerse con preocupación en la cicatriz casi curada de la frente—. ¿Qué ha ocurrido? ¿Qué te ha hecho? ¿Cómo has huido? —Antes de que pueda contestar, se inclina y me susurra al oído—: Tenemos que conseguirte un abogado enseguida. Sé que te obligaba a decir esas cosas por teléfono, pero se niegan a creerme. He escuchado lo que hablan entre ellos y quizás recurran a la Ley de Seguridad Nacional por sus vínculos con el terrorismo. Tenemos que conseguirte un buen representante legal o...

—¡Sara! Joder, tía, ¿dónde te habías metido? —Marsha se nos une, cogiéndome por el brazo como si me fuera a evaporar. Se le mueven de forma descontrolada los rizos al estilo Marilyn Monroe mientras me gira para que la mire—. ¿Qué ha ocurrido? ¿Dónde estabas? —Me analiza la cicatriz con esos ojos azules antes de suspirar—: ¿Qué te ha pasado en la cara?

Abrumada, doy un paso atrás.

—Marsha, por favor...

—Sara Cobakis. —El policía con cara de niño, de alguna manera, esquiva a los Levinson y aparta a Marsha de un empujón con la mano pegada de nuevo a la empuñadura de la pistola—. Tiene que venir conmigo ahora mismo.

Levanto las manos otra vez.

—Sin problemas. Por favor, cooperaré, lo prometo.

Ahora es mi padre el que da un paso al frente con hostilidad.

—No va a ir a ningún sitio hasta que no tenga un abogado y…

—¡Todo el mundo quieto!

Y, mientras los miramos boquiabiertos por la sorpresa, los agentes del SWAT irrumpen en la habitación, con el protector facial bajado y las armas desenfundadas.

## 11

*S*ara

—YA SE LO HE DICHO, NO SÉ DÓNDE ESTÁ —REPITO POR cuarta vez—. No sé cómo ha entrado y salido del país sin ser detectado ni quién era el hombre que me trajo desde el aeropuerto. Nunca lo había visto. Lo siento, pero no puedo ayudarles.

El agente Ryson me observa a través de los ojos fríos de esa cara envejecida.

—Quizás debería intentar recordarlo, doctora Cobakis. Se está enfrentando a cargos muy serios y, cuanto menos coopere, peor le irá.

—Estoy cooperando todo lo que puedo. —Me clavo las uñas en las palmas bajo la mesa, pero mantengo un tono calmado—. Ya les he dicho lo que sé. Me capturó y me llevó a una montaña perdida de Japón donde he estado durante los cinco meses últimos, a excepción de un breve período en Chipre. Ahí intenté escapar sin éxito, lo que me llevó a permanecer dos semanas en una clínica de Suiza.

Ryson se inclina hacia delante y percibo un olor a café rancio en su aliento. Debe haberse tomado bastante para estar alerta a esta hora tan tardía.

—¿Se piensa que somos estúpidos, doctora Cobakis? Nadie se va a creer esa farsa. Una de las empresas fantasmas de Sokolov es la propietaria de su casa y lo ha sido durante meses. Tenemos informes visuales de sus encuentros con él en el Starbucks y en una discoteca del centro varias semanas antes del supuesto secuestro, por no mencionar las grabaciones de las llamadas a sus padres.

—Ya le he explicado todo eso. —Me aferro a la calma como a un clavo ardiendo—. Lo que le conté a mi familia por teléfono era solo un intento por aliviar su preocupación por mí, nada más. En cuanto a esos encuentros, sí, ocurrieron. Después de que irrumpiera en casa (cuando me drogó y me torturó, ¿lo recuerda?), desapareció unos meses antes de regresar y comenzar a acosarme. Contacté con usted una vez y le dije que sentía que alguien me observaba. Le pregunté si era posible que hubiera vuelto y me aseguró que estaba a salvo. Pero no era cierto. Peter estaba aquí y me controlaba cada movimiento sin yo tener ni idea. Fracasó al protegerme de él, igual que lo hizo con George, así que no finja que no tenía razones para pensar que recurrir a usted no sería más que una pérdida de tiempo.

El agente forma una línea fina con la boca mientras se echa hacia atrás.

—Entonces, ¿qué? ¿Decidió ocuparse del psicópata usted sola cuando apareció? ¿Espera de verdad que nos lo creamos?

Me arde el rostro ante el sarcasmo en su voz.

—Visto en retrospectiva, no fue la mejor decisión, pero, en aquel entonces, no veía muchas otras opciones. Dijo que vendría a por mí con independencia de dónde me escondieran y añadió que, de esa manera, más personas saldrían heridas. Le creí. No sabía qué hacer, así que le seguí el juego, viviendo el día a día hasta que pudiera encontrar una solución mejor.

—Oh, ¿en serio? ¿Qué juego?

Le devuelvo la mirada acusatoria a Ryson.

—¿Cuál cree usted?

Es el primero en pestañar y desviar los ojos. Suspira ruidosamente, se masajea la frente con un gesto cansado y, por un momento, me siento mal por él. Si acepta mi inocencia, tendrá que admitir que ha fracasado en su trabajo, que permitió que un monstruo invadiera mi vida y me raptaron ante sus narices. Sería mucho más fácil si fuera la mala de la historia, si pudieran probar que me puse en su contra en todo momento. No obstante, los hechos no apoyan esta teoría y lo saben.

Llevo aquí más de una hora y, a pesar de las amenazas y los aspavientos, aún no me han acusado.

Golpean la puerta antes de que una agente asome la cabellera rubia.

—¿Agente Ryson? ¿Puede venir un segundo?

Salen de la pequeña sala de interrogatorio, dejándome sola, y me desplomo sobre la incómoda silla de metal, agotada. Luego, recuerdo que es probable que me estén observando y me siento recta, tratando de evitar mirarme la cara pálida y angustiada en el enorme espejo de la pared. Me siento tan estresada que estoy a punto de desmoronarme, pero no quiero que lo sepan. El interrogatorio, unido a los efectos inevitables del desfase horario y la preocupación por mi madre, me están chupando la sangre y, si pudiera, me dejaría caer y dormiría durante las siguientes dieciocho horas. Por desgracia, debo mantenerme atenta y alerta.

Tengo que convencerles de soy inocente para poder estar con mis padres.

Después de que el equipo de los SWAT irrumpiera en el hospital y me arrastrara fuera de él, decidí que la mejor opción era que las respuestas a las preguntas de los agentes se acercaran lo máximo posible a la realidad, omitiendo solo lo que perjudique a mi libertad. Peter no me dio instrucciones sobre este aspecto, por lo que debe esperar que lo confiese todo y ya estará tomando medidas para mitigar las consecuencias, como trasladarse con el equipo a otro refugio. En cuanto a los Kent, estoy bastante segura de que son invulnerables gracias a su riqueza y a los contactos, pero incluso así tengo cuidado de no mencionar sus nombres. No hay razones para que los federales asuman que compartirían esos detalles conmigo, una prisionera.

Sin embargo, la cuestión principal que debo ocultar es el estado actual de mi relación con Peter y que volverá a por mí dentro de poco.

—¿Alguna noticia sobre mi madre? —le pregunto al agente Ryson cuando entra de nuevo en la sala unos minutos después. Asiente y se coloca en una silla frente a mí.

—La operación ha ido bien —contesta y siento cómo se me deshace el nudo enorme de tensión entre los omoplatos—. Han encontrado la fuente de la hemorragia y lo han solucionado —continúa—. Es demasiado pronto para saber si está estable, pero el resultado parece alentador.

A pesar de mi determinación por permanecer estoica, tengo que pestañear a toda velocidad para contener una oleada de lágrimas.

—Gracias. —Noto la voz grave por la emoción apenas contenida—. Se lo agradezco.

Se remueve incómodo en la silla.

—Claro —dice con brusquedad—. No somos monstruos, ¿sabe? Lo que nos lleva a la siguiente pregunta, doctora Cobakis. —Cruza los brazos sobre el pecho y fija la mirada severa en mí de nuevo—. Si lo que nos ha dicho es cierto, si Sokolov la acoso, la amenazó y la secuestró, si la mantuvo cautiva durante todos esos meses, ¿por qué la trajo de vuelta?

Dejo a un lado cualquier pensamiento acerca de mi madre y me centro en continuar con el interrogatorio.

Cuanto antes responda las preguntas del agente Ryson, antes podré verla.

—Sokolov se aburrió de mí —contesto sin pestañar. He practicado mentalmente la mentira durante el viaje —. Intentó que me encariñara de él al permitirme llamar a mi familia y al tratarme bastante bien, pero seguía rechazando sus avances y, al final, se hartó. Supongo que habrá encontrado otra mujer desafortunada en la que fijarse, pero eso es solo una especulación por mi parte.

—Por supuesto. —El tono del agente desprende sarcasmo—. Se «aburrió» justo cuando más la necesitaban sus padres.

—No, su interés había empezado a enfriarse cuando esto... —Me toco la cicatriz de la frente—. Cuando esto ocurrió. Después, apenas me tocaba. Aun así, me mantuvo junto a él hasta que el accidente de mi madre le pareció una buena excusa para librarse de mí.

Las cejas pobladas de Ryson se elevan en una expresión de burla.

—¿Necesitaba una excusa?

—¿Acaso no todos los monstruos se consideran ángeles? —Mantengo la mirada fija en su cara—. Incluso a los peores criminales les gusta pensar que son buenas personas incomprendidas. Usted mejor que nadie debería saberlo. Sokolov no es diferente, se lo aseguro. Se convenció a sí mismo de que le importaba y, cuando se aburrió del juguete nuevo, necesitaba una excusa para tirarlo. El percance de mi madre le proporcionó una y aquí estoy, solo un poco accidentada. —Me toco la cicatriz de nuevo como si la imperfección me molestara.

—Ajá. —Ryson me mira sin decir nada más y me doy cuenta de que espera que añada algo para llenar el silencio cada vez más incómodo.

Cuando simplemente me dedico a mirarlo con calma, se pone de pie y esboza una sonrisa tensa.

—Muy bien, doctora Cobakis, mi compañera me ha informado antes de que el abogado que ha contratado su familia ya está aquí, reclamándonos. Puesto que aún no hemos presentado una denuncia formal, por ahora se puede marchar. Revisaremos su historia y, si resulta ser falsa, y me refiero a cualquier punto, ningún abogado pijo podrá salvarla.

—Entendido. —Escondo mi alivio mientras le sigo fuera de la sala. Como esperaba, la técnica de cooperación ha dado resultados. De camino, pensé en pedir un abogado, pero decidí que lo mejor era actuar como si no tuviera nada que ocultar, incluso a riesgo de que, por accidente, pudiera incriminarme al contestar alguna pregunta sin un profesional. Aún es posible que la estrategia se vuelva contra mí, pero, por el momento, estoy libre y puedo hacer lo que he venido a hacer: pasar tiempo con mis padres.

Un hombre alto y rubio se reúne con nosotros cuando salimos del pasillo de la zona de interrogatorios. Para mi sorpresa, lo reconozco.

Es Joe Levinson, el hijo de Agnes e Isaac, y, al parecer, mi abogado.

Con cara de póker, le doy la mano a Joe y le

agradezco que haya venido. Le sonríe de forma cortés a Ryson, promete que no me iré de la ciudad sin avisarles y, con calma, me conduce hacia el ascensor. Cuando salimos del edificio y cogemos un taxi, dejo entrever mi sorpresa.

—Creía que tu especialidad era el derecho corporativo —digo, mirando al hombre en el que se ha convertido este amigo de la infancia o, por lo menos, conocido muy íntimo—. ¿Cómo has…?

—Me estaba tomando una copa con unos clientes en el centro cuando me llamó mi padre —me explica Joe con una sonrisa—. Como es lógico, vine en cuanto pude. Quizás no te acuerdes, pero, después del grado, pasé dos años en una ONG por los derechos humanos, defendiendo el derecho a juicio de personas acusadas de terrorismo, entre otras cosas. El salario era una mierda y la verdad es que la mayoría de los clientes me aterrorizaban, por lo que pasé a especializarme en derecho corporativo. Aún conservo las antiguas habilidades y la jerga, por lo que, si alguna vez te acusan de ayudar y encubrir a un supuesto terrorista y necesitas un abogado enseguida, cuenta conmigo.

Peter es un asesino, no un terrorista, pero decido no discutir sobre ese asunto.

—Cierto —contesto con una sonrisa—. Ahora me acuerdo. Tus padres se pasaron todo el tiempo preocupados por ti cuando trabajabas allí.

—Sí. —Se le ensancha la sonrisa durante un segundo. Después, su expresión se vuelve seria y dice en voz baja—. Siento lo de tu madre. Es una mujer maravillosa y espero que salga de esta.

—Gracias, yo también. —Siento un nudo en la garganta y tengo que pestañear de nuevo.

Joe, por consideración, me permite mirar por la ventana hacia las calles envueltas en la oscuridad de la noche hasta que recupero el control. Luego, dice con suavidad:

—Sara… Es obvio que no soy tu abogado de verdad, tu padre encontrará a alguien más cualificado para llevar el caso, pero quiero que sepas que, si lo deseas, puedes hablar conmigo. No sé qué te pasó y estaré de acuerdo si prefieres no hablar del tema, pero me gustaría que supieras que estoy aquí, ¿vale?

Le miro a esos ojos azules y honestos y, por vez primera, deseo haber tomado otra decisión en la universidad. En lugar de lanzarme a comprometerme en una relación con George cuando apenas tenía dieciocho años, debería haber vivido con más calma y prestado más atención al hijo de los amigos de mis padres… a ese chico callado y agradable que siempre ha ocupado la periferia de mi vida. Es cierto que nunca me ha deslumbrado, pero quizás la atracción hubiera aparecido con el tiempo si le hubiera dado una oportunidad.

He crecido escuchando historias sobre Joe, sobre su éxito en el colegio y el orgullo que les provocaba a sus padres, pero nunca les di mayor importancia. Es siete años mayor y la diferencia de edad me parecía insuperable cuando era adolescente. Cuando llegué a la veintena, ya no significaba nada, pero, para entonces, estaba casada.

Nunca tuvimos ocasión de probar y estoy segura de que ahora no la vamos a tener, no con un asesino ruso que domina mi vida y mi corazón.

—Gracias, Joe, te lo agradezco. —Mantengo un tono amistoso, fingiendo que esa propuesta no significa nada, que no me está demostrando sus deseos de verse involucrado en el desastre horripilante que es mi vida. No sé qué le habrán dicho mis padres a los Levinson sobre mi situación, pero, entre el comentario acerca del «supuesto terrorista» y que haya tenido que sacarme de un edificio del FBI del centro de la ciudad, Joe debe haberse hecho una idea de a lo que se está enfrentando.

Entiende el rechazo y permanece en silencio. Durante el resto del trayecto al hospital, no hablamos y es mejor así.

No hay espacio para Joe en mi vida y no es seguro para él que piense lo contrario.

## 12

Peter

No regresamos a Japón, ya que, con Sara entre las garras del FBI, sería demasiado arriesgado. En lugar de eso, volamos hasta Praga, donde tenemos otro refugio en un pequeño pueblo a unos veinte kilómetros de la ciudad. Ha nevado por la noche, por lo que el paisaje tiene un aspecto pintoresco con una capa blanca e inmaculada que cubre los tejados y las ramas desnudas de los árboles.

—¿Por qué no hemos ido a algún lugar más cálido? —se queja Anton cuando pisa un montículo de nieve al salir del coche—. En serio, ahora mismo el refugio de la India me parecería fantástico, joder.

Si no acabara de dejar ir a la mujer de mi vida, me hubiera reído de la mueca de asco que esboza. Pero no estoy de humor para las gilipolleces de Anton, por lo que digo de forma tensa:

—Porque debemos estar en Europa Oriental. —Tampoco es que necesite aclarárselo, sabe tan bien como yo por qué estamos aquí. Durante el vuelo, he cambiado la reunión con Novak a la semana que viene.

Henderson sigue ausente y, si no puedo pasar tiempo con Sara, no tiene sentido retrasar la reunión.

—A mí me gusta este sitio —dice Ilya, observando el paisaje nevado. No tenemos tanta privacidad aquí como en Japón, pero la casa está lo bastante lejos de los vecinos como para que nos dé la sensación de que estamos en un retiro invernal privado—. Es bonito.

—Estoy con Anton en esto. Estoy harto y cansado del frío —dice Yan, dirigiéndose hacia la casa—. Al menos, estaremos pronto en un lugar cálido. Tengo entendido que las instalaciones de Esguerra en la jungla son muy agradables y calentitas. —Me lanza una mirada al decir eso, pero no pico el anzuelo.

Llegado a este punto, nadie necesita saber lo que estoy planeando en realidad.

Es lo más seguro para todos.

Únicamente cuando hemos deshecho el equipaje y nos hemos asentado en la casa nueva, me permito pensar en Sara y sentir ese vacío agonizante que ha dejado su ausencia en mi vida. Solo ha pasado un día, pero ya la añoro, la deseo tanto que me devasta por dentro. Los americanos la tienen controlada, por lo que recibiré informes diarios sobre ella, pero no es suficiente. La quiero aquí, a mi lado. Quiero abrazarla, ver cómo sonríe y oírle reír, follarla hasta que esté demasiado ronca para gritar mi nombre y el fuego brutal que me recorre las venas disminuya.

«Pronto», me prometo a mí mismo mientras me dirijo a explorar la zona y colocar las alarmas perimetrales. Recuperaré a mi *ptichka* pronto.

Por ahora, que disfrute de su antigua vida.

ara

—¡MAMÁ! —ME INCLINO SOBRE LA CAMA, SONRIENDO A través de las lágrimas. Tiene la vista borrosa por los analgésicos, pero los ojos abiertos y, cuando le rodeo la mano derecha ilesa con los dedos, mueve los labios agrietados.

—¿Sara?

—Soy yo, mamá. —Las lágrimas me caen por la cara de manera incontrolada, pero no me preocupo en limpiármelas. Estoy demasiado aliviada, demasiado feliz.

Tras una noche entera en situación crítica, mi madre ha despertado.

—Toma, bebe. —Le acerco un vaso con una pajita a

los labios y consigue dar un sorbo antes de cerrar los ojos de nuevo.

Le aprieto la mano y me giro hacia papá, que se ha puesto de pie tras de mí. Tiene las mejillas húmedas mientras mira a su esposa.

—Va a ponerse bien, ¿verdad? —Me dirige una mirada enrojecida pero esperanzada y asiento, sin esconder la euforia.

—Tiene las constantes vitales estables desde hace tres horas. Salvo que haya una infección, debería salir de esta.

Mamá me aprieta la mano con los dedos y la vuelvo a mirar para encontrármela con los ojos abiertos de nuevo.

—Sara, ¿eres tú...? —Pestañea e intenta centrar la mirada a través de la neblina persistente de la anestesia —. Cariño, ¿eres tú de verdad o estoy soñando?

—Estoy aquí, mamá. —Se me quiebra la voz—. Estoy en casa.

—Ha vuelto, Lorna. —Papá me coloca un brazo en torno a la cintura con una sonrisa temblorosa pero triunfante—. Nuestra pequeña Sara ha vuelto.

—¿Qué...? —Comienza a toser, por lo que, con rapidez, le acerco el agua para que beba otra vez—. ¿Qué ha pasado? —Pasa la mirada confusa de las poleas que le sujetan las escayolas de las piernas y del brazo izquierdo a mí.

Papá se hunde en una silla junto a la cama mientras me limpio las lágrimas de la cara y digo con toda la tranquilidad posible:

—Un conductor borracho chocó contigo cuando ibas de camino a la tienda. Tienes algunas costillas rotas, las piernas fracturadas por varios sitios y el brazo izquierdo casi destrozado. También sufriste heridas internas para las que has necesitado tres operaciones consecutivas. —Podría haberlo edulcorado, pero mamá odia que la traten como a un niño en lo referente a los asuntos médicos importantes. Siempre quiere saber la gravedad del problema con todos los detalles posibles. Nunca olvidaré cómo acosó a los doctores de papá cuando tuvo el ataque de corazón hace años.

Mientras estuvo en el hospital, sabía más detalles sobre su estado y las opciones de tratamiento que la mayoría de los cardiólogos.

Mueve de nuevo los labios resecos.

—No, quiero decir... —Le cuesta pronunciar las palabras—. Estás aquí. ¿Cómo...?

—Peter me ha traído a casa, mamá —contesto con suavidad, apretándole la mano de nuevo—. En cuanto nos enteramos del accidente, me trajo a casa.

Estoy jugando a un juego peligroso al mantener la mentira (que ahora es verdad) sobre que Peter sea mi amante frente a mis padres mientras lo niego ante el FBI. No veo otra manera de lidiar con el tema. Peter volverá a por mí y no quiero que mis padres piensen que es un monstruo cuando me vuelva a separar de ellos. Por arriesgado que sea, necesito que crean que estamos enamorados. Al mismo tiempo, tengo que convencer al FBI de que soy la víctima de Peter. No sé cómo voy a sobrevivir a esta treta sobre la cuerda floja, pero voy a hacer todo lo posible.

Tampoco es que mi padre me crea de verdad. Mientras esperábamos a que mi madre se despertara, me ha hecho un interrogatorio que provocaría la envidia de los del FBI. Su objetivo era señalarme las lagunas en el cuento de hadas que les he contado estos meses, pero, a pesar de los esfuerzos, su intento no ha dado resultados.

No, no sabía que Peter era un hombre en busca y captura cuando lo conocí y empezamos a salir, le he dicho a papá, antes de repetirle lo que les dije sobre que pensaba que mi nuevo novio era un contratista que trabajaba para varias firmas de Estados Unidos y el extranjero. No, no sabía que tenía problemas con la justicia cuando me fui del país con él, aunque comenzaba a tener ciertas sospechas. No, no es tan peligroso como dicen, es un malentendido enorme. De hecho, sí que trabaja como contratista autónomo, respondiendo a consultas sobre seguridad. El problema es que algunos de sus clientes no cumplen del todo la ley, lo que le ha provocado dificultades con el FBI. Sí, nos conocimos en una discoteca en Chicago y estuvimos saliendo en secreto durante varias semanas. Sí, me compró la casa a través de una empresa fantasma como dijo el FBI. ¿Por qué? Porque pensó que me arrepentiría de haberla vendido movida por un impulso.

Algunas de las preguntas han sido más complicadas de contestar. Sé que el FBI les ha hablado a mis padres sobre los crímenes de los que se acusa a Peter: casi nada si pensamos en la información clasificada de su caso. Sin embargo, mis padres no son tontos y han estado investigando por su cuenta. Las palabras «terrorista sospechoso» y «personas muertas» salieron en la conversación de los agentes que papá escuchó, pero, de alguna manera, también ha conectado el secuestro con la persecución a gran velocidad en la I-294, en la que explotó un helicóptero de la policía y se produjo una colisión múltiple enorme y nuevas protestas sobre la violencia en grupo en Chicago.

—Ocurrió la noche en la que desapareciste y salió en las noticias durante semanas —me cuenta papá—. El FBI no nos lo ha confirmado, pero sé que fue él. Tuvo que serlo. ¿Por qué si no iban a mandar a una unidad entera de los SWAT para arrestarte? Ese hombre es peligroso y los federales lo saben. No sé si está involucrado en un asunto de drogas, terrorismo o lo que sea, pero no es trigo limpio.

No importa lo mucho que intente convencer a mi padre de que los crímenes de los que se acusa a Peter son solo administrativos ni de que no sé nada sobre ese incidente interestatal (lo que es cierto porque estaba drogada durante el secuestro), se niega a creerme.

—Háblame de Marsha y los Levinson —digo al final, desesperada por cambiar de tema—. ¿Por qué estaban aquí contigo?

Gracias a Dios, eso funciona y, durante el par de horas siguientes, hablamos sobre la vida de mis padres en mi ausencia y acerca de cómo los Levinson dieron un paso al frente para ayudarles, de varias maneras, a superar la crisis. Marsha también. Al parecer, les ha llamado todas las semanas para comprobar que estaban bien y preguntarles por mí.

—En cuanto se enteró de que habían traído a Lorna a urgencias, apareció e implicó a los mejores doctores en el caso. También nos ayudó con la burocracia —contesta papá con los ojos brillantes por las lágrimas—. Si no fuera por ella, no sé si mamá hubiera... —Se interrumpe para tomar aire de forma irregular y le abrazo, sintiendo la punzada familiar de culpa y vergüenza, de autodesprecio mezclado con un nuevo enfado hacia Peter.

Sí, mi torturador me ha traído de vuelta, pero primero me secuestró. Durante meses, me mantuvo alejada de mi familia. No puedo olvidarme de eso. Debería haber sido yo quien ayudara a mis padres, en lugar de Marsha o sus amigos. Debería haber si yo la que se ocupara de que mamá disfrutara de los mejores cuidados. Sin embargo, estaba en Japón, enamorándome del asesino de mi marido... mientras se hacía un hueco en mi corazón y mi mente, a la vez que mentía a mis padres una y otra vez.

Quiero odiar a Peter por eso, por todo, en realidad, pero, en su lugar, solo me odio a mí misma. Odio que ya le eche de menos, que estar en casa no haya disminuido ni una milésima el anhelo desesperante. Le deseo con tanta intensidad que es como un dolor físico, como si se me agrietara la piel al pensar en lo mucho que quiero que me toque.

«Pronto», me digo a mí misma cuando me inclino para besar a mamá, que ha vuelto a cerrar los ojos. Conozco a Peter, no se mantendrá lejos de mí mucho tiempo. Debería disfrutar de estos momentos con mi familia en vez de aferrarme al hombre que me separará de ellos.

Soy una hija horrible, pero no tienen por qué saberlo todavía.

Ya lo descubrirán pronto.

## 14

AL MEDIODÍA, CONSIGO CONVENCER A PAPÁ DE QUE SE vaya a casa y descanse mientras me quedo con mamá en el hospital, alternando momentos en los que le hago compañía con otros en los que me echo la siesta en un catre que han traído las enfermeras a su habitación. Cada vez que salgo a por un café o a por algo para comer, varios hombres de aspecto sospechoso me siguen. Es muy probable que sean agentes del FBI, aunque también podrían ser policías de paisano. No tengo ni idea de hasta dónde llega su jurisdicción. Está claro que aún no estoy libre de culpa, pero, por ahora, me están dejando seguir con mi vida, lo que agradezco.

No quiero pasar en la cárcel el poco tiempo que estaré aquí.

Marsha viene a la habitación de mamá después de terminar su turno y, tras confirmar que mi madre está profundamente dormida, me dejo convencer de ir a Patty's para ponernos al día.

—Entonces —dice mientras nos sentamos en una mesa de la esquina—, has vuelto.

—He vuelto —afirmo antes de hacerle una señal al camarero para que se acerque. Apenas he dormido y me apetece algo poco saludable con mucha grasa. Por lo general, siento que estoy a punto de desmoronarme. Me duele el cuerpo por el agotamiento y la zona baja de la espalda me está matando tras pasar la noche hecha un ovillo en el catre del hospital—. Una hamburguesa con patatas, extra de queso y pepinillos —le pido al camarero cuando viene—. Y tráigala rápido, por favor. Estoy muerta de hambre.

Marsha levanta las cejas, pero no hace ningún comentario sobre mi inminente festín grasiento. En lugar de eso, pide una ensalada griega y dos cervezas, una para cada una.

—Así que podemos celebrar el regreso de la hija pródiga —bromea e intento imitar su sonrisa mientras la culpabilidad me inunda el pecho una vez más.

—Gracias por cuidar de mis padres mientras estaba fuera —comento cuando se marcha el camarero—. Mi padre me ha dicho que has sido de mucha ayuda con lo de mi madre y te lo agradezco un montón. Si hay algo que pueda hacer por ti…

Hace un gesto con los dedos decorados con una manicura perfecta.

—Oh, por favor. Ha sido un placer. Me gusta tu familia y siento mucho, de verdad, lo que le ha ocurrido a tu madre. Espero que se recupere pronto.

—Yo también. —Intento sonreír de nuevo—. Bueno, cuéntame… ¿Qué tal estás? ¿Y Andy y Tonya? ¿Sigue Andy con…?

—Oh, no, por ahí no. —Marsha cruza los antebrazos sobre la mesa y se inclina hacia delante, fulminándome con la mirada—. No vamos a hablar sobre nada de eso hasta que me digas dónde cojones has estado, quién es ese hombre con el que te has escapado y por qué coño no he escuchado ni una palabra sobre él hasta que te esfumaste de la faz de la Tierra.

—No desaparecí. He llamado a mis padres muchas veces y…

Me interrumpe con un nuevo movimiento de manos.

—Es lo mismo. Te desvaneciste. No le dijiste nada a nadie con antelación, ni siquiera en el trabajo, donde dejaste colgados a tus pacientes, incluida, te recuerdo, a esa chica que necesitaba una cesárea al día siguiente. Oh, y luego está el FBI, que nos acosó durante semanas por tu culpa. Si eso no es desaparecer, no…

—Vale, vale, bien. Tú ganas. —Le cojo la cerveza al camarero cuando se acerca a la mesa, pero no bebo, solo me mojo los labios. No solo me siento afectada por el desfase horario y la falta de sueño, sino que también está la posibilidad de que esté embarazada.

Dejo el vaso y miro el líquido marrón,

esforzándome por dejar a un lado los pensamientos sobre el posible embarazo para centrarme. No sé qué versión de la historia darle a Marsha: la del FBI en la que soy una víctima total de Peter o la que le he contado a mis padres, en la que me enamoré de un hombre que está envuelto en algo oscuro, pero que principalmente es perseguido por las autoridades por equivocación.

—Estás dando rodeos —dice Marsha y suspiro, levantando la mirada de la cerveza.

—Tienes razón: desaparecí —comienzo con lentitud, aún intentando decidir cuál será la mejor versión para relatársela a Marsha—. Has hablado con mis padres, ¿verdad? Te habrán contado lo que ocurrió.

—Lo que sabían, que no era mucho. —Marsha levanta la cerveza—. Tampoco tenía sentido que el FBI estuviera metiendo las narices a nuestro alrededor como perros policía.

—Ajá. —Instintivamente miro a mi alrededor y veo en una mesa al otro lado de la barra a dos hombres que me han estado siguiendo por el hospital. Tres mesas más allá hay otros dos más vigilando y estoy segura de que ya he visto también al chico de la barra.

Bueno, han decidido por mí. Los «perros policía» nos siguen con todos sus medios y no me cabe duda de que interrogarán a Marsha tras nuestra conversación.

De hecho, no tengo garantías de que no esté trabajando para ellos ahora mismo.

Tan pronto como lo pienso, siento que soy una amiga horrible, pero la sospecha no se desvanece.

Tiene demasiado sentido. Nos conocemos desde hace muchos años (desde que empecé la residencia en el hospital), pero nuestra relación siempre se ha asimilado más a colegas en el trabajo. Entre otras cosas porque Marsha siempre ha estado soltera y a la caza mientras yo estaba casada y trabajaba ochenta horas a la semana. Nunca podía acompañarla en las salidas nocturnas de chicas que le encantan y las actividades como las cenas familiares siempre le han parecido aburridas. Por eso, tendíamos a relacionarnos en el hospital y nuestras conversaciones solían ser superficiales. Se portó de forma amable y comprensiva tras el accidente de George, siempre dispuesta a prestar su oído compasivo durante el descanso, pero nunca se aventuró a involucrarse en los aspectos más desastrosos de mi vida.

Marsha es una buena amiga, divertida, pero no el tipo de amiga que llamaría a mis padres todos los días, al menos sin un motivo.

Un motivo que podría proceder perfectamente del FBI.

Por supuesto, también es posible que esté demasiado cansada como para pensar con claridad (eso o que me haya vuelto paranoica a raíz de estar con Peter). Sin embargo, por si hay posibilidades de que mis sospechas sean ciertas o siguiendo la hipótesis mucho más probable de que no mienta al FBI por mí, decido contarle la versión de la historia en la que soy la víctima.

Por desgracia, eso significa volver al principio y

hablarle de George. Como estoy segura de que el FBI no quiere que se revele información clasificada, necesito volverme creativa también.

Me duele la cabeza solo de pensar en las mentiras y las verdades a medias que debo sostener.

Cuando he terminado de darle vueltas al comienzo de la historia, Marsha me mira con los ojos más grandes que la hamburguesa que estoy devorando.

—¿George estaba en la lista de objetivos de ese asesino ruso? ¿Por qué? ¿Qué...?

—Nunca he descubierto los detalles, pero tiene algo que ver con un artículo que publicó sobre la mafia. —Decido utilizar la mentira original del FBI para justificar las acciones de Peter—. De cualquier manera, entró en casa, me torturó y me drogó para averiguar la ubicación de George y, luego, le mató. —Dejo que Marsha asimile todo eso mientras me introduzco dos patatas fritas en la boca. Estoy hambrienta, de verdad. Cuando veo que está a punto de lanzarse con más preguntas, digo—: Así que sí, así nos conocimos. Entiendes por qué no puedo contárselo a mis padres, ¿verdad? —Asiente con la cara pálida bajo la base de maquillaje y con la ensalada olvidada frente a ella—. Bueno —continúo—, entonces, me costó un tiempo superar todo eso y, luego, me invitaste a la salida nocturna con Andy y Tonya. Cuando fuimos a la discoteca del centro, ¿te acuerdas? Esa en el que estaba el camarero guapo que preguntó por mí después. —Marsha asiente otra vez, aún sin palabras—. Ahí se me acercó de nuevo. Justo en la discoteca. Por eso Andy pensó que estaba actuando de forma extraña cuando me marché: se acababa de acercar a mí el asesino de mi marido para pedirme que me reuniera con él en un Starbucks al día siguiente. Después de eso, todo empeoró. Instaló cámaras en mi casa, me seguía a cualquier sitio al que iba, y, cuando traté de escapar a un hotel, se presentó en mi cuarto y... Bueno, no importa. —Dejo que Marsha saque sus propias conclusiones que, a juzgar por la expresión de horror, deben ser mucho peores que la realidad.

Me siento fatal por esto, ya que mi instinto me dice que le esconda las partes peligrosas y complicadas de mi vida, igual que he hecho con mis padres, pero es lo que le he contado al FBI y tengo que adherirme a eso. Además, es la verdad, los hechos por lo menos. La única parte que estoy ocultando es mi propia confusión acerca de todo esto, mi atracción reticente por el hombre al que debería odiar y despreciar, una atracción que se ha convertido en mucho más.

—Oh, Dios, Sara... —Marsha parece a punto de vomitar lo poco que ha comido de la ensalada—. Lo siento tanto, tantísimo, cariño. No tenía ni idea. Y ese... ¿ese monstruo te secuestró después?

—Unas semanas después, cuando el FBI descubrió que estaba en la zona, sí. Antes de eso, me dejó seguir con mi vida mientras él... estaba en ella. —Hago un gesto al camarero para que traiga agua, ya que no puedo beberme la cerveza y tengo sed. También me siento un poco extraña y aturdida, como si hubiera tomado alcohol.

En general, me siento fatal. El dolor de la parte baja se ha intensificado de forma incontrolable y siento el estómago agitado ante la comida grasienta. Además, estoy incómoda y acalorada, con ganas de llorar, supongo que por el estrés.

—No lo entiendo —dice Marsha mientras respiro hondo para intentar aclarar la mente—. ¿Por qué te hizo eso? ¿Por qué a ti? ¿Eso es lo que hace, secuestrar a mujeres? ¿Tenía un harem de víctimas en...? ¿A dónde te llevó?

—Japón y no. Por lo que sé, soy la única a la que le ha hecho algo así. En cuanto al porqué, bueno... ¿Por qué hacen ciertas cosas algunos hombres? —Consigo esbozar una sonrisa temblorosa—. Se obsesionó conmigo, supongo. En cualquier caso, al final se aburrió y aquí estoy.

Marsha observa la cicatriz de la frente.

—¿Te la hizo él? —Se toca su propia frente con la voz llena de tensión—. ¿Te hizo daño?

—No, la cicatriz es de un accidente de coche. Choqué intentando escapar —contesto—. Por lo general, no solía hacerme daño. Aparte del secuestro y el asesinato de George, me trataba bastante bien.

—Claro. Eso... Eso es bueno, supongo. —A Marsha le tiembla la voz antes de coger la cerveza. Me doy cuenta de que tampoco tiene la mano firme y una nueva oleada de culpa me golpea por dentro. Ojalá pudiera contárselo todo, hacerle entender lo complicado que es Peter, que puede mostrarse cruel y amable a la vez, que estar con él era, al mismo tiempo, maravilloso y aterrador, como montar en una montaña rusa sin frenos.

Ojalá pudiera contarle la enrevesada verdad, pero no puedo, por lo que me pinto una sonrisa falsa en la cara y me disculpo antes de ir al baño. Me arde el estómago con tanta fuerza que empiezo a sentir calambres y estoy sudando a pesar de la brisa fría que se cuela en el bar por la puerta abierta.

Cuando entro en el aseo sucio y pequeño, la sensación de dolor se intensifica y, de pronto, se me ocurre una idea repentina que hace que se me corte la respiración.

¿Podría ser? ¿Me habrá venido por fin?

En efecto, cuando lo compruebo, encuentro una mancha de sangre en las bragas. Con una semana de retraso, me ha bajado la regla. Por eso me siento como una mierda: es el primer día y todos los síntomas están ahí, desde el dolor en la parte baja de la espalda y el calor repentino hasta el malhumor y los calambres.

Es oficial.

No estoy embarazada.

Peter y yo no vamos a tener un bebé.

Debería sentirme aliviada, pero, a medida que miro la mancha de color marrón rojizo, crece ante mis ojos hasta que todo se vuelve del color de la sangre. Temblorosa, me presiono el puño contra la boca, pero no consigo retener el sollozo que me surge de la garganta ni el que le sigue. Aunque sea una locura, siento como si hubiera perdido algo, como si una parte perversa de mi interior no solo hubiera aceptado la posibilidad de estar embarazada, sino que lo deseara.

Este bebé, al que estaba tan segura de no querer, nunca ha existido más allá de mis miedos, pero siento su pérdida con tanta intensidad como si hubiera tenido un aborto.

—¿Te encuentras bien? —me pregunta Marsha cuando salgo del baño veinte minutos después. Asiento sin preocuparme de esconder los ojos hinchados y la cara manchada mientras me bebo de un sorbo la cerveza ya caliente. Sé lo que está pensando: que contar la historia del secuestro ha supuesto demasiada carga emocional al recordarme el trauma que he sufrido. Y dejo que piense eso porque es mejor que la realidad.

Es mejor que saber que, a pesar de lo que Peter ha hecho, a pesar de los crímenes horribles que ha cometido contra mí y contra otros, estoy tan obsesionada como él.

Por malo que sea, le pertenezco en cuerpo, alma y corazón.

## 15

*P*eter

LA SEMANA DE LA REUNIÓN CON NOVAK ES UNA DE LAS más largas de mi vida. Reponemos suministros, compramos más armas y reforzamos el entrenamiento diario, presionándonos hasta el agotamiento completo, pero no es suficiente para hacer que las horas pasen más rápido. Cada día parece un mes, cada noche, una lucha interminable por dormir sin Sara a mi lado. Si no fuera por los informes frecuentes que me envían los hombres que contraté para que la vigilaran, ya estaría en un avión camino a Estados Unidos. Que les dieran al plan y a que la necesitaran sus padres.

Tampoco los informes son muy extensos. El FBI está muy encima de Sara, por lo que la sigue a todos sitios, así que mis hombres deben quedarse atrás, siendo cuidadosos para no llamar la atención. Aparte del peligro evidente para ellos, tampoco sería bueno para Sara si el FBI se enterara de que sigo interesado en ella. Gracias a que los piratas informáticos han accedido a los archivos de Ryson, sé lo que Sara les ha contado y no quiero comprometer ningún aspecto de su historia. Los agentes tienen que creer que me he aburrido y la he dejado libre para siempre. Si no, la ocultarán y quizás presenten cargos contra ella por cómplice. La única razón por la que no lo han hecho todavía es debido a los contactos de la familia de Sara. Entre las relaciones en la prensa del marido muerto y los abogados, amigos de los padres, con apoyos en Washington, es muy probable que este caso se convirtiera en titular nacional, algo que muchos altos cargos, como Henderson, quieren evitar a toda costa.

Por ahora, Sara está a salvo, pero no será así si la pillan mintiendo.

En cualquier caso, mientras estaba fuera, el FBI encontró todas las cámaras y micrófonos que coloqué en su casa y, tras la aparición por sorpresa después del accidente de su madre, también hicieron otra limpieza a fondo en casa de sus padres. Por lo tanto, ahora solo cuento con las notas del FBI que me envían los *hackers* y los informes genéricos sobre sus movimientos que recibo por parte de los hombres que contraté para que la siguieran. Apenas es suficiente y la necesidad de saber lo que está haciendo, sintiendo o pensando me corroe por dentro.

Si ya estaba obsesionado con Sara antes, ahora, tras meses junto a ella, se parece más a una adicción física.

—Joder, ve a por ella y punto —murmura Anton mientras se limpia la sangre del labio después de darle un puñetazo demasiado salvaje durante una sesión de entrenamiento—. O, por lo menos, tómate un calmante. En serio, tío, ¿no puedes pasar ni siquiera unos días sin echar un puto polvo?

Por eso, le propino un gancho directo al plexo solar y, cuando se dobla hacia delante, jadeando como un pez fuera del agua, cojo una mochila pesada y comienzo a correr para evitar matarle en el acto. Sé que mi amigo tiene razón, que mi temperamento parece un hervidero y que lo he estado pagando con los chicos, pero eso no disminuye la rabia y la frustración. No he dormido una noche entera desde que... bueno, desde el accidente de Sara, ahora que lo pienso. Las pesadillas sobre la muerte de mi familia, que habían desaparecido gracias a ella, han vuelto, solo que ahora las acompaña una aún más terrorífica en la que la pierdo también.

Esa es mi realidad nocturna y, cada vez que me levanto, envuelto en sudor, busco el informe más reciente y lo leo una y otra vez para asegurarme de que solo era un sueño, de que mi *ptichka* está viva y a salvo sin mí, que, dado lo que estoy a punto de hacer, está mucho más segura en su casa que a mi lado.

Este último pensamiento es el que me permite seguir adelante, resistir la necesidad de hacer exactamente lo que Anton dice y raptarla delante de las narices de los federales. Puedo hacerlo porque los agentes no suponen un peligro para mi equipo y para mí, pero la madre de Sara aún no está recuperada y ella me odiaría si la apartara de su familia tan pronto. Además, tengo un objetivo diferente en mente y, para conseguirlo, no puedo salirme del camino, con independencia de lo difícil que sea.

Tengo que creer que, en última instancia, valdrá la pena.

_ara_

UNA SEMANA SIN PETER.

Parece irreal, un sueño del que espero despertar. Quizás que no esté durmiendo bien hace que los días parezcan extraños, igual que una quimera. De alguna manera, es como haber entrado en una máquina del tiempo: estoy en el hospital, esperando a que un ser querido se recupere de un accidente de tráfico agotador. La diferencia es que, la otra vez, era George el paciente y nunca salió del coma.

El pronóstico de mi madre es mucho mejor. Los doctores hicieron un buen trabajo cosiéndola y no se le han infectado las heridas. Sigue inmovilizada por las escayolas y quizás nunca recupere la movilidad completa del brazo izquierdo, ya que había demasiados nervios y tendones dañados, pero una vez que se le curen las piernas fracturadas, con la terapia física correcta, será capaz de caminar de nuevo.

Papá está en la gloria, tanto por el progreso de mamá como porque esté en casa. Cada vez que entra en la habitación y me encuentra sentada junto a la cama, le tiemblan los labios, como si estuviera a punto de llorar, pero, en lugar de eso, esboza una sonrisa de alegría.

—Sigo pensando que vas a desaparecer —confiesa cuando nos sentamos a cenar en la cafetería del hospital—. Que, si me giro durante un segundo, puf. —Mueve las manos como si fuera un mago—. Un segundo estás ahí y, al siguiente, ya no.

—Oh, papá… —Esbozo una mueca y miro hacia el plato de pasta, que remuevo con un tenedor de plástico. La culpa me está comiendo viva porque eso es justo lo que va a ocurrir en un futuro cercano, tan pronto como Peter considere que mamá ya está lo bastante recuperada. Me obligo a levantar la cabeza y sonreírle a mi padre—. Por favor, no te preocupes. Todo va bien, ¿vale? Estoy aquí y va a salir bien.

Sé que suena a evasiva (de hecho, papá me ha acusado de eso toda la semana), pero es duro convencerle mientras hago malabares con las mentiras, las medias verdades y la parte de realidad que le he contado a cada uno. La versión para mis padres y sus amigos es que Peter es mi amante y que me trajo a casa a pesar del malentendido con el FBI porque me quiere y desea que esté aquí con mamá. El desenlace es que algún día los problemas legales de Peter desaparecerán y, en algún momento, brindaremos por la felicidad todos juntos.

Por el contrario, la imagen que les he descrito al FBI y al resto del mundo es que un monstruo se encaprichó y me secuestró, pero que al final se aburrió lo suficiente como para soltarme. La única razón por la que esta historia doble está funcionando es porque los federales no quieren que ni mis padres ni nadie se enteren del papel de George en todo esto. Eso también vale para los acontecimientos que condujeron a Peter por el camino de la venganza. Tras hablar con Marsha aquel día en el bar, Ryson me llevo de nuevo a su oficina en el centro y me dio la orden poco sutil de que mantuviera la boca cerrada, lo que confirmó las sospechas sobre la implicación de Marsha con el FBI. Había demasiado ruido para que los agentes escucharan la conversación, por lo que el único modo de que Ryson supiera los detalles sobre lo que le conté era que ella le hubiera informado justo después o, incluso, que llevara un micrófono.

Como está claro, me mostré compungida y le prometí ser más discreta. A cambio, le hice prometer que los federales no dirían una palabra delante de mis padres ni harían nada para contradecir la versión menos preocupante que había creado para ellos.

—Como sabrá, el corazón de mi padre está muy débil y lo que menos necesita es sentir la tensión de saber que me obligaron a mentirles todos estos meses —le dije a Ryson y el agente se mostró de acuerdo.

Supongo que también consiguió el voto de silencio

de Marsha porque, cuando me crucé con Andy en el pasillo, solo sabía lo que debía haber escuchado por ahí.

—¿Qué ha pasado? —me preguntó, estudiándome con confusión y curiosidad descarada—. Desapareciste de un día para otro y el FBI se presentó aquí para hacerle preguntas a todo el mundo. La gente dice que te liaste con un criminal.

—Es una larga historia —contesté antes de esbozar una sonrisa incómoda—. Quizás podamos juntarnos en algún momento y ponernos al día. Pero ahora, mi madre me está esperando…

—Oh, claro. —Intenta frenar su decepción evidente —. Marsha me contó lo que le pasó a tu madre. Lo siento mucho. Espero que se recupere pronto.

—Claro, gracias. Te veo por aquí. —Me despido moviendo la mano y continúo por el pasillo, intentando no pensar lo fuera de lugar que me siento en este hospital que fue mi segundo hogar en el pasado, lo perdida y sola que estoy sin Peter.

«Pronto», me repito. Pronto vendrá a por mí. Solo tengo que esperar.

Y, apartando la culpa que acompaña al pensamiento, dibujo una sonrisa espléndida y entro en la habitación de mamá.

## 17

Nos reunimos con Danilo Novak en una cafetería de Belgrado, un lugar moderno y elegante ocupado por completo por los hombres del traficante de armas serbio. Las dos camareras jóvenes y preciosas detrás de la barra blanca y brillante, al igual que el resto, están armadas hasta los dientes.

Anton se está encargando de los refuerzos por si las cosas se van a la mierda, pero los gemelos están conmigo.

Una vez dentro, nos detenemos y examinamos la situación.

Novak está sentado en una pequeña mesa redonda en el centro de la cafetería. Es una ubicación para hacernos sentir incómodos porque estaremos rodeados por todas partes, pero simplemente le dedico una sonrisa fría al traficante de armas antes de acercarnos a él.

—Un sitio bonito —digo en ruso, ya que supongo que tendrá más fluidez en mi idioma nativo que en inglés—. ¿Es tuyo?

Los labios finos de Novak se curvan hacia arriba.

—Sí. Me alegra que te guste —contesta en ruso con un ligero acento, pero con la soltura que sospechaba. Por supuesto, podría hablarle en serbio (conozco la mayor parte de las lenguas de Europa Oriental, así como el árabe, entre otros), pero prefiero no mostrarle que entiendo su lengua materna.

Al tratar con los hombres de Novak, cualquier ventaja pequeña es de utilidad.

Se echa hacia atrás, estudiándome con una peculiar falta de interés. Novak, un hombre alto y delgado de unos cuarenta y tantos años, con entradas y gafas de cristal grueso, parece una mezcla entre un contable y un profesor de matemáticas. Solo los ojos inexpresivos y pálidos, como si pertenecieran a un lagarto… o a un asesino a sangre fría, le traicionan.

Es sorprendente lo poco que han sido capaces de encontrar nuestros piratas informáticos sobre este hombre. Apareció hace diez años de la nada y, desde entonces, ha construido un imperio ilegal de armas en Europa Oriental, eliminando a los rivales con una velocidad y una crueldad que solo he visto una vez en mi vida: con Julian Esguerra, el hombre al que Novak quiere que matemos, el único traficante de armas que

ANNA ZAIRES

queda con una empresa criminal mayor que la de Novak.

—Entonces —dice Novak cuando le devuelvo la mirada desinteresada—, tú eres Sokolov. —Asiento con frialdad sin permitirme cambiar de expresión y sé que los gemelos parecen igual de calmados. No nos va a sorprender con estos juegos, debe entenderlo—. Sentaos. —Hace un gesto hacia las dos sillas vacías que hay en la mesa. No me muevo e Ilya y Yan tampoco. Esta es otra prueba pequeña, una manera de ver quién es el menos importante, el menos valioso del equipo. Somos tres y hay dos sillas, las cuentas no cuadran y lo sabe. Alguien deberá quedarse de pie, ser el tercero en discordia y no voy a permitirlo. No va a plantar la semilla de la desavenencia entre nosotros. No le voy a dejar. Sin pestañear, me analiza durante unos largos instantes antes de dirigirse a uno de sus matones, sentado en otra mesa—. Victor, trae otra silla para nuestros invitados, por favor.

Espero a que Victor mueva la silla y me siento. Los gemelos me siguen. La cara de Ilya parece de piedra, pero Yan se muestra divertido. Entiende la importancia de estos pequeños juegos de dominio, sabe lo necesario que es establecer el tono desde el principio.

Las jóvenes camareras se acercan para que pidamos algo de beber, pero lo rechazo, igual que Ilya y Yan.

—No tenemos sed —comento con voz calmada y la boca de Novak se vuelve a curvar hacia arriba.

—No tengo razones para envenenaros —dice y me encojo de hombros, rechazando la afirmación como la gilipollez que es. Hay muchas sustancias que podría usar, desde drogas que alteran la mente hasta venenos que actúan con tanta lentitud que los síntomas no se manifiestan hasta semanas o meses después. Podría echarme algo letal en la bebida y salir de aquí sin enterarme hasta que terminara el trabajo, hasta que le dejara de ser útil—. Entonces... —empieza cuando se da cuenta de que no voy a cambiar de opinión—. Esguerra. —Cruzo los brazos sobre el pecho y lo miro. Por fin vamos a tratar el porqué de la reunión—. Has trabajado para él —continúa mientras una de las camareras le trae su bebida, un güisqui escocés de gran calidad, a juzgar por el olor y el color.

—Así es —afirmo. Esperaba que lo supiera. Está claro que ha hecho las investigaciones oportunas—. ¿Eso supone un problema?

—No lo sé. ¿Lo supone? —Me escruta con la mirada pálida.

—No acabamos muy bien. De hecho, prometió matarme si volvía a cruzarme en su camino. Pero ya lo sabes, ¿no? —Le dedico una sonrisa fría—. ¿No es esa la razón por la que contactaste conmigo en un primer momento? ¿Porque me encuentro en una posición exclusiva al haber formado parte del círculo íntimo de Esguerra?

Sigue sin pestañear.

—Sí. ¿Ha sido un error por mi parte? ¿Puede tu equipo hacer lo que te estoy pidiendo?

—Depende. —Descruzo los brazos y me inclino

hacia delante—. ¿Cuál es la baza que mencionaste, la que nos ayudará a llevar a cabo este trabajo?

—¿Además de ti y de tu familiaridad con las instalaciones de Esguerra? —Los ojos de Novak centellean cuando mira a los gemelos, que han permanecido en silencio hasta ahora—. Supongo que puedo confiar en tus hombres. —Le observo sin molestarme en proporcionarle una respuesta para no darle importancia. Una sonrisa le vuelve a aparecer en los labios finos—. Muy bien. Quizás tenga a alguien dentro. De momento, no necesitas saber quién es. Basta decir que podemos organizar ciertas cosas para que ocurran en determinados momentos, lo que te permitiría realizar tu parte.

Siento una punzada de irritación. No me va a contar nada que no sospechara ya. Sin cambiar la expresión, me pongo de pie.

—En ese caso, te invito a que busques a otro equipo —digo mientras Yan e Ilya siguen mi ejemplo.

Me giro para dirigirme a la salida, pero me encuentro con el muro de matones de Novak, con las armas desenfundadas y una expresión feroz.

—No tan rápido —contesta Novak con suavidad—. Aún tenemos mucho de lo que hablar.

Me giro para enfrentarme a él, ignorando la artillería a mis espaldas.

—No hay nada de lo que hablar —respondo con tranquilidad—. No pienso encomendarles la seguridad de mi equipo a unas garantías ambiguas de ayuda provenientes de una fuente desconocida. Si aceptamos la misión, tenemos que saberlo todo, hasta los detalles logísticos más pequeños. Así es cómo trabajamos, por eso obtenemos resultados satisfactorios. Si quieres nuestros servicios, debes contarnos todo o nos vamos y encuentras a otros que lo hagan.

Se le contraen los rasgos insulsos.

—Estás cometiendo un error, Sokolov. No quieres joderme.

Le enseño los dientes en una sonrisa malhumorada.

—Tampoco a Esguerra, pero aquí estamos.

Me observa y mueve la cabeza hacia un lado.

—Dejadles pasar —ordena y me giro hacia el muro de matones, que se están separando, con las armas bajas, pero la postura tensa. No quiere que esto termine mal y se lo agradezco. El rifle de francotirador de Anton podría acabar con tres o cuatro de los hombres de Novak y nosotros tres quizás nos desharíamos de siete u ocho con facilidad, pero que haya balas de por medio nunca es bueno. Los chalecos antibalas ultrafinos que llevamos bajo la ropa no nos protegerían de un disparo en la cabeza y, por muchas habilidades que poseamos, no somos inmunes al plomo—. Estás cometiendo un gran error. —Novak levanta la voz cuando nos dirigimos hacia la salida—. Recuerda mis palabras, Sokolov. Estás cometiendo un gran error.

No respondo. Salimos y nos mezclamos entre los peatones de la concurrida calle mientras nos dirigimos hacia el punto de reunión.

—No va a dar su brazo a torcer —dice Anton cuando le contamos lo ocurrido mientras cenamos en un restaurante local—. Hemos perdido el tiempo. Sea cual sea la baza que tiene en las instalaciones de Esguerra, debe ser algo importante si lo oculta con tanto ahínco. No nos va a decir qué es, así que ya podemos olvidarnos. Has visto las ofertas que nos han llegado estos días, ¿verdad? No están mal. Aceptamos algunas y conseguimos cien millones. No necesitamos a Novak y a su secreto de mierda.

Asiento mientras corto el filete.

—Estoy de acuerdo. Vamos a centrarnos en otros trabajos.

Yan levanta las cejas.

—¿En serio? ¿Así de fácil?

Le sostengo la mirada.

—No vamos a ir a ciegas y no hay manera de convencer a Novak, así que se acabó. ¿Cuál es el problema? Además, me dio la impresión de que no estabas muy contento de que quisiera aceptar este trabajo.

Yan y yo nos observamos. Mantengo la expresión calmada, aunque siento la tensión creciente entre nosotros. No puedo permitirme entrar en este juego. Por lo visto, hay solo una manera de que Sara y yo estemos juntos y esta es mi mayor oportunidad.

—Creo que Peter y Anton están es lo cierto —dice Ilya, rompiendo el incómodo silencio—. No necesitamos esta misión. Es demasiado arriesgada. Nos bastará con varios trabajos extras.

Me llevo un trozo de filete a la boca, lo mastico y lo trago.

—Entonces, está decidido —digo y cojo el vaso de agua—. Hemos terminado. Mañana por la mañana nos vamos.

∼

ME QUEDO DESPIERTO, ESCUCHANDO Y ESPERANDO, hasta que, a las cuatro de la mañana, lo oigo: el ligero clic del cerrojo de la puerta de la habitación del hotel al abrirse y el chirrido de las bisagras al moverse.

Reacciono al instante, moviendo el cuerpo como un resorte. En un abrir y cerrar de ojos, pongo de rodillas al intruso y lo inmovilizo con una llave de estrangulación mientras me agacho detrás de él y le presiono una pistola contra la sien.

Se está ahogando y retorciéndose en un intento por huir, pero no tiene oportunidad de pegarme o deshacerse de mí. Con cada movimiento violento, reduce su reserva de aire.

—¿Quién te envía? —le pregunto cuando la lucha frenética comienza a debilitarse—. ¿Por qué estás aquí? —Reduzco la fuerza de la sujeción lo justo para que respire, pero, cuando vuelve a resistirse, aprieto el brazo el nuevo e interrumpo por completo todo suministro de aire. Esta vez, solo aguanta unos segundos. Aflojo la fuerza antes de que caiga inconsciente—. ¿Quién te envía? —repito y, por fin, se da cuenta de que lo más sensato es cooperar.

—No… Novak —suelta con voz ronca.

—¿Por qué? —le presiono sin liberarlo. Ya sé lo que va a decir, pero deseo escuchárselo a él.

—Quiere… Quiere verte —jadea el matón—. Solo tú, sin nadie más.

Aumento la intensidad de la sujeción, como si estuviera enfadado, pero, después, le suelto y me pongo de pie, a la vez que lo empujo contra el suelo, haciendo que se coloque boca abajo. Mientras coge aire y lucha por incorporarse, enciendo la luz y me pongo el abrigo y las botas. Ya llevo puesto el resto de las prendas porque estaba esperando esta visita.

—Tú ganas —le digo al tipo cuando me mira, restregándose la garganta con resentimiento mientras se levanta con dificultad—. Ve primero.

La táctica de quedarnos en un hotel en Belgrado ha valido la pena. Es hora de ver el as que Novak tiene bajo la manga.

*eter*

Me espera una limusina negra en la entrada del hotel y, cuando subo a ella, me encuentro con Novak.

—No ha sido una gran bienvenida por tu parte —dice cuando el matón se coloca a nuestro lado, aún masajeándose la garganta y mirándome como si quisiera incinerarme en el acto—. Victor solo te iba a trasmitir mi cortés invitación.

—¿Entrando en la habitación en mitad de la noche?

El traficante de armas se encoge de hombros.

—No quería llamar a la puerta y arriesgarse a despertar a tus compañeros en las habitaciones colindantes.

—Ya veo. —Le dedico una sonrisa gélida—. Muy amable por parte de Victor.

La sonrisa que Novak usa a modo de respuesta imita la mía.

—Estoy seguro de que tampoco te habrá sorprendido, dada tu profesión. Ahora, ¿por qué no dejamos a un lado el método de la invitación y nos centramos en el asunto en cuestión?

—Por supuesto. —Me reclino en el asiento y estiro las piernas para cruzarlas a la altura de los tobillos—. Adelante.

Novak me estudia durante unos largos instantes antes de decir sin rodeos:

—No me fío de tus hombres. Sé que tú has tenido relación con Esguerra, pero ellos no tienen ninguna razón para enfrentarse a él.

—¿Aparte de los cien millones de euros, quieres decir?

—Es mucho dinero —afirma—. Pero, por lo que he escuchado, tu equipo no anda mal de dinero. ¿Qué dijisteis exactamente? Con aceptar algunas ofertas extras, conseguiréis los cien millones. —Le brillan los ojos de lagarto bajo la luz de las farolas.

Mantengo la cara de póker, sin mostrar ni sorpresa ni preocupación. Es fácil porque no siento ninguna de ellas. Sabía que había muchas probabilidades de que nos escucharan en el restaurante y aproveché la oportunidad, calculando cada palabra para conseguir justo este resultado.

—¿Por qué me has llamado? —le pregunto cuando Novak sigue observándome—. Si no confías en mi equipo o en nuestros motivos, ¿por qué has acudido a nosotros... y por qué me has arrastrado hasta aquí esta noche?

—No he dicho que no confíe en tus motivos. —Curva los labios finos—. Conozco tu historia completa bajo las órdenes de Esguerra. Hiciste bien tu trabajo. De hecho, le salvaste la vida. Y, por eso, acabaste en su lista de mierda. No tuvo que sentarte bien, seguro. Y ahora tienes la posibilidad de devolvérsela y ganar un poco de dinero en el proceso.

Relajo los hombros ligeramente, como si estuviera aliviado.

—Muy perspicaz por tu parte.

La expresión de Novak no cambia, pero percibo la satisfacción. Sin duda, se enorgullece de ser bueno juzgando a las personas y, justo ahora, se está felicitando por conducir de forma adecuada la investigación y extraer las conclusiones correctas. Debe incluso saber lo del enfrentamiento con los Kent tras el accidente de Sara, quizás con un soborno a alguien de la clínica que escuchó a escondidas a mi equipo mientras permanecimos allí. Eso explicaría el momento propicio de la oferta.

Actuó en cuanto descubrió que había cortado el único vínculo que me quedaba con la organización de Esguerra.

Por supuesto, si sus investigaciones son así de rigurosas, también sabrá lo de Sara. Eso me preocupa, pero espero que crea la historia que Sara le ha contado al FBI: me he cansado de ella porque la cicatriz de la frente, de alguna manera, provocó que me atrajera menos. Está claro que lo que hice, dejarla libre y arriesgarme a no ser capaz de recuperarla, no es algo normal para un hombre de mi mundo cuando está interesado en la mujer que secuestró.

Mi relación forzosa con Sara no es extraña en los círculos de Novak, pero dejarla ir mientras la sigo queriendo, sí. Por eso, está más segura en casa.

Si Novak supiera lo que siento de verdad por Sara, la utilizaría como chantaje y no puedo permitirlo.

—Entonces —dice cuando el silencio se alarga durante un minuto incómodo—, entiendo que quieres el encargo.

Inclino la cabeza.

—Sí, pero no importan mis deseos. No voy a ir a ciegas. Así no trabajo y, por mucho que me apetezca ver a Esguerra muerto, no estoy dispuesto a suicidarme para conseguirlo.

Novak me estudia durante otro largo minuto antes de añadir:

—Muy bien. Esto es lo que estoy dispuesto a contarte de momento: aún no puedo activar la baza que tengo *in situ*. Tardaré ocho meses en llevar a cabo los ajustes apropiados. Tienen que pasar primero ciertas cosas.

—¿Ocho meses? —Gracias al entrenamiento, consigo no cambiar la expresión, aunque siento las entrañas retorcerse por la sorpresa ante esas palabras.

Ocho meses hasta que pueda resolver esto.

Ocho meses agonizantes sin Sara.

Novak asiente.

—Quizás sea un poco antes, pero no te lo puedo asegurar. En cualquier caso, eso os da a tu equipo y a ti tiempo suficiente para urdir un plan de acción.

Trago la rabia que me hierve en la garganta.

—No habrá plan si no sabemos los detalles de lo que estamos organizando —digo con calma—. ¿Dónde está tu baza? ¿En las instalaciones de Esguerra o en otro sitio? ¿Qué es exactamente lo que esperas de nosotros que no puede hacer tu cómplice por sí mismo? Si es alguien de dentro, ¿por qué no se encarga de llevar a cabo el trabajo? Supongo que tendrá acceso a Esguerra.

—Aún no, pero lo tendrá. Ella... —Novak se percata del pestañeo involuntario de sorpresa con un placer evidente—. Sí, esa es otra cosa que estaba deseando contarte: mi cómplice es una mujer. Tendrá acceso a Esguerra, pero no tiene las habilidades ni la iniciativa para conducir esta tarea. Sin embargo, puede estar en el lugar correcto, en el momento adecuado, proporcionándole una distracción, desactivando las medidas de seguridad... No sabremos los detalles sobre esa ayuda hasta que esté en la zona y pueda evaluar la situación, pero ten por seguro que tendrás a alguien en el interior.

Le observo, destrozado. Aún no es suficiente información, pero tengo el presentimiento de que, si me marcho, Novak nunca volverá a acercarse a mí de nuevo. Además, debido a lo que me ha revelado hasta ahora, lo siguiente que vendrá a buscarme será una bala, no uno de los matones de Novak. No estoy preocupado por esa posibilidad porque estoy acostumbrado a que me amenacen, pero Sara es vulnerable y no quiero arriesgarme a que Novak vaya a por ella, en lugar de a por mí.

Es poco probable debido a la excusa de «se ha aburrido» que les ha contado al FBI, pero no puedo exponerla.

—Entonces, a ver si lo he entendido —digo, inclinándome hacia delante—. Tendrás a una mujer en el interior, pero eso no pasará hasta dentro de ocho meses. No es capaz de mancharse las manos, pero nos prestará ayuda y nos hará más fácil la tarea. —Ante su asentimiento, pregunto—: ¿Por qué no puede intervenir antes? ¿Va a cambiar algo en estos ocho meses?

—Tendrás que esperar para saberlo —contesta Novak—. De momento, aún hay posibilidades de que no sea capaz de colocar a mi cómplice donde quiero. Si ciertas cosas no se desarrollan como deberían, quizás tengamos que esperar otra oportunidad. Eso o tu equipo se arriesga sin colaboración. —Me mira expectante y niego con la cabeza.

—No. Eso no va a pasar. Esguerra tiene múltiples niveles de seguridad en las instalaciones. Lo sé porque le ayudé a instalarlos. Y sí, aunque sepa cuáles son, aún no puedo superarlos. Están diseñados para ser impenetrables. La única manera de entrar es con ayuda desde el interior y, si no puedes proporcionárnosla... —Me encojo de hombros, mostrándole las palmas vacías de las manos.

Novak asiente.

—Claro. Ya me lo imaginaba. Veo que entiendes el valor de mi cómplice. Cuando esté dentro, Esguerra tendrá un agujero en la seguridad. Sin embargo, nos llevará tiempo.

—¿No hay manera de acelerar el proceso? —Supongo que ya sé la respuesta, pero tengo que preguntar.

—No, he intentado acceder a otras personas del interior, pero todas son demasiado leales o Esguerra les da demasiado miedo. Este es el único modo prometedor. Sin embargo, el tiempo es el que es.

Lo asimilo durante unos segundos y, luego, pregunto:

—¿Por qué te has dirigido a mí ahora? ¿Por qué no has esperado a que la cómplice esté en las instalaciones?

—Porque, si no estás de acuerdo, necesito organizar ciertos asuntos alternativos y lleva su tiempo encontrar a un equipo con experiencia e investigarlo. Y, en este caso en concreto, debido a la reputación de Esguerra... Bueno, creo que entiendes de lo que hablo.

—Claro. —Incluso con el incentivo de los cien millones de euros, hay pocas personas dispuestas a enfrentarse a alguien tan peligroso como Julian Esguerra. Casi todos tienen algo que perder y Esguerra no tiene piedad en lo que se refiere a sus enemigos. Lo sé porque le he ayudado a diezmar a aquellos que lo enfadaban, acabando con comunidades enteras en el proceso. El traficante de armas colombiano no distingue entre inocentes y culpables. Cualquier persona relacionada con sus adversarios debe pagar.

—Entonces... —Novak se inclina hacia delante con la mirada pálida fija en mi rostro—. ¿Puedo contar contigo y con tu equipo cuando llegue el momento?

Reflexiono durante unos instantes y asiento.

—Sí. —El tono que uso es tranquilo, pero, por dentro, sigo aturdido. Se suponía que iba a estar lejos de Sara durante un par de semanas o un par de meses como mucho, no casi un año. Es posible, por supuesto, que lo que necesito suceda significativamente antes de los ocho meses, pero, ahora mismo, no parece una probabilidad.

Novak solo revelará la identidad de su cómplice cuando sea indispensable.

—Bien. —Esos labios finos rezuman satisfacción—. Esperaba estar acudiendo al hombre adecuado y parece que así es. Solo una cosa más...

Levanto una ceja.

—¿Sí?

—Creo que entiendes que la información que he compartido hoy contigo es totalmente confidencial y solo para ti. Eso significa que no puedes comentársela a nadie de tu equipo.

Me imaginaba algo así tras sus reticencias, así que asiento.

—Entendido. Y, por nuestra parte, queremos que nos hagas una transferencia. Suele ser la mitad, pero, dado que debe pasar mucho tiempo, aceptaremos veinticinco millones ahora y otros veinticinco cuando se acerque el momento del golpe.

Novak no mueve ni un pelo.

—Tendrás el dinero en tu cuenta mañana.

Nos estrechamos la mano y, mientras lo hago, intento ignorar el vacío agonizante que se me expande por el pecho al pensar en los meses siguientes. Ahora que me he embarcado en esta misión, no tengo elección. Ninguna, en realidad.

Tengo que hacerlo. Es la única salida.

Si quiero mantener a Sara a largo plazo, debo darle la vida que se merece.

# PARTE II

ara

EL RESTO DE NOVIEMBRE SE RESUME EN UN REVOLTIJO DE
visitas al hospital, interrogatorios al azar del FBI y
esperas. Esperas infinitas. Siento que estoy a punto de
desmoronarme todo el tiempo mientras espero a que
Peter aparezca. Cada vez que cruzo el aparcamiento del
hospital, camino por la calle o me quedo dormida en
mi antigua habitación en casa de mis padres (el
gobierno me ha confiscado la casa porque ahora
pertenece a un criminal buscado), espero que me
sujeten y me lleven lejos, si no Peter, alguno de los
hombres que ha contratado para vigilarme.

Y lo están haciendo. Lo sé. Lo siento. Es la misma
sensación de inquietud de antes, la misma paranoia de
que unos ojos escondidos me están siguiendo. Los

agentes del FBI que me controlan cada uno de los movimientos tienen parte de culpa, pero no toda. Me he vuelto una experta en reconocer a los federales. Siempre están en un coche insulso al final de la calle o son peatones en un lugar al que no parecen corresponder o una mujer o un hombre a solas en una barra.

Los hombres de Peter son distintos. Nunca los veo, solo siento su presencia. Son la sombra al otro lado de la esquina, el eco de pisadas en el aparcamiento o el desasosiego entre los omoplatos. Están ahí todo el tiempo, pero nunca lo bastante cerca de mí o de los federales como para localizarlos.

Por supuesto, también es posible que esté paranoica, pero no lo creo. Conozco a Peter. No me dejaría sin estar pendiente de mí. O eso me digo mientras las semanas pasan sin recibir ni una palabra de él... sin un indicio de que vaya a volver.

Intento centrarme en pasar todo este tiempo con mis padres, lo que agradezco. De verdad. Mi padre parece tener un nuevo aliciente en la vida desde mi regreso. Ahora nada o realiza los ejercicios que le recomendó el médico con un vigor y una dedicación revitalizados. Y mamá está cada día mejor, se le están curando los huesos a la velocidad de una mujer el doble de joven que ella. Debe seguir en cama de momento, lo que la está volviendo loca, pero los doctores le han prometido que empezará la rehabilitación en cuanto su cuerpo pueda aguantarla, quizás a mediados de enero.

Noviembre se convierte en diciembre y, aun así, la

espera interminable continúa. Es como si estuviera en un limbo entre mi antigua vida y la nueva, en la que comenzaba a adaptarme a Peter. Vivo en la casa de la infancia, rodeada de familia y amigos, pero no puedo quitarme esa sensación de que soy una invitada, una visitante en un lugar al que ya no pertenezco.

Creo que mis padres también tienen esa sensación porque, a medida que avanza diciembre, comienzan a preguntarme por qué no hago ciertas cosas, como buscar un trabajo nuevo u otro lugar en el que vivir. Eludo estos temas diciendo que quiero centrarme en mamá por ahora, pero, según su salud va mejorando, la excusa suena cada vez más vacía.

—Sara, cariño… no tienes que estar aquí todo el tiempo —dice mamá cuando voy a visitarla una mañana gélida de diciembre—. Tu padre también puede cuidar de mí y sé que has estado aplazando ciertas cosas por esto. —Señala las escayolas de las piernas, aún inmóviles, con la mano ilesa.

Con una sonrisa, niego con la cabeza.

—No hay nada que no pueda esperar, mamá. Gracias a que vendí la casa, tengo dinero en el banco y me gusta vivir con papá. A menos que se haya cansado de que esté estorbándole.

—No, claro que no —dice enseguida mi madre, como suponía que haría—. Le encanta que hayas vuelto a casa. No tienes ni idea del alivio que supone tenerte de vuelta. Si quieres vivir con nosotros para siempre, eres más que bienvenida. Solo sé que eres muy independiente y no quiero que te sientas obligada a cuidarnos en lugar de poner tu vida en orden de nuevo.

«Mi vida en orden de nuevo». Reprimo las ganas de decirle que ya no sé qué significa eso, que ya no hay «orden» para mí ni camino recto. Mi futuro, que en su momento era claro y lineal, ahora está envuelto en la oscuridad, lleno de giros que solo consigo vislumbrar.

—No te preocupes, mamá —digo, abandonando el pensamiento sombrío—. Estoy feliz de estar aquí contigo y con papá.

Con una sonrisa, alejo la conversación y el futuro que ya no consigo vislumbrar.

Celebramos Januká en casa de los Levinson y Navidad y Año Nuevo con mi madre en el hospital. Durante las fiestas, sonrío y río, intercambio regalos y finjo que he vuelto para siempre. Le digo a mi padre que sí, que buscaré trabajo pronto y hablo con Joe Levinson sobre la compra de una nueva casa. Me recomienda un agente inmobiliario bueno y anoto el nombre, como si me importara, como si todo importara cuando, en realidad, volveré a desaparecer de un momento a otro.

A mediados de enero, la tensión de la espera y el fingimiento, los malabares constantes entre las mentiras y las medias verdades, tienen un gran impacto en mí. La ausencia de Peter es una herida en carne viva en el corazón y da igual lo mucho que trate de centrarme en la familia y amigos, le echo de menos todo el tiempo, tanto que solo puedo pensar en él. Sé que no es lo correcto y me torturo por ello, pero, llegado este punto, estoy tan acostumbrada a sofocar la culpa que ya no me parece tan horrible como antes, no siento la espera por mi captor tan pesada como una traición.

Aún no he olvidado que Peter asesinó a George y me mantuvo cautiva durante meses o que mata a personas por dinero, pero, cuando pienso en él, me vienen a la mente momentos dulces y tiernos, todas las maneras sutiles en las que me demostraba día a día que le importaba. Me encuentro soñando con los ojos abiertos sobre la forma en la que me masajeaba los pies y me traía el desayuno a la cama, el modo en el que se preocupaba por mí cuando no me encontraba bien, cómo me dormía entre sus brazos, en lugar de en una cama fría y vacía.

Definitivamente, las noches son peores. En ese momento, el anhelo se hace más profundo y la necesidad se vuelve física. Cada día, doy vueltas y más vueltas, luchando por quedarme dormida mientras se me consume el cuerpo por un hombre que está a miles de kilómetros. Intento utilizar juguetes, leer historias eróticas e incluso ver porno, pero no hay nada que ocupe el vacío interno y lujurioso. Es igual que cuando Peter se fue a México, pero cientos de veces peor porque, en aquel entonces, al principio de nuestra relación anómala, seguía siendo un extraño aterrador. Ahora, sin embargo, forma parte de mí, se me ha colado en el corazón y en la mente hasta el punto de que mi vida sin él parece tan vacía como la cama.

Me siento tan mal que pienso en rendirme a la insistencia de mis padres y buscar de verdad un trabajo. Sin embargo, decido volver a hacer voluntariado en la clínica de mujeres. Para alivio mío, están más que encantados de tenerme de vuelta.

—Te hemos echado de menos —me dice Lydia, la recepcionista—. No nos dimos cuenta de lo mucho que te necesitábamos hasta que te fuiste. ¿Va todo bien? Vino el FBI, nos interrogó a todos y…

—Sí, todo bien. Ha sido solo un malentendido sobre un chico con el que me fui de vacaciones —contesto. No quiero montar otra escena también aquí—. Ya lo he resuelto, no te preocupes.

Sé que Lydia está muerta de curiosidad, pero se muerde la lengua al notar mis reticencias a la hora de tratar el tema con mayor profundidad. No tengo ni idea de los rumores que les habrán llegado, pero, por suerte para mí, el personal y los voluntarios de la clínica lidian con situaciones sensibles todos los días y saben cuándo inmiscuirse y cuándo dejar las cosas como están. Tras una ronda de «¿qué ocurrió?» y «¿dónde has estado?», dejan que me centre en las pacientes, lo que hago a tiempo completo o incluso más. En general, cuando no estoy con mis padres.

—¿Cómo coño eres capaz de sobrecargarte de trabajo mientras estás en el paro? —se queja Marsha un mes después cuando la llamo para rechazar una invitación para salir, aludiendo una vez más que estoy agotada por el turno de noche en la clínica—. En serio, cariño, no te he visto fuera de los pasillos del hospital desde hace semanas. Primero, porque tu madre te necesitaba a todas horas, ahora esto. No hemos vuelto a quedar desde aquella vez en Patty's.

—Lo sé, lo sé. —Suspiro, pellizcándome el puente de la nariz—. Lo siento, Marsha. Quizás la semana que viene esté mejor.

No lo estaré, he programado unas sesenta horas de trabajo para esos días, incluidos dos turnos de noche, pero, aun así, encontraré algo de tiempo para Marsha. La he estado evitando desde que me enteré de que ayudaba al FBI y comienzo a sentirme mal por eso. Consideré lo que hizo como una traición, pero no es una reacción totalmente racional. Supongo que pensaba que hacía lo mejor, quizás incluso creyó que así me ayudaría. En cualquier caso, colaborar con los federales suele ser la estrategia normal para el ciudadano medio que cumple las leyes. Yo ya no me considero tal, al menos no cuando estoy escondiendo lo que siento de verdad por un asesino buscado.

Creo que el agente Ryson nota que no les estoy contando toda la verdad porque sigue arrastrándome hasta la oficina del FBI en el centro de la ciudad. Llevo al menos diez interrogatorios, siempre relatando la misma historia, diciéndoles a los agentes lo que les narré al principio y nada más. Ayuda que cada vez que empiezan a indagar más, se me acelera el corazón y el cuerpo activa el modo ataque de pánico total.

Es como si el TEPT o lo que sea que sufro estuviera de parte de Peter.

—¿Ha ido a ver a un psicólogo, doctora Cobakis? —me pregunta Ryson tras haber llamado a Karen, su agente con conocimientos médicos, para calmarme después de una sesión de preguntas especialmente dura —. Si no, le puedo recomendar alguno.

Sigo respirando superficialmente y con dificultad por el ataque de pánico, pero consigo negar con la cabeza.

—Ya conozco a alguien, gracias.

No he visitado al psicólogo, al doctor Evans, desde mi regreso, pero es bueno. Me ha ayudado antes, cuando no podía lidiar con las pesadillas y la ansiedad que me provocó el ataque de Peter en la cocina. Debería ir a verle de nuevo, pero no consigo convencerme de ir hasta la consulta y abrumarle con la mezcla confusa de verdades y mentiras que he estado regurgitando para el FBI.

Prefiero enfrentarme a estos asuntos yo sola mientras espero a Peter.

Volverá a por mí en cualquier momento.

eter

CUENTO LOS DÍAS EN EL CALENDARIO, TACHÁNDOLOS como un reo que espera salir de prisión. El día de la liberación, el día que me reúna con Sara, solo puede ser aproximado, por lo que elijo una fecha ocho meses después de la reunión con Novak y cuento a partir de ahí porque descubrir los detalles sobre su cómplice es el paso uno del plan para asegurarme un futuro con ella.

Puesto que es posible que hayan descubierto el refugio en Japón, nos trasladamos de piso franco a piso franco para no estar en un mismo lugar durante más de dos semanas. Entre medias, llevamos a cabo varios trabajos, algunos más difíciles que otros, pero ninguno tan complicado o peligroso como el que hemos pactado con Novak.

Mis compañeros de equipo, incluido Yan, aceptaron la decisión de dar el golpe a Esguerra, así como que no sepamos nada sobre la cómplice hasta que llegue el momento apropiado. Como le prometí a Novak, no les he contado los detalles de lo que hablamos. En parte, porque no hay nada que decir todavía, pero sobre todo porque necesito que Novak confíe en mí. Mis chicos pueden actuar tan bien como cualquiera en Hollywood, pero, al lidiar con alguien con tantos recursos como Novak, nunca se sabe quién te está escuchando o cuándo. Nuestros refugios son seguros, pero no nos podemos arriesgar, ya que un micrófono parabólico funciona a distancias sorprendentes.

Sobre todo, por eso, Sara ya no es tema de conversación entre nosotros. Para cualquiera del equipo, es como si no existiera.

—No quiero escuchar su nombre, ni siquiera un «ella» —les he dicho—. No me la mencionéis ni lo comentéis entre vosotros. Se ha ido y punto. ¿Vale?

Todos asienten al comprender mi preocupación y añado más niveles de seguridad a la comunicación con los piratas informáticos y con los hombres que contraté para que vigilaran a Sara en Estados Unidos. No puedo dejar de ver a mi *ptichka*, pero, por su seguridad, nadie debe saber que continúo obsesionado con ella.

Y sí que lo estoy. Es una enfermedad agravada por su ausencia. Sueño con Sara todas las noches. A veces, es algo tan simple como abrazarla o peinarle el pelo sedoso, pero, con frecuencia, son sueños perversos y violentos. En algunos, la pierdo; en otros, me convierto en la causa de su dolor. Nuestro primer encuentro, cuando la drogué y la torturé, me ha estado persiguiendo durante semanas y los recuerdos me invaden la mente con detalles brutales y definidos. Lo peor es que me despierto de esos sueños en los que le hago daño con la polla dura y anhelante y sé que por mucho que la eche de menos, por mucho que la quiera con todo mi corazón, los sentimientos por Sara nunca serán simples y cariñosos, siempre estarán teñidos por la oscuridad de nuestro pasado, por las cosas que le he hecho… y por las que quizás vuelva a hacerle.

Si las noches son malas, los días son incluso peores. Lo primero que hago todas las mañanas es revisar los informes de Sara, tanto de los piratas informáticos como de los americanos que la vigilan. Así sé que ha vuelto a hacer de voluntaria en la clínica y que su madre ha empezado la rehabilitación. En ocasiones, los americanos consiguen grabar a Sara a lo lejos y, en esos días, veo los vídeos varias veces antes del desayuno y otras tantas antes de irme a la cama por la noche. Entre medias, entreno con el equipo y dirijo el negocio, pero mi mente no se concentra en nada de eso.

Solo en ella.

En mi preciosa *ptichka*, a la que he añorado como a un miembro seccionado.

Pienso constantemente en traerla de vuelta. Gracias a la historia de Sara sobre que me he aburrido de ella, los federales no han intentado ocultarla. Siguen vigilándola por si vuelvo, pero no han creído necesario someterla a un programa de protección de testigos ni nada por el estilo. Creo que la razón es que esperan que regrese a por ella.

Ella es el cebo, aunque no lo quieran admitir.

Y me tientan. Joder si me tientan. Ahora que sus padres ya no la necesitan, fantaseo cada día con ir a por ella, hasta el punto de haber planificado toda la situación en la mente. Sé cómo despistaríamos a los controladores aéreos y dónde aterrizaríamos, cómo crearíamos una distracción para que los federales dejaran a Sara a solas y cómo depositaríamos una prueba falsa para que no nos siguieran el rastro mientras escapábamos.

Podríamos hacerlo mañana si quisiéramos.

En unas veinte horas, podría abrazar a Sara.

La mayor parte del tiempo me deshago de ese desvarío, recordándome los motivos por los que lo hago, reiterándome que está más segura allí. Sin embargo, hay días en los que solo pienso en esa fantasía y me detengo a segundos de rendirme y ordenarle a Anton que prepare el avión.

Para mantener la cordura, intensifico la búsqueda de Henderson, la última persona de mi lista y la más esquiva. Que no les hayamos encontrado ni a él ni a su familia confirma el rumor sobre su pasado en la CIA. El cabrón es bueno, como uno de mi profesión.

Quizás sea hora de calentar motores.

—Vamos a Carolina del Norte —anuncio durante el

desayuno a la mañana siguiente—. Vamos a remover la mierda en Asheville, a ver si podemos eliminar a ese hijo de puta por las malas.

Mis compañeros levantan la cabeza de su plato con idéntica expresión de indiferencia. Ese había sido el plan B en todo momento. Preferimos no involucrar a inocentes, como los amigos de Henderson o los miembros lejanos de su familia, que no tienen nada que ver con la masacre de Daryevo, pero, dado que nuestro objetivo es tan esquivo, es la única opción que nos queda.

—Nos estará esperando —dice Anton, dejando a un lado el plato—. Seguro que es una trampa.

Esbozo una sonrisa sombría.

—Lo sé.

La dificultad de esta operación es lo que más deseo. No solo tendremos que entrar y salir del país sin que nos pillen, sino que, sin duda, Henderson les habrá pedido a los federales que vigilen a sus contactos. En cuanto a la logística, es similar a raptar de nuevo a Sara, solo que, en lugar de secuestrar a una mujer, interrogaremos a media docena de personas, todas ellas vigiladas por los amigos de Henderson del FBI y quizás incluso de la CIA.

—Será divertido —dice Yan con ojos verdes brillantes—. Es mejor que quedarse aquí. —Hace un gesto con la mano para señalar la cabaña rústica en la que nos hemos alojado la última semana, nuestro refugio en el este de Polonia.

Ilya le lanza una mirada y sigue comiendo. Ha

estado de morros con su hermano desde hace una semana, desde que Yan se tirara a una camarera en Budapest que Ilya también deseaba. No es la primera vez que sucede esta situación porque los gemelos tienen un gusto similar en cuanto a mujeres, pero en el pasado, la hubieran compartido amistosamente, quedando los dos con la chica o turnándose. No tengo ni idea de por qué esta camarera es distinta, pero Ilya ha estado enfadado con Yan desde que llegamos.

No voy a meterme en medio de esa pelea, por lo que finjo no haberme percatado de la tensión en la mesa.

—Preparaos —les digo a los chicos—. Quiero estar en Asheville antes del fin de semana, por lo que mañana necesitamos tener ya un plan viable.

Y, tras levantarme, me marcho a escribir a los contactos estadounidenses.

ME REÚNO CON MARSHA EN UNA DISCOTECA DEL BARRIO West Loop de Chicago. Es nueva y está a la moda, con la música que sale de los altavoces tan alta que me zumban los oídos. Marsha ya está en la pista de baile, restregándose con dos jóvenes con aspecto de banquero, por lo que me abro camino hasta la barra y pido un *gin-tonic* para mí. Espero que el alcohol alivie el nudo de tensión constante en el estómago.

«En cualquier momento. Cualquier día». Me llevo diciendo eso durante semanas, pero sigo aquí, en este limbo perturbador. Hace cinco días, mamá caminó desde la cama hasta el baño solo con la ayuda de las muletas y, aun así, sigo aquí, viviendo en casa de mis padres sin tener ni idea de cuándo (o si) Peter volverá a por mí.

¿Será posible? ¿Será posible que todas las mentiras que le he contado al FBI se hayan convertido en realidad? Quizás el asesino ruso se haya aburrido de mí de verdad. A lo mejor, aferrarme a él en la clínica hizo que perdiera el interés. Sé que se crece con todo tipo de peligros y riesgos y es posible que yo fuera eso para él: un desafío. Después de todo, ¿qué logro hay mayor que conseguir el afecto de la viuda de tu enemigo, la mujer que tiene todas las razones para odiarte?

Este pensamiento me invade la mente constantemente y me obligo a rechazarlo, recordando la mirada en el rostro de Peter cuando me prometió que volvería a por mí. «Mientras siga respirando», dijo y no dudé de él en ningún momento, no despés de todo por lo que pasó para hacerme suya.

En realidad, sigo sin dudar de él y eso solo significa una cosa.

Si Peter no ha regresado a por mí es porque no puede.

Algo ha ocurrido.

He intentado no pensarlo, me he esforzado por alejar esa posibilidad aterradora de la mente, pero ya no puedo ignorarla. La vida de Peter es como la de un soldado en zona de guerra. Entre las autoridades de todo el mundo persiguiéndole y los criminales poderosos con los que trata, desafía al destino al sobrevivir día a día. Y, cuando los «trabajos» se unen a esa mezcla, las probabilidades de que salga herido o algo peor son muy significativas.

De hecho, son tan grandes que me he pasado estas semanas con un nudo permanente en el interior.

Lo único que me da esperanzas es que tanto el FBI como los hombres misteriosos de Peter siguen observándome. Esa sensación inquietante entre los omoplatos que nunca desaparece en público. De hecho, en este justo momento, estoy segura de que hay al menos un par de rastreadores en la discoteca: el federal insulso que me ha seguido y está dándole vueltas a una cerveza en el otro extremo de la barra y alguien más, alguien que no consigo identificar, pero cuya presencia siento.

Si Peter estuviera muerto o lo hubieran capturado, el FBI lo sabría y dejarían de seguirme a todos lados. Lo mismo ocurriría con los hombres que contrató Peter. No es un gran alivio, aún puede estar herido de gravedad en algún sitio, pero algo es algo. Es lo que me ayuda a levantarme por las mañanas y continuar con el resto del día a pesar del abismo constante en el estómago.

—¡Ya has llegado! —Marsha emerge a mi lado, resplandeciente con el brillo exclusivo que produce la mezcla de alcohol y baile apasionado—. Empezaba a pensar que no aparecerías.

—Estoy aquí —le aseguro mientras el camarero me da la bebida—. Solo me he retrasado un poco en la clínica, ya sabes cómo va.

Asiente de manera empática y le dice al barman:

—Una Corona, por favor.

Le tiende la botella y ella la hace chocar con mi vaso.

—Porque por fin te he sacado de casa —dice y me río mientras toma un largo sorbo.

—Bueno, ¿dónde has estado? No me puedo creer que marzo esté a la vuelta de la esquina y no hayamos quedado más que la primera semana desde tu regreso.

—Uf, lo sé. —Esbozo una mueca—. Perdona, pero con lo de mi madre y eso...

Marsha me interrumpe agitando la cerveza.

—No sigas. Lo entiendo, de verdad. Solo dime algo... —Mira a su alrededor, se inclina hacia mí y me posa una mano en el antebrazo—. ¿Estás bien, cariño? —pregunta con voz suave a pesar de la música estridente, fijando la mirada en la cicatriz ahora desaparecida de la frente—. Nunca hablamos sobre... bueno, sobre lo que ocurrió.

Se me encoge la garganta.

—Ya te conté lo que sucedió.

Asiente con seriedad.

—Lo sé. No estaba hablando de eso. ¿Cómo lo llevas?

Respondo con un «estoy (estresada al máximo, soy incapaz de comer y dormir, tengo pesadillas con Peter muerto o herido) bien», a lo que ella contesta, centrando la mirada en el antebrazo, que parece muy delgado y pálido bajo los dedos morenos y elegantes, decorados con esa manicura:

—Ajá. Por eso pareces el esqueleto de un laboratorio de anatomía.

Aparto el brazo.

—Estoy a dieta.

Suspira y se echa hacia atrás.

—Ya veo.

Le doy un sorbo a la bebida mientras deseo contarle la verdad: que padezco un trauma psicológico porque echo de menos al hombre que me hizo esto, que le estoy esperando para que regrese y me reclame. Pero, si digo eso, estaré firmando mi sentencia para ir a prisión.

—Estoy bien —repito con una sonrisa radiante—. ¿Por qué no dejamos de hablar de cosas deprimentes y bailamos?

Marsha duda antes de sonreír también.

—De acuerdo. A bailar se ha dicho.

Me coge de la mano y nos abre paso hasta la pista de baile abarrotada. Acaba de empezar uno de los últimos éxitos de Nicki Minaj y me río al recordarme cantándoles a grito pelado a los chicos mi propia versión de esta canción en Japón.

Marsha también suelta una carcajada antes de echar la cabeza hacia atrás para tragarse el resto de la cerveza y comenzamos a bailar. Canto, introduciendo en los puntos clave mi propia letra y, en poco tiempo, nos lo estamos pasando bien de verdad. El ritmo me hace vibrar los huesos y me mueve los pies al compás. Río cuando parte de la bebida me cae en la mano.

—Un segundo —le digo a Marsha antes de acabarme el resto del *gin-tonic* para evitar otro accidente. Dejo el vaso vacío en una mesa próxima, me abro paso entre la multitud para acercarme a la barra y pido una cerveza, más fácil de controlar en la pista de baile. Cuando vuelvo, Marsha ya está bailando con un par de chicos nuevos. Al unirme a ellos, me coge de la mano y tira de mí.

—Estos son Bill y Rob —grita por encima de la música y sonrío, incómoda. Esto no es lo que tenía en mente cuando acepté salir con Marsha.

—Voy al baño —digo, inclinándome hacia Marsha para que pueda oírme—. Vuelvo enseguida.

—Espera, voy contigo. —Marsha abandona a sus acompañantes sin pensárselo y me sigue a través de la multitud.

Al ser primera hora de la noche, no hay mucha cola en el baño de las chicas. Mientras esperamos, Marsha me habla sobre otra discoteca a la que fue con Tonya la semana pasada, en la que conoció a un tío sexi. La escucho, sonrío y asiento, maravillada al darme cuenta de lo distinta que es la vida de mi amiga, fácil y sencilla. ¿Cuándo fue la última vez en la que me preocupé de si un chico me llamaría? ¿La universidad, quizás? Tras conocer a George, las citas quedaron relegadas a un segundo plano que no he retomado después de su muerte.

Peter apareció antes de que tuviera oportunidad.

Por fin conseguimos entrar en el baño, hacer lo que teníamos que hacer y volver a la pista de baile. Ahora está incluso más llena que antes, por lo que, media hora después, cuando nos han zarandeado y nos han echado bebida encima, Marsha me grita al oído:

—Vámonos.

Agradecida, la sigo y acabamos en otra sala unas manzanas más allá, donde nos desplomamos en la barra y escuchamos a una banda en directo tocar canciones rock de los ochenta intercaladas con éxitos del momento.

—Cantas, ¿verdad? —me pregunta Marsha tras unos chupitos y yo asiento mientras la cabeza me da vueltas por el alcohol—. De acuerdo. —Marsha sonríe—. Vamos a hacerlo. —Se baja del taburete de un salto y me coge de la muñeca para levantarme el brazo—. Hola a todos —grita por encima de la música—. Mi amiga puede interpretar alguna canción. ¿Os gustaría oírla? —Quiero que me trague la tierra, pero varias personas del público, la mayoría tíos medio borrachos, corean «claro que sí»—. Vamos. —Marsha me empuja hasta el escenario, donde los miembros de la banda no se muestran muy contentos de tener que tratar con una novata.

En otras circunstancias, me hubiera escabullido y hubiese reñido a Marsha después, pero, entre el alcohol que me hace perder la inhibición y las pequeñas actuaciones para Peter y sus hombres en Japón, encuentro la valentía de permanecer en el escenario.

—¿Sabéis tocar *Karma* de Alicia Keys? —le pregunto al guitarrista intentando no farfullar las palabras.

El guitarrista, un hombre con entradas y las mejillas sonrosadas, me observa con ojos recelosos.

—Quizás. ¿Vas a cantar mientras tocamos?

—¿Os importa? —Le dedico mi mejor sonrisa—. Solo una canción y no me volvéis a ver el pelo.

Intercambia una mirada con los otros músicos, me pasa un micrófono y dice:

—Oh, ¿qué coño? Venga, mujer. Muéstranos lo que vales.

Tocan primero varias notas y me giro para mirar al público con el corazón acelerado al darme cuenta en lo que me estoy metiendo. La última vez que actué delante de tantas personas estaba en el instituto, donde conseguí el papel principal en el musical del colegio. Igual que entonces, siento una nube de mariposas en el estómago, un entusiasmo nervioso.

«Utilízalo», me digo y, tras respirar hondo, comienzo a cantar mientras mezclo mi propia letra con las palabras conocidas de la canción. A pesar del alcohol, escucho la voz pura y fuerte, tan poderosa que noto la vibración del sonido. Todos los demás ruidos del local se apagan y veo que me observan tanto caras de sorpresa como de desconcierto, incluida la del federal de paisano que nos ha seguido desde la discoteca y ahora le da vueltas a la bebida en una esquina.

Marsha también parece maravillada y me doy cuenta de que nunca me ha oído cantar en solitario. Hemos interpretado *Cumpleaños feliz* para algunas enfermeras en grupo y es probable que me escuchara cantar la selección del DJ en aquella discoteca hace meses, pero nunca así, nunca en forma de actuación, sobre todo con mis propias letras.

Casi me asfixio ante el pensamiento. Nunca he compartido mi música con nadie, excepto con Peter y su equipo. Sin embargo, consigo continuar y, mientras canto mi propia versión del estribillo, el público comienza a cantar junto a mí, dando palmadas sobre la mesa y moviendo los pies al ritmo. Las mariposas en mi interior crecen, llenando cada grieta del pecho hasta que siento que floto movida por esas alas batientes. Sigo cantando mientras mi cuerpo comienza a seguir la música y la formación como bailarina resurge.

No soy consciente de que me siento como si volara hasta que la canción se acaba y la sala irrumpe en vítores. Salgo del trance y veo a Marsha aplaudiendo y gritando igual que una loca en primera fila. Radiante, me giro, queriendo darle las gracias a la banda. Pero ellos también están aplaudiendo. Es una fantasía, algo con lo que mi yo adolescente soñaba.

—Ha sido increíble. ¿Tienes más canciones como esa? —me pregunta el guitarrista y asiento, notando que las mariposas se me han convertido en colibríes en el pecho. En Japón, compuse y grabé decenas de canciones, algunas con música existente y otras con mis propias mezclas, que interpretaba para mis captores como parte del ritual nocturno. Peter siempre decía que era buena, pero lo tomaba como un cumplido y lo achacaba a la falta de otro entretenimiento. Estas personas, sin embargo, son completos extraños. No tienen razones para halagarme. En cualquier caso, los músicos deberían echarme del escenario para poder hacer música de verdad.

—Tengo otra —le digo al guitarrista sin aliento cuando la fantasía no parece desvanecerse—. ¿Sabéis la melodía de *Just the Way You Are* de Bruno Mars?

Sonríe.

—Por supuesto. Perfecto, vamos a ello. ¿Cómo te llamas?

—Sara —digo y me arrepiento al instante. Mi nombre es demasiado ordinario y esta noche se merece algo más, algo similar a Madonna, Rihanna o SZA.

—¡Démosle un fuerte aplauso a Sara! —grita el guitarrista y me olvido de lo común que es mi nombre mientras las personas del público aplauden y gritan.

La banda comienza a tocar *Just the way you are* y tomo aire para prepararme. Cuando llega la parte de la letra, utilizo las mías propias de nuevo y la sensación de que estoy volando regresa al ver la reacción de la audiencia. Les encanta. Les encanta de verdad.

La canción termina demasiado pronto y vuelvo a la Tierra, justo antes de flotar otra vez cuando el público pide que cante una canción tras otra. Interpreto siete de mis mejores éxitos y, luego, comienzo a notar cansancio en la voz.

—Se acabó —le digo a la banda mientras le tiendo el micrófono al guitarrista—. Gracias por tratarme tan bien.

—Cariño, puedes cantar con nosotros siempre que quieras —contesta—. De hecho... —Se gira para sostenerles la mirada a sus compañeros antes de volver a dirigirse a mí—. Tocamos aquí todos los fines de semana. Nos encantaría que te unieras.

—Oh...

—Como es obvio, repartiremos las ganancias contigo —dice, aunque estaba a punto de rechazar cualquier compensación económica—. Aquí conseguimos bastante.

—No os la podéis permitir —comenta Marsha y me giro para ver cómo sube al escenario, contoneando las caderas—. Es doctora, ¿sabéis?

—¿En serio? —El guitarrista me echa un vistazo—. Talentosa, guapa y, además, lista, ¿eh?

Me sonrojo cuando Marsha contesta:

—Ya ves. Así que, si queréis contactar con ella, tenéis que hablar conmigo primero. Tomad. —Le coge de la muñeca, saca un bolígrafo y le escribo su número en el antebrazo, justo al lado de un tatuaje atravesado por una flecha. Con un guiño, añade—: Estoy disponible a cualquier hora.

Río al darme cuenta de lo que Marsha está haciendo y la arrastro fuera del escenario antes de que mi amiga se tire al músico allí mismo. Según se rumorea en el hospital, ha hecho locuras mayores estando borracha.

Nos abrimos paso entre el público que aún sigue aplaudiendo y salimos de allí. El aire gélido de febrero no minimiza nuestro entusiasmo ni una milésima. Sigo aturdida por el alcohol y el subidón de la interpretación y Marsha también está emocionada, riendo y hablando sobre lo que acaba de ocurrir y sobre que puede ser mi agente para que ambas nos hagamos ricas si tengo éxito.

Nos lo estamos pasando tan bien que, por un instante, me olvido de que no es real, de que mi vida ahora mismo es solo un período enorme de espera. Sin embargo, cuando me monto en el taxi para volver a casa, lo recuerdo y la alegría se desvanece.

Mientras estaba fuera cantando y emborrachándome, otra noche ha llegado a su fin, otro día ha acabado sin que Peter regrese.

eter

PIENSO EN CONTACTAR CON SARA EN CUANTO aterrizamos en un aeropuerto privado al pie de las Grandes Montañas Humeantes, a unos noventa kilómetros de Asheville y solo a unos estados de distancia de ella. Estoy más que tentado de coger el móvil y llamarla para poder oír su voz. Pero, si lo hiciera, los federales, que siguen vigilándola y escuchándole las llamadas, volverían a atosigarla, dudando de nuevo de su historia y haciéndola sufrir.

No es la primera vez que pienso en comunicarme con ella. Está en mi mente a todas horas. Por muy cuidadosos que sean los federales, podría pedirle a uno de los hombres que contraté para que la vigilaran que le pasara a escondidas una carta. Sería arriesgado, pero podría hacerlo.

Lo que me lo impide no es la logística, sino que no estoy seguro de lo que le diría ni de la reacción de Sara ante la carta. Por mucho que me guste creer que me echa de menos tanto como yo a ella, sé que hay mayores posibilidades de que el débil acuerdo que pactamos al final de su cautiverio se haya desvanecido, que volver a casa le haya hecho odiarme y temerme otra vez. Quizás esté deseando que no regrese nunca y una carta la preocuparía.

Además, ¿cómo le explicaría la razón por la que me estoy manteniendo alejado? No puedo revelarle nada sobre Novak y Esguerra, ya que sería demasiado peligroso si interceptaran la carta, por lo que solo me quedaría asegurarle que estoy vivo y que voy a volver, algo que podría interpretar fácilmente como una amenaza si es feliz en casa sin mí.

Sé que los chicos se mueren por decir algo al respecto, pero la regla de «no hablamos de Sara» sigue vigente y saben que es mejor no romperla. Por eso, siguen callados y yo me centro en pasar los días sin ella, apoyándome en los informes diarios para alimentar esta obsesión.

Hace un par de días, salió con su amiga Marsha y acabó cantando en un antro, interpretando una de sus canciones en público. Al leerlo se me iluminó el pecho con un brillo cálido y le di instrucciones a los americanos de que la grabaran la próxima vez para poder escucharla y observar las reacciones del público.

Me siento orgulloso de que mi pajarito se haya expuesto de esta manera, olvidando la inhibición y mostrando el talento que siempre he sabido que tiene.

Por supuesto, no solo sentí orgullo al leer el informe. La idea de que salga a lugares en los que otros hombres puedan ligar con ella es como un carbón ardiendo en las entrañas. Sara es mía. Eso no lo cambia la distancia física entre ambos. Hasta ahora, los informes no hablan sobre nadie que esté rondándola de verdad, pero eso no significa que no esté ocurriendo. Con el FBI siguiendo a Sara a todas horas, mis hombres tienen que tomar precauciones adicionales y hay veces en las que no se pueden acercar lo suficiente como para asegurarse de que un capullo no le está pidiendo el número de teléfono o invitándola a un café. Si pudiera ponerle un micrófono al teléfono de Sara, lo haría en un abrir y cerrar de ojos. Le implantaría un chip en el cerebro si pudiera.

—¿Estás preparado? —me pregunta Yan y me doy cuenta de que he estado ausente durante un minuto limpiando el arma, en lugar de coger la mochila y salir del avión.

—Sí —contesto antes de montar la pistola y meterla en el cinturón—. Hagámoslo.

LYLE BOLTON, EL PRIMO DE WALLY HENDERSON, ES EL dueño de una pequeña tienda ecológica en Asheville. Sus vecinos y amigos piensan que es un hombre amable y pacífico con dos niños y medio (dos preescolares y un bebé en camino). La esposa embarazada es una madre hogareña. Para los extraños, son la pareja suburbana perfecta. Es una pena que no sepan lo que los piratas informáticos han descubierto.

Le esperamos en la cabaña de una prostituta en las montañas, donde hemos aparcado el SUV, escondiéndolo detrás del cobertizo. En teoría, es una chica de compañía, pero intercambiar dinero por sexo es siempre lo mismo, creo. Bolton la visita todos los martes y jueves cuando vuelve de las granjas locales, donde consigue la producción para la tienda. Su mujer no tiene ni idea, igual que el resto de la comunidad.

Nadie se imaginaría que el callado y devoto Mr. Bolton, apasionado del cuidado de los animales y del medio ambiente, pagaría a una «acompañante» apenas legal para defecar sobre ella dos veces a la semana mientras la maltrata.

Henderson les ha pedido a sus compañeros que controlen a Bolton en casa y en el trabajo. Por eso, la cabaña es el lugar perfecto para interrogar al cabrón. Este vicio oscuro es un secreto para todos, incluido su primo, y, gracias a las precauciones que ha tomado para justificar la demora, nadie va a buscarle hasta que no se presente en la tienda cuatro horas después. En cuatro horas, se pueden hacer muchas cosas.

No hay nadie en la cabaña excepto nosotros. Yan se ha librado de la puta esta mañana al fingir que era un cliente que le iba a pagar muy bien. Cuando entró con ella en una habitación de hotel, la amordazó y la dejó allí. Si tenemos tiempo, la desatará más tarde; si no, los empleados de la limpieza la encontrarán mañana por la mañana. En cualquier caso, la chica no va a acudir a la policía, sobre todo cuando encuentre el dinero en la mesilla.

Lyle Bolton es puntual, como siempre, y se presenta a las diez menos cuarto. El camión hace un ruido sordo en el acceso de gravilla y les indico a los chicos que se preparen.

Atrapar a la presa va a ser un juego de niños. No tiene ni idea de lo que le espera. El cabrón entra con una enorme sonrisa de tragamierda en ese rostro regordete e Ilya sale de detrás de la puerta para pegarle un puñetazo en el estómago. Lo hace despacio, todo lo despacio posible para un tío así de grande, pero, aun así, Bolton cae de rodillas, jadeando, resollando e intentando salir de allí.

Yan le da una patada en las costillas y, después, me toca a mí. Le tiro de la parte trasera de la camisa cuando empieza a lloriquear y a pedir compasión.

—Tu primo —digo con calma mientras lo dejo caer en una silla de la cocina—. ¿Dónde está?

Nos mira boquiabierto y veo un nuevo tipo de miedo en el rostro. Se acaba de dar cuenta de que no es un error, de que no somos ladrones que estuviéramos por aquí.

—No… No lo sé —tartamudea. Suspiro antes de sacar el arma.

—Una oportunidad más —digo, apuntándole a la frente con el cañón—. ¿Dónde cojones está Wally?

Se mea encima. Una mancha se extiende por la entrepierna de los pantalones de pana y huelo el olor acre de la orina. Me molesta casi tanto como las lágrimas y los mocos que le resbalan por la cara.

—Lo juro, no lo sé —gime. Bajo el arma y presiono dos veces el gatillo en una sucesión rápida.

Los gritos se vuelven ensordecedores al caer de la silla y hacerse un ovillo en el suelo. Solo le he disparado una bala en cada pie y espero un instante a que los gritos se apaguen antes de repetir:

—¿Dónde está tu puto primo?

—No lo sé, no lo sé, no lo sé. —Está histérico, sujetándose los pies ensangrentados con ambas manos —. Por favor, lo juro, no lo sé. Desapareció hace dos años y no he vuelto a saber de él.

—¿Nada? ¿Ni cartas ni correos ni llamadas?

Ya sé la respuesta gracias a los *hackers*, por lo que no me sorprende cuando el idiota tartamudo niega con la cabeza como un muñeco de cuerda.

—No, no, ¡lo juro! ¡Nada! Nadie sabe nada desde que se fue.

Me giro hacia Yan.

—¿Qué piensas? —le pregunto en ruso—. ¿Crees a este pedazo de mierda?

Le estudia y asiente.

—Sí, creo que sí. Henderson es demasiado cuidadoso como para confiar en este tío.

—Vale. Vámonos, entonces.

Me inclino hacia delante para coger el teléfono de Bolton de su bolsillo y lo dejo gimiendo y sangrando en el suelo mientras salimos de la cabaña. Antes de irnos, le inhabilito el vehículo para asegurarme de que no se marchará durante un tiempo.

Tenemos que interrogar a cinco gilipollas más antes de que el paradero de este se descubra.

*P*eter

LAS DOS PERSONAS SIGUIENTES DE LA LISTA SUPONEN EL mismo desafío que Bolton. El primero, Ian Wyles, es un profesor de colegio jubilado y el tío tercero de Henderson. Solían intercambiarse correos de forma habitual antes de que Henderson desapareciera y es posible que haya mantenido el contacto con él de alguna manera.

Sin embargo, desde el instante en el que atrapamos al viejo de camino a casa desde la oficina de correos, queda claro que no sabe nada. Tiene tan poca puta idea y está tan sorprendido por nuestras preguntas que no nos molestamos en darle una paliza. Solo le atamos y le dejamos en un vehículo inhabilitado en el bosque, donde le encontrarán dentro de unas horas cuando su mujer llegue a casa y descubra que ha desaparecido.

La segunda persona es Jennifer Lows, amiga de la esposa de Henderson. Una mujer regordeta de mediana edad que literalmente se caga encima cuando la atrapamos en el exterior de la residencia de sus padres. Desde el primer minuto del interrogatorio, es evidente que tampoco tiene ni idea, por lo que la dejamos detrás de un contenedor en un callejón, amordazada y aterrorizada, pero sin mayor daño.

—Cero de tres —anuncia Anton cuando huimos del callejón, pero me encojo de hombros. Era lo que esperaba. Si Henderson estuviera en contacto con estas personas, ya habría salido a la luz. Además, la seguridad a su alrededor sería mayor. Que nos esté resultando fácil llegar hasta ellos quiere decir que no forman parte del círculo íntimo de Henderson.

Las personas que le importan, su mujer e hijos, están tan escondidos como un tesoro.

En cualquier caso, conseguir información sobre el paradero de Henderson no es prioridad. Queremos mandarle un mensaje, decirle que nadie de su entorno está a salvo, sin importar lo lejana que sea la relación.

Deseamos enfadarlo y asustarlo porque un hombre temeroso y enrabietado comete errores.

La siguiente persona es un policía local, amigo de la infancia de Henderson. Jimmy Gander, de cincuenta y cinco años, es uno de los maderos mayores del cuerpo y, cuando lo sacamos de su bar favorito, consigue darle un puñetazo a Anton en la cara antes de que le dejemos inconsciente.

—Voy a matar al cabrón —mascula Anton mientras nos dirigimos hacia el bosque en el que tenemos intenciones de interrogarlo—. Eso persuadirá a este capullo.

—No vamos a matar a nadie si no es necesario —le recuerdo—. Solo vamos a darle una pequeña paliza si no coopera.

Anton frunce el ceño.

—Que le jodan a esa mierda. Me ha dejado el ojo morado.

—No deberías permitir que el abuelete saque lo mejor de ti —dice Yan con una sonrisa—. Quizás deberíamos aceptarlo en el equipo en tu lugar. Parece tener más habilidades que tú.

—Callaos —les digo mientras paramos el SUV en un claro del bosque—. Pelearos después.

Sacamos a rastras al policía y esperamos a que vuelva en sí antes de empezar a interrogarle. Como los demás, parece desconcertado por la situación. Sin embargo, a diferencia del resto de los objetivos, al principio se niega a contestar a nuestras preguntas. Para alegría de Anton, acabamos golpeándole varias veces antes de escuchar el típico «no sé nada» o «no he vuelto a saber de él». En otras circunstancias, habría admirado la lealtad de Gander por su amigo, pero, dado que tenemos menos de dos horas para interrogar a los otros dos de la lista, esta demora me frustra.

—Métele un puto balazo —le digo a Anton cuando

el policía se opone a decirnos cuándo fue la última vez que vio a Henderson y él, encantado, me obedece y le dispara en el hombro derecho.

Después de eso, ya no se niega a contestar, solo vomita palabras y súplicas para que le llevemos al hospital.

—Vámonos —les digo a los chicos cuando estoy seguro de que no podemos conseguir nada más de él—. Atadle y dejadle aquí.

Mientras nos alejamos, hago una nota mental para que llamemos al 911 y les digamos la ubicación del hombre una vez estemos a salvo en el aire. Aunque sea amigo de Henderson, no hay razones para que el policía muera.

Vamos apurados con el tiempo, por lo que aceleramos el proceso atrapando a los dos objetivos últimos para interrogarles juntos. Los hemos dejado para el final porque son las relaciones más distantes de Henderson, así que, si no hubiéramos llegado a ellos por alguna razón, no habría sido una gran pérdida.

El primer tío es el exnovio de la hija de Henderson, Bobby Carston. Tiene unos veinte años, tres más que la chica, y, según los informes, rompieron cuando se acostó con su mejor amiga en la graduación del instituto. No soporto a los infieles, por lo que le maltratamos un poco mientras le interrogamos, algo que nos asegura que el último rehén, el profesor favorito del hijo de Henderson, se muestre cooperativo desde el principio.

De hecho, la verborrea de Sam Briars sobre Jimmy Henderson es tal que nos lleva a algo que no esperábamos. Una posible pista.

—… y, luego, se fueron de vacaciones a Tailandia hace cinco años. Jimmy decía que les encantaba la cultura local y la fruta y que querían vivir allí. Había una familia de la zona con la que estaban muy unidos en Phuket. No se encontraba en el área turística, eso sí, sino tierra adentro, lejos de la multitud. Jimmy se lo contó a todos sus amigos de clase. Y, luego, también estaba Singapur, que le encantaba a la madre de Jimmy porque es muy limpio. Además, está Islandia, donde sus padres solían ir por su aniversario, y Maryland, donde la hermana de Jimmy fue al colegio. Puedo pensar en más sitios si me dais tiempo…

El profesor habla con tanta rapidez que prácticamente está balbuciendo, por lo que le dejamos continuar, tomando apuntes de los lugares que menciona para comprobarlos después. Ya hemos comprobado la mayoría, incluido Tailandia, pero quizás se hayan estado mudando para evitar que les detectáramos. Tampoco sabíamos lo de la familia local en Phuket. Es, en definitiva, una pista que vale la pena seguir.

Diez minutos después, el profesor no muestra signos de detener el flujo de palabras, la verborrea aumenta, sin duda, por los gimoteos del exnovio apaleado. Ha llegado a un punto en el que se repite a sí mismo, dando vueltas en torno a todo lo que sabe sobre los Henderson, por lo que le hago una seña a Ilya y este le da un golpe leve en las costillas.

—Ya es suficiente —digo cuando Briars comienza a gritar como si el toque delicado le hubiera roto un hueso—. Atadlos y dejadlos aquí. Nos tenemos que ir.

Mientras conducimos hacia el avión, vigilo que no nos estén persiguiendo, pero llegamos sin ningún incidente. Es oficial, la operación ha sido un éxito: le hemos mandado un mensaje a Henderson y en el proceso hemos obtenido una pista posible. Debería sentirme bien, pero, a medida que las ruedas del avión se alejan del terreno, solo puedo pensar que no estoy ni un ápice más cerca de lo que quiero conseguir de verdad. Quedan meses hasta que pueda volver a por Sara.

*ara*

—¿QUE HIZO QUÉ? —MIRO A RYSON CON LAS PALMAS DE las manos empapadas en sudor y el corazón acelerado. Mi primera reacción, la alegría de que Peter este sano y salvo, se ve sustituida a toda velocidad por un nudo doloroso en el estómago.

—Ha atacado a seis personas en Carolina del Norte —repite el agente—. Dos están hospitalizadas con heridas de bala y las otras cuatro tienen moretones y están traumatizados por un interrogatorio tan violento. Todos son ciudadanos inocentes. ¿Algo que decir sobre el incidente?

—Yo... ¿qué? —Niego con la cabeza para alejar las imágenes cruentas—. ¿Por qué habrá hecho algo así?

—Según las víctimas, quería saber la ubicación de

un conocido suyo: Walter Henderson. Tiene la desgracia de formar parte de la misma lista que su difunto marido. —Cruza los brazos musculosos—. Parece que Sokolov está utilizando las medidas más extremas para encontrar a este hombre. ¿Nos puede contar algo sobre esto? ¿Qué está planeando?

Trago la bilis que me sube por la garganta. Durante este par de meses, de alguna manera, había conseguido olvidar la realidad brutal del hombre al que echo de menos, iluminar las partes más oscuras de los recuerdos.

—¿No lo sabe?

—Ya le he dicho que la mayor parte del informe está censurado. —Ryson descruza los brazos y se inclina hacia delante—. Doctora Cobakis, sabe igual que yo que este hombre es letal. Tenemos que pararle los pies antes de que más inocentes salgan heridos. Es importante que nos diga todo lo que conoce sobre él para que nos hagamos una idea sobre cuál puede ser su golpe siguiente.

Le observo y siento tanto frío como calor.

—No... No me contaba gran cosa. —Eso es lo que les he dicho a los agentes, por lo que tengo que continuar con esa versión, sin importar lo mal que me encuentre al saber que Peter está hiriendo a inocentes mientras busca venganza.

En cualquier caso, incluso aunque Ryson supiera lo de la masacre de su mujer y su hijo, no cambiaría nada. Peter no se detendrá hasta encontrar a Henderson y tacharlo de su lista. Además, como ha demostrado en

Carolina del Norte, los federales no son rival para su equipo y para él. Peter y sus hombres han entrado en Estados Unidos sin que les detectaran, han violentado a seis civiles y se han marchado. Estaba en el mismo país que yo, pero, si Ryson no hubiera decidido interrogarme, no lo habría sabido.

El estómago se me encoge aún más y, para horror mío, me doy cuenta de que no solo estoy preocupada por el dolor y el sufrimiento de esas personas, sino que también estoy dolida y enfadada porque Peter no haya vuelto a por mí. Estábamos a unos estados de distancia, pero no ha venido.

—Doctora Cobakis. —Ryson me mira con atención—. ¿Se encuentra bien?

—Yo... sí. —Cierro los puños bajo la mesa y me clavo las uñas en la palma de las manos. La punzada de dolor me estabiliza y me permite decir con un tono casi normal—: Lo siento. Son muchas cosas.

Y lo son. Demasiadas, de hecho. Hasta este momento, no entendía del todo lo jodida que estaba, cómo los meses que pasé con Peter me afectaron hasta distorsionar mi visión del bien y del mal. Aquí estoy, enterándome de que el asesino con el que me he obsesionado ha herido a seis personas, pero preocupándome porque los eligió a ellos, en lugar de a mí, porque no me raptó cuando tuvo oportunidad.

Estoy enferma.

Ahora me parece obvio, como el hecho de que Peter nunca volverá a por mí. En todo momento, se ha movido por la venganza a su amor verdadero, a su obsesión real y lo que fuera que sentía por mí no duró… si alguna vez existió. No sé por qué me sigue vigilando o, ni siquiera, si es así, ya que esa sensación inquietante podría ser una paranoia, pero está claro que ya no soy su prioridad.

De alguna manera, soporto el resto del interrogatorio de Ryson, respondiendo a las preguntas como un autómata. Cuando llego a casa, cojo el teléfono y llamo al doctor Evans, el psicólogo que me ayudó en otra ocasión. Es hora de que rehaga mi vida. Es hora de aceptar que sea lo que sea lo que había entre Peter y yo se ha acabado.

# PARTE III

eter

PASAMOS LOS DOS MESES POSTERIORES SIGUIENDO LA pista de Tailandia, aunque no resulta fácil saber cuál es la familia local amiga de los Henderson. Al no conseguir nuestro objetivo, aceptamos un trabajo en Rusia con un oligarca del petróleo que quiere que eliminemos a uno de sus rivales en el negocio. No es una misión tan lucrativa como las otras, pero la ubicación hace que valga la pena. Llevábamos años sin pisar nuestra tierra natal.

—¿Os parece tan raro como a mí? —pregunta Anton cuando paseamos por la Plaza Roja. Asiento porque sé a qué se refiere. Caminar por las calles mientras escuchamos a la gente hablando ruso es como volver atrás en el tiempo. La última vez que estuve en

Moscú fue cuando maté a mi supervisor, Ivan Polonsky, por ayudar a encubrir la masacre de Daryevo, hace una eternidad.

—¿Lo echas de menos? —le pregunto a Anton, que se encoge de hombros.

—No. Quiero decir, no es divertido sentirse siempre extranjero, pero me he acostumbrado. Y, gracias a Sara, he mejorado mi inglés, por lo que... —Se interrumpe y me mira con cautela al darse cuenta de lo que acaba de decir—. Cuando estábamos...

—Suficiente. —Se me tensan de forma dolorosa los músculos del cuello y aprieto los puños, pero repito con voz suave y calmada—: Ya es suficiente.

Anton, precavido, se calla y recorremos el resto del camino en silencio. Sabe que tiene prohibido hablar de ella, pero ya no es solo por su seguridad, sino porque Sara es el detonante para que salte estos días, me basta con una simple mención de su nombre para convertirme en un homicida. La herida abierta que me provoca su ausencia no se cura, sino que se está infectando.

La echo de menos cada segundo del día y, joder, cómo lo odio.

Los informes diarios empeoran la situación porque parece que se está olvidando de mí. Este mes ha conseguido un trabajo, uniéndose a la consulta de dos obstetras y ginecólogos más mayores, y se ha mudado de casa de sus padres a un apartamento nuevo. Me alegro porque quiero que sea feliz, pero, durante el último mes y medio, ha salido todos los fines de semana a bailar y beber con sus amigas. Además, canta con una banda los viernes por la noche, algo que me gustó hasta que vi una grabación en la que actuaba con un vestido sexi y todos los hombres del público babeaban por ella. La miraban como una manada de lobos relamiéndose ante una liebre.

Si estuviera allí, podría detenerlo, partirles la cara si fuera necesario, pero estoy en la otra punta del mundo y eso me consume. Más que eso, aumenta las posibilidades de que Sara se olvide de mí por completo y se enamore de otro hombre… quizás incluso de uno de los idiotas que se le acercan después de cada actuación para hablar con ella y pedirle el teléfono. Lo único que reprime mis ganas de ordenar que les den una paliza a esos capullos es que aún no ha salido con ninguno.

Es solo cuestión de tiempo, lo sé. Cuanto más tiempo esté fuera, más posibilidades hay. Por eso, antes de que aceptáramos este trabajo, por fin ordené que le pasaran un mensaje. Debería llegarle en breve. Mientras tanto, tenemos que matar a un hombre muy rico y corrupto.

## 26

ara

—¡SARA! ¡SARA! ¡SARA!

Las ovaciones del público, unidas al aplauso
ensordecedor, es como un chute de heroína en las
venas. Me siento tan en las nubes que es como estar
volando. Me inclino hacia delante y río mientras los
gritos se intensifican.

Mis compañeros de banda (Phil, Simon y Rory)
hacen una reverencia a mi lado. Sin embargo, la
audiencia parece centrarse en mí. Es probable que sea
porque los chicos cambiaron el mes pasado el nombre
del grupo de «The Rocker Boys» a «Sara & The Rocker
Boys», haciendo caso omiso a mis quejas. Por alguna
razón, Phil decidió que la banda vendería más si era la
cantante principal, por lo que ahora todos los pósteres

162

muestran mi rostro junto a mi nombre. La semana pasada, un paciente de la clínica me reconoció como «esa Sara» y me pidió un autógrafo (un incidente muy embarazoso que provocó que los trabajadores de la clínica me pusieran el apodo de «La famosilla»).

Es la primera vez que hemos tocado en un recinto tan amplio al aire libre y no estaba segura de que pudiéramos llevarlo a cabo. Aunque estamos casi en mayo, el tiempo es muy impredecible y, hasta hace dos días, no sabíamos si haría diez grados y estaría lloviendo o si haría veintiuno y sol. Al final, no hizo nada de eso, sino diecinueve y parcialmente nublado y vino mucho público. Nuestro objetivo era vender al menos cien entradas para cubrir los costes del recinto, pero, a juzgar por el número de espectadores que aplauden entusiasmados, habremos cuadruplicado esa cantidad.

Dejamos de hacer reverencias y tocamos una última canción como bis antes de abandonar el escenario. Siempre, tras una interpretación exitosa, es difícil bajar el subidón, por lo que vamos a un bar cercano a celebrarlo y descargar adrenalina.

Al igual que yo, mis compañeros de banda hacen esto como afición. Phil, el guitarrista, es profesor de matemáticas; Simon, el batería, es un escritor autónomo, y Rory, el bajista, trabaja en un servicio de atención al cliente. A diferencia de a mí, sin embargo, a los tres les gustaría que esta fuera su profesión y, como suele suceder tras una gran actuación, empiezan a hablar de inmediato sobre irse de gira.

—Podríamos empezar en Seattle y luego bajar por la costa oeste —dice Phil, levantando su cerveza. Le brillan los ojos azules entusiasmados en esa cara sonrosada—. Desde ahí, podríamos cruzar por el suroeste y...

—Que le den a Seattle. —Rory se bebe de un trago un chupito de tequila y desliza el vaso hacia el barman agobiado—. Vamos directamente a California. San Francisco y, luego, Los Ángeles. Es lo mejor para artistas como nosotros, por no mencionar el tiempo, la cultura, la comida...

Continúa, gesticulando con pasión mientras habla, y sonrío al darme cuenta de que hay varias mujeres mirándole con descaro. Con ese rostro pecoso, los rizos rojizos alborotados y un físico de culturista, Rory parece una mezcla entre Mérida de *Brave* y un modelo de Abercrombie adicto a los asteroides. Es una combinación que no debería funcionar, pero lo hace y sospecho que el éxito de la banda se debe tanto a su aspecto como a nuestro talento.

Tampoco Phil y Simon son feos. Simon en concreto me recuerda a un joven Denzel Washington, pero con un toque punk y rock. Phil es un poco más del montón, con entradas y una ligera barriga cervecera, pero tiene una personalidad tan abierta que compensa los defectos físicos. Todos mis compañeros de banda son atractivos a su manera y cada uno me ha sugerido, de una forma u otra, que quiere salir conmigo. Es horrible que estos días lo único que consiga pensar al ver a un hombre sea que no es Peter.

Los chicos no lo saben, claro. Son felices ignorando el enredo terrorífico de mi pasado y a los agentes del FBI que me siguen concienzudamente a todos lados. Saben que soy viuda y piensan que la razón por la que no salgo con nadie es que sigo guardándole el luto a mi difunto marido.

—¿Cuánto tiempo hace? —me preguntó Phil de forma empática cuando me uní a la banda en febrero. Le dije que hacía un año y medio, tras un accidente de tráfico que le dejó en coma y del que nunca despertó. Phil me expresó sus condolencias y ha evitado el tema de forma considerada desde entonces, al igual que Simon y Rory.

De hecho, después de dejar caer con cuidado que estaban interesados y de que yo les haya rechazado con el mismo cuidado, han dado un paso atrás y ahora me tratan como a una especie de santa, una virgen intocable encerrada en una burbuja de pena.

No se alejan mucho de la verdad, aunque la pérdida por la que lloro no tiene que ver con George, quien, cada día que pasa, se desvanece más de mis recuerdos. En este momento, han pasado tres años desde el accidente y hace incluso más desde que nuestro amor se vio asfixiado bajo el peso de la adicción. Ahora, cada vez que pienso en él, solo recuerdo cómo me sentí al enterarme de que tenía una doble vida como agente de la CIA... y de todos los secretos y mentiras que Peter me descubrió.

Ojalá pudiera olvidarle a él también, pero es imposible. A pesar de que han pasado casi seis meses desde que me trajo a casa, pienso en él todas las noches mientras me quedo dormida. A veces, estoy convencida de que puedo sentirlo, no a mi lado, sino en algún lugar, ahí fuera, estirando el brazo a través de los continentes para torturarme con una fuerza magnética y letal, como la fuerza gravitatoria del sol.

También sueño con él, con la manera tierna en la que me abrazaba cuando lloraba y la forma brutal en la que me follaba, con las cosas grandes y pequeñas que formaban la contradicción que es Peter. A veces, me despierto de esos sueños excitada y frustrada, pero, más a menudo, me encuentro con la almohada empapada en lágrimas y los brazos enrollados en la manta para mantener a raya la soledad agonizante que me paraliza por dentro.

Necesito pasar página, lo sé. Y lo intento. Salgo con Marsha y las chicas todos los fines de semana y, cuando chicos bastante atractivos me piden el número, se lo doy más veces de las que los rechazo. Sin embargo, ahí se acaba todo. No puedo dar el siguiente paso y aceptar una cita cuando me llaman o me escriben.

—¿Por qué te molestas en dárselo? —me preguntó Marsha la semana pasada cuando se enteró de que lo había vuelto a hacer—. ¿Por qué no les dices que no en el acto?

Me encogí de hombros sin saber qué decir y lo dejó estar porque no quiere estresarme. Como la mayoría de mis conocidos que han escuchado la versión del FBI de la historia de Peter, Marsha me trata como si fuera de cristal y pudiera hacerme añicos bajo la más mínima presión. Creo que piensa, igual que el resto del hospital, que la experiencia fue incluso más dura de lo que he contado. Una vez, mientras mamá seguía en el hospital, escuché a dos enfermeras hablando sobre cómo escapé de una «red de esclavas sexuales» y de que seguía lidiando con las secuelas de la «prostitución forzada».

Es exasperante, pero la única forma de atajar esos rumores es contarles la verdad y no voy a hacerlo.

Por suerte, mis nuevos colegas de trabajo saben lo mismo que mis compañeros de banda. Los doctores Wendy y Bill Otterman, la pareja de casados propietarios de una pequeña consulta de ginecología y obstetricia, estaban tan impresionados por el currículo y las credenciales académicas que apenas me hicieron preguntas sobre ese parón de nueve meses que aparece en mi historial de trabajo. Les dije que me tomé un descanso para viajar por el mundo y me contrataron enseguida, con la condición de que empezara de inmediato para que ellos pudieran marcharse al esperado crucero por Alaska con el que celebrarían su cuadragésimo aniversario de boda.

Podría haber buscado una oportunidad mejor pagada y más prestigiosa, pero acepté la oferta al instante y empecé al día siguiente. Mamá acababa de salir del hospital, por lo que quería algo sencillo para seguir ayudándoles a ella y a mi padre. Sin embargo, la mejor parte del trato era la ubicación de la consulta, a unos quince minutos en coche desde la casa de mis padres y a pocos metros andando desde el nuevo apartamento.

—Tierra llamando a Rory. —Simon hace un movimiento con la botella de cerveza delante de la cara de Rory, interrumpiendo sus alabanzas a las maravillas de California—. Pongámonos serios. Sara, ¿te vendrías con nosotros de gira?

Sonrío y niego con la cabeza.

—No puedo, lo siento. En el trabajo no me dejarían cogerme tanto tiempo libre.

—¿Veis? —Simon observa a sus compañeros como si les hubiera ganado una apuesta—. Si ella no viene, no nos vamos.

—Oh, venga. —Phil le coge la cerveza a Simon y se la termina en dos sorbos antes de hacerle una seña al barman para que traiga más. Me giro para mirarle y me dedica una dosis completa del famoso carisma de Phil Hudson—. Sara, cariño… —Trata de engatusarme con la voz—. Todos tenemos trabajos y responsabilidades, pero las oportunidades como estas solo aparecen una vez en la vida. Estamos brillando, lo siento y tenemos que aprovechar el momento. Tú tienes que aprovechar el momento porque ¿sabes lo que ocurrirá mañana?

Niego con la cabeza, sonriendo. Ya he escuchado versiones de esta lección, pero se vuelve más creativo cada día.

—No, ¿qué?

—Exacto. —Menea el dedo índice como un maestro —. No lo sabes, nadie lo sabe. La vida es un conjunto de acontecimientos aleatorios, uno que parece seguir un patrón, pero no es así. Quizás pienses que sabes lo que te deparará el futuro, pero un solo cambio en la variable y ¡bum! Comienzas a caminar en una dirección distinta.

—De gira, ¿no? —digo con sequedad y tanto Rory como Simon se ríen.

—Una gira, sí. Esa podría ser una nueva variable —dice Phil sin inmutarse—. Pero sería una que tú controlarías. La mayor parte de las veces, las nuevas variables provienen de donde menos te lo esperas y, por eso, todos los planes cuidadosamente trazados se van a la mierda.

—Mierda. ¿Es terminología oficial de álgebra? ¿Acabo de aprender matemáticas? —pregunta Rory, rascándose los rizos, y todos estallamos en carcajadas mientras Phil pone los ojos en blanco y murmura algo sobre ignorantes y cabrones borrachos.

—Debo irme —digo en tono de disculpa cuando se apagan las risas—. Tengo que madrugar para ir a trabajar mañana.

—No te preocupes, lo entendemos. —Simon me da una palmada en el hombro—. Haz lo que tengas que hacer mientras estos idiotas sueñan con la fama.

Me río y niego con la cabeza mientras salgo del bar y me dirijo al aparcamiento en la parte trasera. Tenía mis dudas sobre unirme a la banda, pero ha resultado ser la mejor decisión. No solo siento que he nacido para esto cada vez que me subo al escenario, sino que mis compañeros de banda son muy divertidos. En realidad, prefiero salir con ellos que con Marsha y las chicas porque siento menos presión.

Estoy abriendo la puerta del coche cuando lo veo: un fragmento de algo grueso, quizás un papel doblado, presionado contra la parte interior del manillar de la puerta.

Mi reacción inicial es sacarlo y mirarlo enseguida, pero un sexto sentido me detiene. La sensación de inquietud entre los omoplatos, la que es tan omnipresente que apenas la noto ya, es más intensa de repente y, en lugar de arrancar el objeto y mirarlo, lo cojo con cuidado, me lo guardo en el puño y entro en el coche.

Deslizo el objeto, que ya he reconocido definitivamente como un fragmento de papel doblado, dentro del bolsillo de la chaqueta, salgo del aparcamiento y me dirijo a casa. Detrás de mí está el vigilante incansable del FBI y, mientras conduzco, el papel me quema en el bolsillo.

Tengo que esforzarme para aparcar frente al edificio de apartamentos y caminar desde el vestíbulo hasta el ascensor con calma, sin correr. Es posible que sea algún tipo de publicidad colocada en un lugar extraño, pero, de alguna manera, estoy segura de que no lo es.

Entro en el apartamento, bloqueo la puerta y miro a mi alrededor. No creo que haya cámaras ni micrófonos aquí. Después de todo el equipo de alta tecnología que encontraron en mi casa antigua y, hace meses, en la de mis padres, los federales peinan la vivienda con bastante regularidad. Además, ellos mismos necesitarían una orden para hacer ese tipo de vigilancia invasiva. Sin embargo, para estar más segura, me quito los zapatos y camino hacia el armario de la habitación, manteniendo una actitud calmada todo el tiempo.

Si alguien me está vigilando, no quiero darle razones para que sospeche.

Mi apartamento de una habitación es bastante pequeño, con una cocina diminuta y un salón minúsculo, pero tiene algo bueno: el armario de la habitación es lo bastante espacioso como para entrar en él. Me meto ahí, como suelo hacer para desvestirme, pero, en lugar de eso, tan pronto como estoy fuera del alcance de posibles cámaras, saco el papel del bolsillo y lo desdoblo con manos temblorosas.

Son solo un par de líneas garabateadas con una caligrafía nítida y masculina.

«Recuerda, *ptichka*, mientras estemos vivos».

 *eter*

EL TRABAJO EN MOSCÚ HA IDO DE PERLAS (ELIMINAMOS A nuestro objetivo en apenas una semana) y, después, volvemos a la caza de Henderson mientras esperamos noticias de Novak. El mes pasado, el traficante de armas serbio confirmó que todo iba sobre ruedas respecto a los ocho meses pactados, pero sigue sin decir una palabra acerca de la cómplice infiltrada en la organización de Esguerra, la pieza clave de información que necesito para implementar el plan.

Por desgracia, Henderson sigue tan esquivo como siempre, por lo que, a medida que avanza mayo, realizamos otra ronda de extorsión a conocidos buscando nuevas pistas. Esta vez, nos centramos en las relaciones de la esposa en Charleston, su ciudad natal, para cambiar la perspectiva.

—Nada de nuevo —dice Ilya, indignado, cuando nos subimos al avión tras haber interrogado a cinco objetivos—. Esos idiotas no sabían una mierda.

Me encojo de hombros y me siento.

—Era de esperar.

Sigo considerando que la operación ha sido un éxito. Nos hemos salido con la nuestra sin ni siquiera una persecución y le hemos mostrado a Henderson una vez más que nadie en su vida está a salvo, sin importar lo lejana que sea su relación. Tarde o temprano, calará hondo y cometerá un error. Quizás su mujer se preocupe por alguna amiga y contacte con ella para saber si está bien o a lo mejor la hija adolescente se asusta y llama al ex. Da igual lo que ocurra, en el momento en el que la caguen, estaremos preparados y podré vengar a mi mujer e hijo muertos.

A comienzos de junio, por fin ocurre. Recibo un correo de Novak, quiere verme el miércoles que viene.

«Solo tú», dice el mensaje. «Nadie más».

Reprimo una oleada salvaje de alegría y comienzo a prepararlo todo.

LLEVÁBAMOS LAS DOS SEMANAS ÚLTIMAS EN EL REFUGIO polaco, esperando a que Novak contactara con nosotros, por lo que el miércoles por la mañana les pido a los chicos que me dejen en Belgrado y tomen posiciones.

No vendrán conmigo, pero se quedarán cerca.

Me reúno con Novak en la misma cafetería. Cuando entro, me doy cuenta de que los matones están ausentes, igual que las preciosas camareras. El propio Novak está sentado en una mesa pequeña en el centro del local, con nada excepto una carpeta de cuero marrón frente a él.

—¿Solos? —pregunto, intentando que no note mi sorpresa. Los labios finos de Novak se curvan cuando se levanta y rodea la mesa para saludarme.

—Pensé que podríamos prescindir de todas esas gilipolleces. —Le brillan los ojos pálidos cuando niega con la cabeza—. Solo nos necesitamos el uno al otro y creo que es hora de que adquiramos cierta confianza.

Estoy seguro de que eso sí que es una gilipollez porque sus hombres estarán posicionados estratégicamente, igual que los míos, pero suavizo la expresión severa un ápice mientras le suelto la mano.

—No puedo estar más de acuerdo.

—Bien. —Se sienta en la mesa y hace un gesto para que yo también lo haga—. Por favor.

Tomo asiento y continúo con expresión indiferente.

—Entonces, ¿ya está tu cómplice en el sitio?

Novak asiente, manteniendo una sonrisa leve y engreída.

—Está de camino a las instalaciones de Esguerra mientras hablamos.

Se me acelera el pulso. De momento, ya puedo fijar el tiempo y la hora de trasporte de la cómplice.

—Felicidades. Es un logro importante —digo con voz tranquila.

Novak acepta el halago como se merece.

—Gracias. Me ha costado mucho, pero lo he conseguido.

—Bueno, háblame de ella, de esta cómplice misteriosa.

Tamborilea los dedos pálidos contra la mesa durante largos segundos. Luego, contesta:

—¿Conoces la estructura financiera de la organización de Esguerra?

Le observo.

—No, no exactamente. Era su asesor de seguridad, no financiero. —No esperaba que Novak partiese de ahí. ¿La cómplice será alguien relacionado con el gerente de cartera de Esguerra? Sé que el hombre vive en algún lugar de Chicago, pero no entiendo…

—¿Así que no sabes que, en términos legales y prácticos, la mujer de Esguerra es su socia en los negocios y heredará todo tras su muerte?

—No, pero no me sorprende —digo con lentitud. Incluso cuando trabajaba para Esguerra, Nora, la chica americana que raptó y con la que se casó, mostraba aptitudes inusuales para el negocio de su marido.

Novak sonríe de nuevo y abre la carpeta que tiene ante él.

—Sí, la joven señora Esguerra vale mucho, ¿no? Terminó Stanford siendo la primera de la clase. —Saca una fotografía y la coloca frente a mí. Muestra a Nora vestida con una túnica voluminosa de graduación recibiendo el diploma oficial de una universidad. Tiene la cara sonriente medio girada, mirando a otro lado, pero incluso desde ese ángulo, es obvio que está pletórica.

—¿De cuándo es esta imagen? —pregunto, sorprendido. Si la gente de Novak estaba lo bastante cerca como para tomar esa fotografía, tuvo que estarlo también del propio Esguerra. El traficante de armas colombiano no dejaría sin vigilancia a su mujer durante más de un minuto.

—De hace un par de meses, en la ceremonia de graduación de primavera —responde Novak—. Bonita, ¿verdad? Pequeña, pero fuerte...

Lo dice con voz extraña y suave y coge la imagen casi como si estuviera acariciándola para colocarla dentro de la carpeta. Levanto las cejas, esperando ver a dónde quiere llegar. ¿Habrá desarrollado sentimientos por la mujer menuda de Esguerra? Sería raro, pero cosas más extrañas se han visto.

Cierra la carpeta y me mira.

—Sé lo que estás pensando. ¿Por qué no acabé con él en ese momento, en la ceremonia? ¿Por qué involucrarte a ti cuando podía haberle disparado yo mismo en ese momento?

Asiento.

—La pregunta se me ha pasado por la cabeza, pero

supongo que la seguridad de Esguerra era mayor de lo que indica el hecho de que poseas esa foto.

Los labios de Novak se vuelven a estirar para formar otra sonrisa leve.

—Tienes razón, la seguridad era increíble. Aun así, si hubiera querido, podría haberlo intentado. Habría sufrido bastantes pérdidas, pero hubiera tenido una pequeña oportunidad.

—¿Pero no quisiste arriesgarte?

—Lo habría hecho… si la muerte de Esguerra fuera lo único que deseara.

Estamos llegando al meollo de la cuestión.

—También la quieres a ella. —Hago un gesto con la cabeza hacia la carpeta—. ¿Es parte del plan?

La mirada pálida de Novak se endurece.

—Sí… pero no de la manera que crees. ¿Sabes? Nora no es solo una cara bonita, tiene las llaves del reino de Esguerra. Si le mato, ella pasará a hacerse cargo y tendré una nueva adversaria que afrontar, una con recursos casi ilimitados y un rencor muy personal hacia mí.

Se está poniendo interesante.

—¿Quieres eliminar a ambos?

—Esa era la idea original, pero no. Como sabes, Esguerra es listo, más listo que la mayoría en este negocio. Gran parte de sus posesiones tienen un título legal y todo está escondido bajo capas y capas de empresas fantasma. Si los dos Esguerra murieran, me llevaría años desenmarañar ese embrollo y, aunque conseguiría eliminar a un rival, no tendría acceso a lo que de verdad deseo.

—Sus participaciones empresariales.

—Sí, exacto. —Se inclina hacia delante—. No quiero solo que Esguerra desaparezca, deseo lo que tiene... incluida su esposa.

Ladeo la cabeza.

—Entonces, ¿quieres que matemos a Julian Esguerra y raptemos a su mujer?

—Sí, pero no solo a su mujer. —Sonríe de forma terrorífica—. Mira, me será de poca utilidad sin un aliciente.

—¿Un aliciente? ¿Quieres decir algo así como un miembro de la familia?

—Sí, justo. Y no un simple miembro de la familia. Necesito a alguien por quien hiciera cualquier cosa, incluso aceptar al asesino de su marido. —No cambio la expresión, pero la sangre se me transforma en fango helado. ¿Es una indirecta de que sabe lo de mi obsesión por Sara? Si es así, lo mataré en el acto y que les den a sus matones encubiertos. Si se atreve siquiera a amenazarla, le quitaré la piel a tiras y...—. Como ves —continúa Novak, ignorando la rabia creciente—, necesito a Nora y tenerla bajo un control total. Consideré utilizar a sus padres, pero quizás no fuera suficiente. Después de todo, suelen ser los padres los que se sacrifican por los hijos, no al revés.

Reprimo los pensamientos sanguinarios.

—Entonces, ¿qué tienes pensado? —Igual no está hablando de Sara. Será mejor para él que no sea así, joder. Optando por asumir que no es lo bastante estúpido como para amenazarme con tanta sutileza, decido tomar sus palabras a pie juntillas—. Por lo que sé, aparte de a sus padres, Nora no tiene…

—Sí, exacto. Por lo que sabes. —Novak se reclina en el asiento, disfrutando de este momento de superioridad—. Tú y el resto del mundo, salvo un pequeño grupo selecto.

Le observo mientras los pensamientos se me disparan de un hecho a otro.

—Tu cómplice —digo con suavidad—. Ocho meses… ¿Estás diciendo que Esguerra tiene un…?

—¿Bebé? Sí. —Se le iluminan los rasgos insulsos—. Una hija, de hecho, que nació el martes en Suiza, dos semanas antes de lo previsto. Elizabeth Esguerra, Lizzie, para abreviar. Un nombre bonito, ¿no?

—Sí, mucho —consigo decir. El corazón amenaza con salírseme del pecho y, bajo la mesa, aprieto los puños.

Un bebé. Un puto recién nacido. Ese es su plan, la cómplice. Tiene razón en que sería la forma perfecta de controlar a Nora. Una madre haría lo que fuera por su hijo; rechazaría un imperio y su vida entera si fuera necesario.

No debería importarme, ya que Esguerra no es amigo mío, pero, por alguna razón, involucrar a una cría hace que el plan de Novak me parezca sumamente ofensivo. Me alegro de que siempre haya pensado en traicionar al cabrón.

Pero espera. Ha dicho que la cómplice iba a

ayudarnos en el golpe. Eso significa que no es la niña. Sin embargo...

—¿Es una niñera? —le pregunto con voz calmada—. Tu cómplice está relacionada con el bebé, ¿no?

Novak asiente mientras flexiona la mano sobre la mesa, frente a él.

—Sí, pero no es una niñera —dice relajando la expresión—. Una pediatra, una que le han recomendado los médicos preferidos de Esguerra en la clínica suiza.

Por supuesto. Suponía que Novak debía tener alguna conexión con ese sitio.

—¿Sobornaste al personal de la clínica?

—Lo intenté, pero, por desgracia, no. —Suspira—. Les tienen tanto miedo a sus pacientes que es casi imposible sobornarlos. Tuve que hackear los ordenadores.

—Ya veo. —Todas las piezas del puzle comienzan a encajar—. Por eso te enteraste del embarazo de Nora tan pronto.

Asiente.

—Esguerra la llevó para que la examinaran cuando tuvo un retraso. En cuanto lo supieron, me enteré y te escribí.

Reprimo las ganas de dar la vuelta a la mesa y romperle el cuello. Quizás sea porque conozco a Nora o porque, cuando pienso en un niño, me imagino a mi hijo con esa edad, pero la sola idea de usar a un recién nacido para algo así me pone enfermo.

Mantengo el tono tranquilo y digo:

—Entonces, quieres matar a Esguerra, secuestrar a Nora y al bebé y llevártelos contigo para eliminar a tu mayor rival y hacerte cargo de sus posesiones con un único golpe.

La sonrisa de Novak se vuelve más amplia.

—Exacto.

—Es un plan inteligente. —Introduzco una nota de admiración en la voz—. Si simplemente raptaras a Nora y al niño para controlar a Esguerra, encontraría la forma de joderte y recuperarlos. Ya lo ha hecho antes. Pero su mujer, viuda mejor dicho, será más fácil de manejar, sobre todo con un bebé con el que mantenerla a raya. ¿Estás pensando en pasar por un trámite legal con ella?

—Sí, por supuesto. La boda es la forma más sencilla de evitar todas esas cargas inoportunas sobre las posesiones. También adoptaré a la hija.

—¿Y la criarás como si fuera tuya?

Se encoge de hombros.

—Más o menos. Está claro que los hijos que tenga con Nora tendrán prioridad, pero, siempre y cuando la madre se comporte como es debido, no tengo intenciones de hacerle daño a la niña.

—Muy generoso por tu parte.

O bien no consigue vislumbrar el sarcasmo en mi tono o decide ignorarlo.

—Sí, creo que todos saldremos beneficiados a largo plazo, igual que tú. Cien millones te motivarán a realizar esta pequeña venganza.

No me sorprende que lo sepa.

—Sí —digo sin pestañear.

—Bien. ¿Ya tienes alguna idea sobre cómo acceder a las instalaciones de Esguerra?

—Sí —contesto mirándole a los ojos—. Voy a hablar con Lucas Kent y le voy a pedir que me lleve a hablar con él. Le diré que quiero enterrar el hacha de guerra y que estoy dispuesto a revelarle a un traidor para que eso ocurra.

 ara

DE NUEVO, NO CONSIGO DORMIR EN TODA LA NOCHE Y,
por la mañana, estoy agotada, por lo que me arrastro
hasta la cocina para tomarme un café. Si tuviera que ir
a trabajar, avisaría de que estoy enferma. Sin embargo,
hoy es un día extraño. Es sábado, pero no tengo nada
planeado.

Si esto hubiera ocurrido a. NP. (antes de la nota de
Peter), habría ido a la clínica para ayudarles unas horas
o me habría presentado por sorpresa en casa de mis
padres para desayunar. No obstante, al ser d. NP., y
también debido a la falta de sueño y a la espera ansiosa
más presente que nunca, solo consigo desplomarme en
el sofá y ver un programa de cocina.

Estos últimos días, he visto muchos porque me recuerdan a Peter.

Como siempre, cuando pienso en él, la cabeza me da vueltas. Han pasado ocho meses desde que me trajo a casa, ocho meses en los que lo único que he recibido de él ha sido una nota. Hace dos meses, a. NP., estaba más o menos convencida de que su obsesión por mí se había desvanecido y de que, a pesar de su promesa, nunca volvería. Sin embargo, ahora no sé qué pensar.

Si aún me desea, ¿por qué sigo aquí?

¿A qué está esperando?

Mamá está totalmente recuperada o, al menos, todo lo bien que puede estar. Tiene el brazo izquierdo aún débil, pero es capaz de mover los dedos y usar la mano para coger objetos poco pesados, un resultado mucho mejor que el esperado al principio. También camina sin ayuda y ha estado paseando por el jardín desde que mejoró el tiempo. Papá está pletórico con esa recuperación y ambos están deseando irse de crucero en septiembre por su aniversario, regalo que por fin pude hacerles.

Como la salud de mamá está mejorando y la novedad de mi regreso se ha atenuado, he pasado de visitarles todos los días a hacerlo una vez a la semana. Mis padres siempre están contentos de verme, por supuesto, pero también valoran su independencia. En concreto, papá se enorgullece de ser autosuficiente y no quiero quitarle eso al rondarles como una niñera.

Me quieren, pero no me necesitan tanto como antes. O eso me digo para suavizar la culpa inevitable que acompaña al anhelo por Peter. Mi deseo perverso es que vuelva y me lleve con él.

Lo he pensado tantas veces que puedo imaginármelo como una película en la cabeza. Entraré algún día en el apartamento y estará allí, grande y peligroso, más letal y guapo que nunca. Estará allí a pesar de las patrullas de policía del exterior, a pesar de las precauciones de los federales. Estará esperando para raptarme, sin importar lo que le diga.

Esa es la parte más vergonzosa de estas fantasías: que nunca tengo elección… y eso me gusta. Quiero que Peter me rapte, que venga y me lleve a pesar de mis objeciones. Entonces, solo entonces, seré capaz de vivir sabiendo que habré desaparecido otra vez de las vidas de los que más me quieren y necesitan, que habré abandonado a mi familia, pacientes, compañeros de banda y amigos. Necesito a Peter para ser mala, así al menos seré buena en algo. Necesito odiarle para amarle.

He comenzado a entender eso sobre mí misma, a aceptar la maldad en mi interior, pero lo que no entiendo es por qué sigo aquí si me desea. Ya no puede estar relacionado con mis padres, por lo que debe ser algo más, algo que no me haya contado.

Me he devanado los sesos pensando qué podrá ser y lo único que se me ha ocurrido es algo que dijo cuando nos separamos. Le pregunté si estaría en casa hasta que mamá se recuperara y empezó a decir que tenía que terminar algo primero. No me reveló qué era, ni siquiera una pista de lo que tardaría. Lo único que se me ocurre que sea tan importante para él es su venganza, pero no sé por qué le está ocupando tanto tiempo.

Ya buscaba a Henderson cuando estábamos juntos y, según el FBI, lo sigue haciendo.

Hace dos meses, justo después de la nota de Peter, Ryson me llevó a la oficina del centro otra vez. Estuve a punto de tener un ataque de pánico al pensar que los federales habían descubierto la nota, pero resultó que Ryson me quería interrogar porque Peter y sus hombres habían vuelto a atacar de nuevo, «preguntándoles» a cinco civiles estadounidenses en su intento por descubrir la ubicación de Henderson.

—Ocurrió en Charleston, Carolina del Sur —me dijo Ryson—. Una vez más, Sokolov entró y salió del país sin que le detectáramos. Necesitamos saber cómo lo hace, para que podamos detenerle y deje de causar estragos en las vidas de las personas.

—Lo siento, no sé nada. —Y es verdad. Peter nunca me habló sobre sus contactos o cómo hacía esas cosas imposibles. Por muy mal que me sienta por la gente a la que ha aterrorizado y torturado, no sé nada sobre eso que pueda ayudar a los federales.

En caso de que quisiera ayudarles, claro. Si Peter no fuera capaz de entrar en EE. UU., dejaría de hacer daño a la gente, pero tampoco podría venir a por mí y la parte más perversa y contradictoria de mi ser, la que se despierta por las noches pensando en esa nota con una mezcla de alegría e inquietud, no puede soportar esa posibilidad.

Lo necesito.

Lo necesito tanto que duele.

Antes de la nota, podía controlar el dolor, ser fuerte, mientras me decía que se había acabado, pero recibir noticias de Peter, saber que volverá, ha destruido esas frágiles defensas, sumergiéndome una vez más en un modo de espera infinito.

—Vuelve —susurro, abrazando la almohada contra el pecho mientras miro la pantalla de televisión—. Por favor, Peter, te necesito. Regresa a por mí y llévame a casa.

eter

—¿QUE HAS HECHO QUÉ? —YAN ME MIRA COMO SI ME hubieran salido tentáculos.

—He contactado con Lucas Kent para organizar una reunión con Esguerra —repito, removiendo la salsa de la pasta—. ¿Me puedes pasar la albahaca?

Yan no reacciona, por lo que Ilya, en silencio, empuja la albahaca picada hacia mí y la espolvoreo de forma abundante sobre la salsa. Estoy haciendo comida italiana para esta noche, una gastronomía que a mis hombres les da igual, pero que a Sara le encanta.

«Para ti, *ptichka*, así parecerá que estamos juntos».

Esta semana he comenzado a hablar con ella en mi mente. Lo más seguro es que no sea bueno para la salud, pero hace que la sienta cerca, como si estuviera a mi lado en lugar de al otro extremo del océano.

Quizás sea porque a lo mejor nos vemos pronto, pero la echo de menos más que nunca. Cada día sin ella es como una puta tortura.

—Creía que ibas a matar a Kent —dice Yan con el ceño fruncido por la confusión—. Por dejar que Sara tuviera el accidente.

—Y puede que lo haga, pero esta vez no. —Hundo la cuchara larga dentro de la salsa y la pruebo antes de añadir un poco más de sal—. Necesito que me introduzca en las instalaciones de Esguerra.

Anton interviene para ponerse de parte de Yan.

—¿Cuál es el gran plan? ¿Que Kent te sirva a Esguerra en bandeja? Recuerdas que juró matarte, ¿no?

Le dedico una mirada inexpresiva.

—No me matará si quiere el nombre de la cómplice de Novak.

—Ah. —La expresión de Yan se suaviza—. Entonces, fingirás que vas a traicionar a Novak para acceder a las instalaciones de Esguerra.

—Exacto. —«Y lo voy a traicionar de verdad», pienso, pero no lo digo. Por mucho que confíe en los chicos, tengo que trabajar con la suposición de que Novak tiene ojos y oídos pendientes de nosotros en todo momento. Es poco probable que sea así en la privacidad del refugio, pero no puedo arriesgarme.

Apenas fui capaz de convencer al serbio de que aceptara el plan.

—¿Vas a hacer qué? —Se levantó, a punto de tirar la mesa, cuando le conté mis intenciones en la cafetería. En un segundo, los matones aparecieron de los lugares en los que estaban escondidos detrás de él y le rodearon como un muro humano, con las M16 desenfundadas y dirigidas hacia mí.

—Adquirir confianza, ¿no? —dije, divertido, y Novak me dedicó una mirada sombría antes de ordenarles que se retiraran.

Me senté y esperé a que hiciera lo mismo antes de explicarle la esencia del plan. Me llevó un tiempo, pero al final entendió por qué era la única manera... por qué, incluso con la cómplice *in situ*, no seríamos capaces de entrar en las instalaciones de Esguerra por la fuerza.

—Incluso aunque tu pediatra sea un as en tecnología y consiga desactivar los drones y las vallas eléctricas que protegen las instalaciones, aún tendríamos que luchar contra los guardias de las torres, lo que no sería un problema para mi equipo si Esguerra no tuviera generadores y drones de apoyo que se conectarían a Internet en cuanto desactivara los principales. Y, luego, mientras lidiáramos con los drones que nos dispararían desde el cielo, los guardias de refuerzo de Esguerra, más de cien, aparecerían y nos eliminarían. La única forma de superarlos sería con un ejército aún mayor, digamos, unos doscientos mercenarios por nuestra parte, pero el grupo no tendría posibilidades de acercarse a las instalaciones sin que se les detectara. No seríamos ni siquiera capaces de entrar en Colombia sin que Esguerra se enterara y nos interceptara mucho antes de acercarnos a su casa.

—¿Así que pretendes sacrificar a mi cómplice para ganarte la confianza de Esguerra? —preguntó Novak con el ceño fruncido y asentí antes de explicarle que, una vez dentro, no me sería difícil aproximarme a Nora y, cuando la tuviera como rehén, podría chantajear a Esguerra. Daría su vida por salvarla.

—Mis hombres me esperarán a las afueras de las instalaciones, por lo que en cuanto tenga a Nora y al bebé, yo mismo desactivaré las defensas perimétricas y utilizaré la confusión de la muerte de Esguerra para escapar —le dije a Novak—. No será fácil, pero es la única oportunidad que tenemos.

La salsa de la pasta por fin está lista, por lo que nos sentamos a cenar y les comunico el plan a los chicos.

—Ni de puta coña —dice Anton cuando termino—. Con o sin rehenes, no serás capaz de salir de las instalaciones con vida. Te estás embarcando en una misión suicida.

—No necesariamente —comenta Yan con suavidad, enrollando la pasta en torno al tenedor. Le brillan los ojos verdes con una luz extraña—. Esguerra tiene ahora una doble debilidad: una mujer y una hija. Vamos a usarla, ¿verdad?

—Exacto —contesto y tomo nota mental de vigilar a Yan durante la misión.

Puesto que el plan está cogido con pinzas, cualquier elemento imprevisto, por mínimo que sea, como la traición de uno de los míos, podría echarlo todo a perder.

30

 *eter*

LA RESPUESTA DE LUCAS KENT LLEGA CASI DE inmediato. Está dispuesto a reunirse conmigo, un primer paso para acercarme a Esguerra.

Propone hacerlo en el restaurante nuevo de su esposa, en Londres. No es exactamente territorio neutro, pero lo acepto. Sé lo que está pensando: que es una estratagema para atraerle y castigarles a él y a su mujer por joderla con Sara.

En otras circunstancias, no estaría equivocado. La imagen de mi *ptichka* en el hospital, con la delicada cara pálida y amoratada, sigue formando parte de mis pesadillas. Algún día, Kent pagará por dejarla escapar y por el accidente, pero, por ahora, lo necesito.

Es la mejor opción para aproximarme a Esguerra.

193

Por supuesto, si declinara la oferta, tengo un plan B. Sé el correo de Nora Esguerra, ya me he comunicado con ella en el pasado por lo de mi lista. Sin embargo, Esguerra no actúa con cabeza en lo que respecta a su pequeña esposa y quizás lo malinterprete si contacto con ella después de tantos años. Es mejor acercarme a Esguerra a través de Kent porque, de esa forma, estará más dispuesto a escucharme.

La mujer de Kent, la preciosa Yulia, no está en ninguna parte cuando entro en el restaurante selecto y camino hacia una cabina en la esquina, desde donde veo parte del pelo rubio de Kent por encima de la mampara de separación.

Se levanta para saludarme con una expresión severa y cautelosa al extenderme la mano.

—Sokolov.

Se la aprieto con un poco más de fuerza de la necesaria.

—Kent.

Empequeñece los ojos, pero me la suelta sin réplicas.

—No esperaba tener noticias tuyas de nuevo —dice cuando nos sentamos y abrimos la carta—. ¿Qué tal está Sara?

—¿Quién? Ah, eso. —Capto la atención del camarero y le pido que me traiga una botella Guinness cerrada con un abridor. Kent le pide una taza de Earl

Grey. Espero a que el camarero se marche antes de contestarle a Kent—: No tengo ni idea de cómo está. La liberé el año pasado y no he vuelvo a saber de ella.

Levanta las cejas.

—¿En serio?

Me encojo de hombros.

—¿Qué puedo decir? Ya era hora.

—Claro. —No parece creerme, pero devuelve la atención a la carta y le echa un vistazo antes de preguntar—: ¿Sabes lo que quieres?

—No tengo hambre, gracias. —Dado lo que ocurrió con Sara y lo que estoy a punto de decirle, ya no confío en los Kent o en la comida del restaurante de su esposa.

Se le curva la boca en una sonrisa seca.

—Ya veo. —Cierra la carta y espera a que el camarero nos traiga las bebidas para decir—: ¿Por qué quieres reunirte con Esguerra? Aún no te ha perdonado por el incidente con Nora, ¿sabes?

—Sí, lo sé. —La usé como cebo, dejando que la secuestraran para descubrir dónde tenía retenido un grupo de terrorista a su marido. En aquel entonces, sabía que se enfadaría por haber involucrado a Nora, pero no le encontré sentido a su rabia. Después de todo, era la única forma de salvarle la vida. Sin embargo, ahora comprendo mejor esa reacción. Si alguien hubiera puesto a Sara en peligro de esa manera, no me hubieran importado las razones. Mi vida a cambio de la suya nunca me parecerá un intercambio justo.

—He recibido una oferta muy lucrativa —le digo a

Kent mientras abro la Guinness—. De esa forma, he conseguido cierta información que le podría interesar a Esguerra.

Kent frunce el ceño y coge la taza de té.

—¡Oh! ¿Qué tipo de información?

—Hay un traidor en las instalaciones —digo y doy un sorbo largo mientras Kent frunce aún más el ceño —. Un traidor que me ayudará a llevar a cabo una tarea.

Deja el té.

—¿Alguien te ha contratado para llevar a cabo un golpe contra Esguerra? —Tras un asentimiento de confirmación por mi parte, pregunta con brusquedad —: ¿Quién? —Abro la boca para decírselo, pero llega a la conclusión correcta por su cuenta—: Novak — escupe, alejando el té. Se le marca la mandíbula de forma violenta—. Por supuesto, si no, ¿quién cojones se atrevería?

Le doy otro sorbo largo a la cerveza.

—Cien millones de euros es la oferta, pero estoy dispuesto a dejar que Esguerra la iguale si me llevas a Colombia a hablar con él. Quiero que hagamos borrón y cuenta nueva. Bueno, eso y cien millones —aclaro, por si piensa que solo quiero hacer las paces.

Kent me mira empequeñeciendo los ojos.

—Sabes que quizás no quiera, ¿verdad? Ahora que sabe que hay un traidor, descubrirá quién es. Es solo cuestión de tiempo.

—Claro, pero el tiempo apremia, sobre todo cuando hay un bebé recién nacido y vulnerable involucrado.

A Kent se le desencaja la cara.

—¿Qué coño sabes tú de recién nacidos? —responde con voz suave—. Porque si estás insinuando que...

—¿Lizzie está en peligro? No lo estoy insinuando, te lo estoy diciendo. Novak lo sabe todo acerca del nuevo miembro de la familia Esguerra y tiene planes para ella. —Me estoy arriesgando a revelar demasiado, pero no puedo permitirme ir con pies de plomo. Tengo que conseguir que Esguerra me escuche. Mi futuro con Sara depende de eso.

El camarero se acerca para que pidamos, pero Kent lo ahuyenta con un movimiento brusco de la mano.

—¿Y si Esguerra solo te hiciera una transferencia de cien millones? —pregunta, volviendo a coger el té—. Cien millones de euros por un nombre, riesgo cero.

—Ni de coña —digo y me termino la cerveza—. No quiero pasarme el resto de la vida mirando por encima del hombro, esperando a que Esguerra lleve a cabo su venganza. O me escucha en persona o acepto el trabajo. Depende de él.

Me levanto y salgo del restaurante mientras me ruge el estómago por el olor delicioso que emana de la cocina. Si todo va bien, algún día comeré aquí de verdad... con Sara a mi lado.

eter

NO TENGO QUE ESPERAR MUCHO LA RESPUESTA DE
Esguerra. Recibo su correo en la bandeja de entrada al
llegar al hotel.

«Esta tarde a las siete», dice el mensaje. «Lucas irá a
recogerte».

Solo falta media hora, por lo que informo a los
chicos y me preparo.

Kent se presenta en la habitación del hotel a las siete
en punto. No me sorprende que sepa dónde me alojo,
supe que me seguían desde el momento en el que salí
del restaurante.

La cara de Kent parece esculpida en granito.

—Sin armas —dice y levanto los brazos para que me
cachee de la cabeza a los pies.

Encuentra el cuchillo en la bota, las dos navajas de los bolsillos y un pequeño revolver en el interior de la chaqueta de cuero. Sin embargo, no se percata de la cuchilla de afeitar en el dobladillo de los vaqueros ni de la bobina de alambre cosida en el cuello de la chaqueta. Camp Larko me enseñó bien.

—Vamos —dice cuando está satisfecho con la limpieza. Le sigo fuera del hotel y hacia el interior de la limusina blindada.

El camino hacia el aeropuerto lo pasamos en silencio. Espero que Kent me deje en el avión privado de Esguerra y se vaya, pero entra conmigo.

—¿Vas a pilotar tú? —pregunto y asiente con sequedad.

—Esguerra me ha pedido que te lleve yo personalmente.

No parece muy contento por eso y sonrío cuando me siento en el sillón de cuero color crema de la cabina. Que Kent esté enfadado por esta interrupción en su rutina es un extra. Aún no puedo matarle por permitir el accidente de Sara, pero puedo disfrutar por joderle los planes.

Paso la mayor parte de las once horas de vuelo durmiendo y el resto, mandándole correos a mi equipo. Están también de camino a Colombia y me esperarán en las afueras de las instalaciones, siguiendo el plan que aceptó Novak. Si todo va bien, no les necesitaré, pero si algo sale mal, quizás puedan ayudarme a salir. Suponiendo que siga vivo, claro está.

La mansión enorme de Esguerra está en la zona sureste de Colombia, justo en los márgenes de la selva amazónica. Es de noche cuando tomamos tierra en la pista pequeña de aterrizaje de las instalaciones y el aire húmedo es cálido e inerte cuando bajamos del avión.

Reconozco al conductor del coche que nos está esperando. Era uno de los guardias cuando trabajaba bajo las órdenes de Esguerra.

—Hola, Diego —le saludo y sonríe, mostrándome los dientes blancos.

—Sokolov. Nunca creí que volvería a verte, tío. —Ya no tiene un acento español tan marcado como recordaba, pero sigue siendo reconocible—. ¿Dónde has estado? —Luego, se percata del hombre rubio a mi lado—. Hola, Lucas. ¿Dónde está Yu…?

—Conduce —le interrumpe Kent antes de entrar en el coche. Sigo su ejemplo. Parece que no nos andaremos con sutilezas. Vaya, hombre.

En lugar de llevarme hacia la mansión en la que viven Esguerra y su mujer, Diego nos traslada hacia un cobertizo en uno de los márgenes exteriores de las instalaciones. Reconozco el lugar donde ayudaba a Esguerra a interrogar a los enemigos y, a mi pesar, siento un escalofrío que me eriza la piel.

No hay nada que le impida al traficante de armas colombiano colgarme y torturarme para conseguir el nombre. Nada aparte de que Esguerra me conoce y sabe que no será fácil hacerme hablar.

Sale del cobertizo mientras Kent y yo bajamos del coche y, cuando las luces del vehículo le iluminan el rostro, veo que sigue pareciendo un actor de película, incluso con un ojo artificial reemplazando el que le arrancaron los enemigos. No le he visto desde aquella vez, sabía que estaría enfadado por la manera en la que le rescaté, por lo que me marché antes de que me matara, pero sigue igual que le recordaba.

Sigue siendo un puto peligro y le falta empatía... excepto con su mujer. Y ahora quizás con su hija.

—Hay que tener cojones —dice con suavidad, deteniéndose frente a mí. Tiene acento americano, pero no hay ni rastro del español. Recuerdo que su madre era estadounidense, alguna clase de modelo.

—Quería hablar contigo en un lugar seguro —le digo, sosteniéndole la mirada azul penetrante sin estremecerme. No le tengo miedo, aunque a lo mejor debería. Julian Esguerra es uno de los hombres más crueles que conozco, un verdadero sádico. Le he visto despellejar a hombres vivos y regodearse con ello. A menudo me he preguntado cómo la joven esposa puede soportar ese aspecto de la naturaleza de su marido. La quiere, pero dudo que no se pase con ella también.

—¿Por qué? —pregunta con el mismo tono letal y suave—. ¿Por qué, de todos los lugares, has querido venir hasta aquí?

—Porque quiero hacer un trato contigo —respondo con calma mientras Kent se coloca junto a Esguerra—. Y estoy seguro de que Novak no tiene ni ojos ni oídos aquí. —Según lo digo, me percato de Diego, sentado en el coche con el motor encendido, supongo que para producir suficiente ruido como para ahogar nuestra conversación. Parece que Kent es la única persona en la que confía realmente mi antiguo jefe.

—¿Crees que Novak no sabe que hablaste con Lucas? —pregunta Esguerra antes de torcer la boca con sorna—. ¿Que no se ha dado cuenta de que mi avión ha despegado contigo dentro?

—Oh, claro. —Sonrío con frialdad—. De hecho, lo sabe todo sobre este plan.

Ni Kent ni Esguerra pestañean, pero noto la sorpresa.

—¿Sabía que le ibas a traicionar? —pregunta Kent con el ceño fruncido.

—Sí, se lo conté en cuanto me reveló el nombre del cómplice.

Esguerra flexiona la mandíbula.

—¿Le dijiste que le ibas a traicionar?

—No exactamente. Le dije que iba a fingir que le traicionaba para poder acceder a tus instalaciones. Sabe lo del trato que le conté a Kent: hacer las paces contigo y los cien millones por el nombre del cómplice de Novak.

El ceño fruncido de Kent se intensifica, pero Esguerra inclina la cabeza para analizarme, pensativo.

—El trato que le contaste a Kent, que, supongo, no es el trato real que deseas conseguir.

—Correcto. —Siento la tensión dolorosa en el cuello y los hombros, por lo que relajo de forma concienzuda los músculos—. O, al menos, no es el trato completo.

Esguerra cruza los brazos sobre el pecho.

—¿Cuál es el trato completo, entonces?

—Te diré quién es el cómplice de Novak dentro de las instalaciones… y te entregaré al propio Novak para que no tengas que preocuparte por él nunca más.

Esguerra empequeñece los ojos.

—¿A cambio de qué?

—La paz, los cien millones que mencioné… y una cosa más.

—¿Qué? —pregunta Kent sin molestarse en ocultar la curiosidad.

—Amnistía —respondo, alternando la mirada entre el traficante de armas colombiano y su socio—. Quiero amnistía internacional por todos los crímenes de los que se me acusa, así como inmunidad en juicios futuros. Quiero que me saquen de todas las listas de buscados y quiero que me lo consigas tú.

*ara*

ESTA NOCHE SUEÑO CON ÉL DE NUEVO. VIENE A POR MÍ como un fantasma, cubriéndome con su oscuridad. Me abraza con fuerza mientras lloro y lucho por liberarme. No sé si estoy resistiéndome contra él o contra mi propio deseo, pero, en cualquier caso, en poco tiempo, desisto.

Me fusiono con él, con la oscuridad que me rodea, y alejo la soledad y la luz.

Me folla, colándose dentro de mí con una ira castigadora, y yo lo acepto mientras grito su nombre y el cuerpo se me convulsiona por un placer tórrido, por una felicidad tan agonizante y exquisita que amenaza con destrozarme. Hacemos el amor una y otra vez hasta que me siento vacía y dolorida, hasta que no puedo darle nada más. Entonces, se marcha, se marcha porque ya no me desea, porque se ha aburrido de mí.

Me despierto con la almohada empapada en lágrimas y el sexo húmedo y palpitante por la necesidad. Sé que el sueño ha sido solo una manifestación de mis miedos, que nada es real. Aun así, me encuentro rota, destruida por el rechazo de Peter, por el regreso a esta soledad tan terrible que me acompaña por las noches.

Me levanto, busco el bolso y cojo la nota que Peter me dejó. Está desgastada por los bordes, por lo que la aliso antes de abrirla y leer las palabras que me repito una y otra vez.

«Recuerda, *ptichka*, mientras estemos vivos».

Llevo la nota conmigo y la coloco bajo la almohada antes de volver a dormirme. Peter va a regresar. Tengo que creer en eso. De una manera u otra, vendrá a por mí.

eter

ESGUERRA ME MIRA COMO SI NO CREYERA LO QUE ESTÁ escuchando antes de dejar escapar una carcajada áspera.

—¿Amnistía e inmunidad? ¿Para ti?

Kent permanece en silencio a su lado, pero encuentro comprensión en su mirada. Sabe de qué va esto. Yulia y él me han visto con Sara.

—En realidad, para mis chicos y para mí —le digo a Esguerra—. No son tan populares entre las fuerzas policiales, pero siguen estando en sus listas de mierda. Haces que tus amigos de la CIA nos saquen de esas listas y te olvidas de Novak para siempre.

—¿En serio? —pregunta aún riéndose—.

Suponiendo que pudiera realizar ese milagro por ti, ¿desde cuándo te importa un carajo que te busquen?

Kent podría responder, pero, para alivio mío, permanece con la boca cerrada mientras digo:

—Eso no es asunto tuyo. Es el trato que te propongo. ¿Lo tomas o lo dejas?

Todo rastro de humor desaparece de la cara de Esguerra.

—Que te jodan. Me vas a decir quién es el traidor y te vas a largar.

Ahora me toca reír a mí.

—Y, a cambio, ¿me regalarás una muerte rápida y compasiva?

La sonrisa de Esguerra es tan afilada como una cuchilla de afeitar.

—Es el mejor trato que vas a conseguir. Sabes que averiguaré ese nombre de una manera u otra.

—Sé que lo vas a intentar e, incluso, que quizás lo consigas al final. Pero te supondrá varios costes.

Empequeñece los ojos.

—¿Como cuáles?

—Mucho antes de que obtengas el nombre, los chicos activarán al cómplice. Puede que acaben la misión con éxito sin mí o puede que no, pero es un riesgo que debo correr. ¿Qué tiempo tiene Lizzie? ¿Ocho, diez días? Quizás aún no le hayas cogido cariño, pero Novak tiene también planes para Nora. Grandes planes...

Esguerra se me lanza antes de que acabe de hablar, con

los rasgos perfectos contraídos en una máscara de rabia. A menudo entrena con los guardias, por lo que es rápido y letal, pero ya esperaba un ataque así. En el último momento, le esquivo y el puño me roza el pómulo en lugar de destrozarme la nariz. Sin embargo, no hay manera de evitar el otro puñetazo y el golpe me reverbera a través del plexo solar, sacándome el aire de los pulmones.

Si no estuviera entrenado para esto, estaría inclinado, resollando. No obstante, sé apañármelas con el dolor. En vez de buscar el aire que pide mi cuerpo, ignoro el malestar y ataco, yendo a por él con una serie de golpes.

Estamos en igualdad de fuerza y tamaño y se le da bien, quizás tan bien como a mis chicos. Sin embargo, tengo la cabeza más fría durante la pelea. Cada impacto por mi parte está calculado para desactivarlo y bloquearlo mientras que él actúa por instinto, dejando que la rabia le guíe.

Esquivo casi todos sus puñetazos, pero los pocos que me alcanzan duelen una barbaridad. Ignoro el dolor y le devuelvo el golpe. Tras un minuto, consigo derribarlo, aunque el cabrón no se da por vencido. En lugar de intentar levantarse, me coge del pie y tira, haciendo que caiga sobre él.

En el último segundo, me giro y le golpeo las costillas con el codo. El brazo me estalla de dolor, pero él gruñe, por lo que debo haberle roto algún hueso. Sin embargo, un instante después, veo algo brillante por el rabillo del ojo y reacciono por instinto, agarrándole la muñeca para detener la cuchilla que se acerca a mí.

Utiliza el momento de distracción para golpearme en un lado de la cara, pero mantengo la atención en el cuchillo y le retuerzo la muñeca, decidido a...

—Basta. —Unas manos fuertes me atrapan desde detrás, separándome de Esguerra antes de que le rompa la muñeca. El instinto me pide que arremeta contra este nuevo atacante, pero aún conservo la sangre fría suficiente para dejar de luchar.

Matar a Kent o a Esguerra sería contraproducente para el objetivo.

Esguerra se pone de pie antes de que Kent me suelte, pero no me ataca. En lugar de eso, se limpia la sangre espesa de la nariz y dice con voz gutural:

—¿Qué putos planes?

Por supuesto, quiere saber los detalles de la amenaza a Nora.

—Novak quiere usarla para controlar todos tus bienes —digo mientras Kent me suelta y se acerca a Esguerra. Me duelen la cara y el codo como unos hijos de puta y me sabe la boca a cobre, pero lo ignoro. Visto el cuchillo que Esguerra ha sacado de la nada, podría haber sido mucho peor.

—¿Cómo? —pregunta y me alegra comprobar que comienza a hinchársele un lado de la cara—. ¿Cómo cojones piensa conseguirlo?

—Casándose con ella. ¿Cómo si no? —Escupo la sangre que se me acumula bajo la lengua—. Ha esperado a que tu hija naciera para tener un cebo infalible. Las quiere a las dos, ¿sabes? A tu mujer para sí mismo y a tu hija como herramienta para controlar a tu esposa, que, en ese momento, sería su mujer. Creo que lo has entendido. —Por un segundo, estoy convencido de que se va a lanzar contra mí de nuevo, aunque se contiene. Apenas. Tampoco puedo culparle. Si alguien intentara separarme de Sara, le cortaría las pelotas en fragmentos pequeños y se las daría de comer a la fauna local. Me da la impresión de que Esguerra está tentado a hacer eso mismo conmigo, por lo que digo—: Podría conseguirte a Novak y hacerlo rápido. Sé que eres capaz de lidiar con él por tu cuenta, pero te llevará un tiempo encontrarle y superar sus defensas, igual que sacarme el nombre del cómplice... suponiendo que lo consigas alguna vez. Mientras tanto, tu mujer y tu hija estarán en peligro. Si mi equipo falla, Novak encontrará a otra persona para que venga a por ti, algún modo de llegar hasta Nora y el bebé. Lo he conocido y no se va a detener. Desea lo que tienes, todo lo que tienes, Nora incluida, y seguirá viniendo a por ti hasta que le mates o hasta que lo haga yo por ti, algo que podría suceder al final de esta semana.

Esguerra parece temblar de rabia, pero debe encontrarle sentido a lo que estoy diciendo porque permanece quieto, apretando las manos de forma convulsa junto a los costados. Noto su debate interior, pero, al final, dice con brusquedad:

—Cincuenta millones. Y quiero que me traigas a Novak vivo.

Se me acelera el pulso. Sin embargo, respondo con tono tranquilo:

—Setenta y cinco. Es mi última oferta.

En realidad, lo aceptaría por nada, ya que la felicidad de Sara lo es todo para mí, pero así compensaré a mis compañeros de equipo por la inminente disolución del negocio. Cuando ya no sea un fugitivo, dejaremos de realizar misiones.

—Trato hecho —dice Esguerra con los dientes apretados—. Setenta y cinco millones y hago lo que pueda para conseguiros inmunidad a tus hombres y a ti a cambio de Novak y el traidor.

—Nos la consigues sí o sí —le corrijo—. Sin inmunidad, no hay trato.

—Has provocado una masacre internacional todos estos putos años. No puedo garantizarte...

—Sí puedes. Nuestros crímenes no son peores que los que tú y Kent lleváis a cabo todos los días y nadie os toca ni un pelo. —Hago una señal en dirección al hombre rubio que observa la situación en silencio—. Hazlo, Julian. Pide todos los favores que necesite y te serviré a Novak en bandeja de plata.

Esguerra me observa contrayendo aún los dedos.

—De acuerdo —dice tras un momento con voz mucho más calmada—. Hay trato. Ahora, dime quién es el traidor.

Evalúo su expresión y tomo una decisión en una milésima de segundo.

—Tráeme a Nora y lo sabrás.

La cara de Esguerra se endurece y Kent se tensa visiblemente, preparándose para detenerle.

—¿Por qué? —escupe—. ¿Qué cojones tiene que ver ella con esto?

—Nada… salvo que le gustará saberlo —contesto con suavidad—. Y, una vez que lo sepa, creo que no le parecerá bien que me mates a pesar del trato que acabamos de hacer.

Se le abren los agujeros de la nariz.

—¿Me estás llamando mentiroso?

Me encojo de hombros.

—Harías cualquier cosa por proteger a tu familia, como haría yo con la mía. En cualquier caso, no me he olvidado de que fue tu esposa la que me entregó la lista, no tú. Llévame a ver a Nora y os diré a ambos lo que sé. Tienes mi palabra.

Espero, con los músculos preparados para el combate, mientras Esguerra toma una decisión.

 *eter*

ME VUELVEN A CACHEAR CINCO VECES DE LA CABEZA A los pies: Kent y Diego lo hacen dos veces cada uno y Esguerra, otra más. En la tercera búsqueda, encuentran la cuchilla y el alambre, por lo que me quedo desarmado por completo (si no contamos las habilidades de mi cuerpo, claro).

El trayecto hasta la mansión de Esguerra lo hacemos en medio de un silencio tenso y sé que haría falta una mínima chispa para hacer estallar a mi huésped. Nunca lo había visto tan irritado, la violencia en su interior está a punto de desbordarse.

Un grupo de una veintena de guardias se reúne con nosotros en la mansión blanca de estilo colonial y nos sigue a través del salón decorado con gusto. Esguerra nos deja a Kent y a mí con ellos antes de desaparecer por las escaleras, quizás para despertar a su mujer recién parida. Con un traidor suelto, no podía esperar hasta mañana.

Durante unos minutos, solo escucho a los guardias respirar y pasar el peso de un pie a otro. Luego, el llanto de un bebé rompe el silencio. Es un sonido fuerte y dulce, tan familiar que se me encoge el corazón en el pecho.

Pasha solía llorar así cuando era pequeño. Significaba que tenía hambre, una petición de comida que se veía satisfecha en minutos. La pena que me golpea es tan profunda como al principio, en aquellos días oscuros en los que me apoyaba en la rabia para continuar. Durante un segundo, no consigo respirar por el dolor, por una agonía tan aguda que parece una cuchilla en la columna vertebral. Mi hijo, el niño pequeño que no tuvo oportunidad de crecer, de pasar de los coches de juguete a los de verdad.

Si tenía alguna duda sobre lo que estoy haciendo, se evaporan en este momento. Voy a traicionar a un cliente, pero valdrá la pena. Incluso sin el trato que he hecho con Esguerra, nunca le haría daño a un bebé indefenso. Sobre todo, con la cara de Pasha tan presente en mi mente.

Tras unos minutos, el llanto desaparece y, casi una media hora después, Esguerra vuelve, envolviendo con un brazo a una chica menuda de pelo oscuro vestida con una bata gruesa de felpa que la cubre de la cabeza a los pies. La obsesión de Esguerra en persona. Nora, su esposa.

El rostro pequeño se le ilumina al verme. A diferencia de su marido, no me guarda ningún rencor por ponerla en riesgo. Tampoco es que deba porque fue idea suya.

—¡Peter! —Hace un ademán de acercarse a saludarme, pero se encuentra con la sujeción posesiva de su marido. Con timidez, se detiene y me sonríe—. ¿Qué tal estás?

—Bien, gracias. —A pesar de los guardias que nos rodean y de que siento la cara como un moretón enorme debido a los golpes de Esguerra, no puedo evitar imitar su expresión. Parece mentira que alguien tan joven y delicado pueda ser madre y sobrevivir a alguien tan despiadado como Esguerra—. Felicidades por el nuevo miembro de la familia.

Se le ensancha la sonrisa.

—Gracias. Te la presentaría, pero ya sabes… —Mira a su marido, cuyo gesto se ha vuelto más amenazador todavía durante la conversación.

Como era de esperar, ha llegado al límite de su paciencia. Apretando con más fuerza a su mujer contra el costado, pregunta con una suavidad letal:

—¿Vas a decirme quién es o no?

Se acabó. Llegó el momento de enseñar mi baza. A pesar de la presencia de Nora y del trato que hemos pactado, quizás ordene que me mate en cuanto sepa el nombre.

Bueno, quien no arriesga no gana.

Le sostengo la mirada gélida a Esguerra y digo con calma:

—No sé el nombre, pero es tu pediatra. Esa es la cómplice de Novak.

*ara*

—¿Sabes que Joe ha estado preguntando por ti? —dice mamá, untándose la tostada con la miel que le he traído de la tienda del granjero—. No habrás tenido noticias suyas estos días, ¿no?

—Mamá, por favor. —Lucho con las ganas de poner los ojos en blanco como una adolescente crecidita. Por alguna razón, saca el tema durante el desayuno del sábado—. Solo se ha portado bien conmigo, eso es todo. No hay nada entre nosotros, lo prometo.

—Pero ¿por qué no, cariño? —Se le forman líneas de preocupación en la frente y papá suspira mientras se toma el café—. Llevas aquí casi nueve meses y aún no has tenido ni una sola cita con alguien. No le debes nada a ese criminal, lo sabes, ¿no? Está claro que lo que sea que había entre vosotros se ha acabado. Tienes que pasar página. No va a volver.

Sí lo hará, a juzgar por esa nota, pero no puedo contárselo a mis padres. A pesar de los esfuerzos por convencerles de que me marché de forma voluntaria y de que la persecución del FBI ha sido un malentendido enorme, Peter siempre será «ese criminal». No sé si se habrán enterado de alguna manera de la historia oficial del FBI o si simplemente desconfían como cualquier ciudadano sin problemas con la ley de los que están a malas con la justicia, pero piensan que Peter no es bueno y que fueran cuales fueran los sentimientos que tenía por él eran producto de algún tipo de síndrome de Estocolmo.

Tampoco están del todo equivocados, al menos no lo hubieran estado hace nueve meses. Mi atracción por Peter era tóxica y poco natural y luché contra ella con uñas y dientes. Luché hasta que, al final, estuve a punto de perder la vida en ese accidente.

No, eso no es totalmente cierto.

Ocurrió cuando antepuso mis necesidades a las suyas y me dejó ir. Ese fue el auténtico punto de inflexión, aunque solo me he permitido pensar en eso estos últimos días… en que, de alguna forma, he conseguido aceptar los sentimientos que he desarrollado por el asesino de mi marido, en que, cuando pienso en él ahora, ha pasado a ser «Peter» en mi mente, el hombre que me quiere, en lugar del que mató a George.

Mis padres no saben esa última parte, al menos

espero que sea así, pero siguen odiando a Peter por haberme separado de ellos durante tanto tiempo. Creen que es tan peligroso como dice el FBI y me pongo enferma al imaginarme lo preocupados que se sentirán cuando me vuelva a raptar. Aun así, no puedo dejar de desearlo, de quererlo a él y a todo lo que es.

—Todavía no estoy preparada, mamá —le digo y me levanto para servirme algo de café—. Por favor, entiende que sigo enamorada de Peter y, cuando todo se solucione, volveré. Ya lo verás.

Y, tras eso, cambio de tema y comienzo a contarles una historia sobre la última actuación con la banda. Es mejor seguir mintiendo. Nada se puede solucionar porque no hay malentendido. Peter sí es un criminal y, cuando regrese, me llevará consigo, me secuestrará para siempre.

## 36

Peter

PASO LA NOCHE EN EL COBERTIZO EN EL QUE ESGUERRA mantiene a los prisioneros, con un tobillo encadenado a una argolla de metal en el centro del suelo.

—Solo por precaución —me ha explicado Kent cuando los guardias bloquearon la cadena—. No es porque no nos fiemos de ti...

—Claro.

La cadena mide dos metros, por lo que puedo tumbarme en el camastro que trajeron los guardias, así que tampoco estoy tan mal. Es obvio que preferiría no estar encadenado, pero, tras ver lo que le ha hecho Esguerra a la pediatra, no me quejo. Tardaré un tiempo en olvidar los gritos de la mujer.

Se derrumbó al instante, casi en el momento en el

que los Esguerra, acompañados por los guardias y por mí, entraron en la habitación. No sé qué esperaba (¿un *brownie* por la sinceridad?), pero admitió su parte de culpa enseguida, disculpándose profusamente tanto con Esguerra como con su mujer, jurando que no quería provocarles un daño real, que no los conocía ni a ellos ni a Lizzie cuando aceptó el soborno.

Es como si pensara que, tras la confesión, la perdonarían y se olvidarían, que un despido sin referencias era lo peor que podía pasarle.

Quizás porque vi a Esguerra cortar a la idiota en pedazos, literalmente, cuando Nora fue a dar de comer al bebé o porque estoy muy cerca de mi objetivo, pero no consigo dormir con tranquilidad, tengo pesadillas. Dos veces sueño con el cuerpo de mi hijo entre un montón de cadáveres y al menos el mismo número de veces con que el cuerpo es el de Sara.

Aun así, por la mañana, a pesar de tener los ojos nublados por el cansancio, me siento optimista, aunque con cautela. Que siga vivo me anima, señal de que Esguerra va a mantener su parte del trato. No tengo pruebas, pero sospecho que Nora tiene una gran influencia en su marido ahora mismo. Además, me lo debe por lo de la pediatra.

En cualquier caso, no me sorprende cuando Esguerra y Kent se presentan juntos para desencadenarme.

—¿Cuál es el plan? —me pregunta Esguerra cuando Kent me suelta la cadena en torno al tobillo—. ¿Cómo vas a capturarlo? Sabes que, en el momento en el que te presentes sin Nora y el bebé, se percatará de que le has traicionado o pensará que has fallado. En cualquier caso, no estará contento.

Respiro hondo. Esa es otra de las partes complicadas.

—Sí, lo tengo en cuenta. Por eso, necesito que me prestes a tu mujer para esta parte de la operación. No la pondré en...

—¡No! —Se le convulsionan los músculos de la mandíbula—. Nora no va a sacar ni un pelo de estas instalaciones.

Decepcionante, pero era de esperar.

—Vale, entonces, ¿crees que podremos encontrar a alguien que se parezca a Nora, al menos un poco?

Esguerra frunce el ceño y noto que está a punto de decir que no cuando Kent interviene:

—No hay nadie en la finca, pero puedo ordenar a los guardias que busquen por los alrededores a alguna candidata. No nos resultará difícil encontrar a una chica con el pelo oscuro y la altura de Nora. Tampoco es que su color de piel sea inusual en este lugar.

Eso es verdad. Si necesitáramos un doble para la mujer rubia y de ojos azules de Kent, quizás sería un problema, pero Nora tiene raíces mejicanas, los ojos oscuros y la tez morena.

—Deberías buscar a alguien muy joven —propongo—. A lo mejor nos sirve una colegiala para que sea de la estatura de Nora. Como te he empezado a decir, no la pondré en peligro. Solo necesito que Novak sepa que he subido al avión con una mujer que se parece a Nora y con un niño. Podemos usar un muñeco para este último. Lo único que necesitaríamos sería que la chica lo apretara con fuerza.

Kent mira a Esguerra y este asiente.

—Hazlo. Y, si es posible, encuentra un bebé. No queremos que el plan no funcione por culpa de un muñeco.

Abro la boca para negarme, pero decido no hacerlo.

No mentía sobre la seguridad de «Nora», por lo que podemos usar también a un niño de verdad. Haremos lo que haga falta para tenderle una trampa a Novak y acabar con él para siempre.

OCHO HORAS DESPUÉS, ARMADO CON UNA M16 QUE LE he «robado» a uno de los guardias, abandono las instalaciones a pie, junto a una chica aterrorizada de dieciséis años y su hermana de dos meses. Recompensaremos a la familia de las chicas por esta actuación, pero la idea de ropa bonita y el dinero de la matrícula para la universidad no parece suficiente para mantener calmada a la adolescente. Está muerta de miedo, lo que nos viene genial. La Nora verdadera también lo estaría.

Los guardias de Kent han encontrado a una chica con un parecido asombroso con la señora Esguerra, al menos de espaldas y de perfil. De frente, su cara es más redondeada, con la nariz más gruesa y pequeña y los ojos hundidos, por lo que hemos utilizado maquillaje para ocultar esos rasgos.

Gracias a la sombra de ojos, el colorete, el pintalabios y la base de maquillaje oscura que le hemos aplicado con destreza, la doble de Nora muestra ahora los ojos morados, un labio partido y varios moretones amarillentos que esconden las características infantiles de las mejillas.

Sabe un poco de inglés, aunque con un acento muy marcado, por lo que le hemos dicho que no hable en ninguna circunstancia.

—Puedes llorar o quedarte en silencio —le ordenó Esguerra y la chica asintió mientras se estremecía.

—Sí, señor, *seré* callada.

Hasta ahora, está cumpliendo la promesa. A pesar de las dos horas caminando por la jungla mientras sujeta a la hermana pequeña que no ha parado de llorar durante todo el tiempo, no ha dicho ni una palabra, aunque haya mucho de lo que quejarse.

No ha llovido todavía y el calor húmedo es sofocante. El aire es tan espeso que parece una manta mojada sobre la piel. Le pusimos a la chica uno de los trajes habituales de Nora, un vestido de verano informal y un par de sandalias planas, y puedo ver las ronchas dolorosas en los pies provocadas al pisar un hormiguero hace varios kilómetros. Estamos empapados en sudor y los mosquitos pequeños zumban a nuestro alrededor, picándonos en cada centímetro de piel al descubierto. Esto es una desgracia auténtica, lo que es bueno. Parecerá más real.

Tras otra tortuosa hora, nos juntamos con los chicos en el punto de encuentro elegido. Observo la sorpresa en los rostros cuando empujo a la adolescente hacia delante con el bebé que no deja de llorar apretado contra el pecho.

—Lo has conseguido. —Yan alterna la mirada entre la rehén y yo—. Joder, lo has hecho.

—Sí. No ha sido fácil, pero aquí estamos.

La sustituta de Nora permanece en silencio, proporcionando una buena imitación de una cautiva aterrada y traumatizada. Se le ha estropeado parte de la máscara de pestañas resistente al agua, pero sigue pareciendo amoratada y apaleada. Tiene los ojos tristes por la deshidratación y el cansancio. Ninguno de los chicos ha visto a la verdadera señora Esguerra, solo fotos, por lo que no tienen por qué dudar de su autenticidad. Los «moretones» están funcionando.

La cría sigue llorando y tomo nota mental de darle el biberón que les pedí a los chicos que compraran para el avión por si «Nora» tenía problemas dándole el pecho. También tenemos pañales, además de otros elementos para bebés.

—¿Está muerto? —pregunta Anton en ruso y asiento, mirando a la chica como si me preocupara su reacción.

—Sí, he acabado con ese cabrón. Aunque quizás ella no lo sepa todavía, así que hablad bajo. Ha peleado como una loca por ese bebé.

Ilya parece angustiado, pero no dice nada cuando nos dirigimos hacia el avión. No le gusta lo que estoy haciendo, aunque no le culpo. Secuestrar a una madre parturienta y a una recién nacida está mal, incluso para asesinos despiadados como nosotros. Y eso es exactamente con lo que cuento. El rechazo sutil de mis hombres le dará a la operación el giro de autenticidad que necesito. Quiero que Novak sienta la incomodidad entre nosotros. Deseo que note las reticencias de mis chicos al ponerle a una joven traumatizada y a su hijo entre esas garras crueles y avariciosas.

 eter

EN CUANTO SUBIMOS AL AVIÓN, LE DOY EL BIBERÓN A LA chica y le da de comer a la hermana sin dejar de lanzarnos miradas asustadas. Es un poco exagerado, ya que la verdadera señora Esguerra no se permitiría exteriorizar el miedo, pero es creíble porque los chicos no conocen a Nora ni saben por lo que ha pasado.

—¿Cómo lo hiciste? —pregunta Yan con tranquilidad cuando el bebé por fin se duerme y la chica se ha tranquilizado lo suficiente como para mirar por la ventana en lugar de al sofá dónde estoy sentado con los gemelos—. ¿Cómo acabaste con Esguerra?

—Le disparé —respondo de forma cortante e indiferente, no voy a inventarme una historia elaborada—. Le volé los sesos.

—¿Tienes alguna prueba? —pregunta Ilya con el ceño fruncido—. Porque Novak va a necesitar...

—Claro. —Saco el teléfono que le «robé» a uno de los guardias y les enseño una imagen de un hombre de pelo oscuro tumbado en el suelo sobre un charco de sangre. Parece haber perdido la mitad del cráneo, pero la otra mitad muestra, sin duda, a Esguerra.

Tardamos una hora en sacar la fotografía. Aunque tenga aspecto de modelo, a mi antiguo empleado se le da fatal posar.

Yan alterna la mirada entre la imagen y yo. Le observo con frialdad. ¿Se habrá percatado de que la «sangre» es kétchup mezclado con barro o de que la mitad desaparecida del cráneo está hecha con Photoshop, que Nora controla con destreza? Sé que no es real, por lo que me resulta difícil ser objetivo.

Para alivio mío, Yan me devuelve el teléfono sin decir nada e Ilya se gira para hacer una transferencia con el dinero del soborno a la cuenta privada en Suiza del controlador aéreo serbio. Así es cómo entramos y salimos de ese país y de mucho otros, como EE. UU.

Me siento tentado a hablar con los chicos y contarles el plan verdadero, pero me contengo. No puedo arriesgarme a que se opongan en el último momento. Hemos creado un negocio muy lucrativo gracias a nuestra gran reputación y lo que estoy a punto de hacer, traicionar al cliente que nos va a pagar, prácticamente nos asegura que no volvamos a tener más ofertas de trabajo.

Hemos hablado sobre retirarnos algún día, pero no sé si están preparados para que ese día sea hoy.

En cualquier caso, si todo va bien, mi equipo no sufrirá en el aspecto económico. Además de los cien millones de Novak, de los cuales ya tenemos la mitad en el banco, obtendremos el pago de setenta y cinco millones de Esguerra. Incluso aunque no consigamos la otra mitad de Novak antes de secuestrarle, tendremos lo suficiente para el resto de nuestras vidas. Lo único que necesitamos es salir de esta situación.

En unos días, estaré con Sara. Joder, ¡qué ganas!

ILYA Y YO NOS ENCONTRAMOS CON NOVAK EN SU almacén a las afueras de Belgrado, a petición suya. Como siempre, llega con un ejército de mercenarios y suficiente cargamento como para derribar un edificio pequeño.

—¿Dónde están? —pregunta en cuanto nos ve—. Dijiste que las tenías. ¿Dónde están?

—Sanas y salvas con mi equipo —digo y saco el teléfono del guardia para mostrarle las fotos que hicimos hace una hora. Son de la Nora sustituta y de la bebé, con aspecto amoratado y frágil, rodeadas por mis hombres.

Me arranca el teléfono de las manos y las estudia con un placer evidente antes de mirarme.

—¿Esguerra...?

—Claro. —Le quito el teléfono y paso las fotos de «Nora» hasta llegar a la de Esguerra sobre un charco de kétchup—. Le volé los sesos.

Los ojos pálidos de Novak resplandecen.

—Buen trabajo. Sabía que podía contar contigo. Ahora, dame a Nora y a la niña.

Cruzo los brazos sobre el pecho.

—Primero, el pago.

Quizás, en sentido estricto, no sean necesarios los cincuenta millones, pero definitivamente estaría genial tenerlos.

Novak forma una línea fina con la boca, pero saca el teléfono y llama a su contable.

—Haz la transferencia —ordena en serbio y espero hasta que asiente. Después, compruebo la cuenta desde el móvil.

—Perfecto —le digo y le lanzo una mirada a Ilya, cuya falta de expresión, de alguna manera, consigue transmitir desaprobación. Novak debe haberse dado cuenta también porque sonríe de nuevo. Le gusta la idea de que estemos enfrentados; cree que nos hace vulnerables, más fáciles de controlar—. Vamos —le digo, fingiendo que no me he fijado en todo el trasfondo—. Te llevaré con Nora y el bebé.

Ilya y yo nos encaminamos con brío hacia la salida y Novak corre para alcanzarnos. Los guardias se apresuran a formar el círculo protector habitual, pero los tres salimos primero. Solo son un par de segundos, pero es todo el tiempo que necesito. Agarro a Novak por el brazo, grito «¡agáchate!» y me escondo detrás de un contenedor, empujando a Ilya conmigo. Chocamos con la dureza del suelo y nos deslizamos sobre el estómago mientras los hombres de Esguerra abren fuego, acribillando el almacén y a los guardias de Novak con cientos de balas de ametralladora.

eter

El resto del golpe ocurre a la velocidad de la luz. En unos minutos, nos rodean varios grupos de los hombres de Esguerra y le pido a un Ilya sorprendido que tire las armas mientras hago lo mismo. Novak se ha golpeado la cabeza con el contenedor y parece aturdido cuando le obligo a ponerse de pie y nuestros captores le esposan y le cachean.

Mientras les entrego a Novak, Ilya se incorpora con dificultad, alternando la mirada entre los hombres que se llevan a rastras a Novak y yo.

—¿Acabas de…?

—Sí. Os lo explicaré todo en un instante. De momento, llama a Yan y dile que vamos para allá.

Asegúrate de que Anton y él no se vayan a enfrentar a nosotros porque no queremos que nadie salga herido.

Ilya duda, indeciso, pero después saca el teléfono. Le dejo haciendo la llamada y sigo a Novak hasta el SUV negro.

El serbio está saliendo de su confusión y comienza a darse cuenta de lo que ha ocurrido. Me mira cuando empieza a comprender antes de que se le desencaje la cara pálida por la rabia.

—Eres un puto…

El guardia más cercano le da un golpe en la boca.

—Cállate, pendejo —gruñe en inglés con acento español.

Observo la cabeza cubierta por el casco.

—¿Diego?

El casco se inclina.

—Hola, Peter, ¿qué tal? —Mientras habla, introduce a Novak, de nuevo aturdido, en el coche y cierra la puerta.

—Genial —digo con sequedad mientras Ilya se acerca—. Lo normal en un buen día de trabajo.

Mi compañero de equipo no parece contento, quizás porque ninguno de los dos lleva armas.

—Nos están esperando —comenta con brusquedad —. Y no se van a enfrentar a nadie.

—Bien. —Le doy una palmada en el hombro—. Vamos.

❧

Yan y Anton están en un terreno en obras cercano, a cargo de la sustituta de Nora y de su hermana bebé. Tienen las armas sobre el costado cuando nos acercamos con los guardias de Esguerra, pero muestran una mirada atenta y penetrante.

—Debes darnos algunas explicaciones —me dice Anton cuando los guardias pasan a nuestro lado para encargarse de «Nora» y el bebé—. Muchas, en realidad.

—Lo sé. —Ilya y yo observamos a los guardias guiar a la chica, que aún parece aterrorizada, hacia otro SUV negro—. Os lo contaré todo.

—No hay nada que decir —comenta Yan, acercándose a nosotros. Le brillan los ojos verdes con una luz fría y burlona—. No es la Nora auténtica, ¿verdad?

—No —respondo sosteniéndole la mirada—. Esguerra nunca pondría a su mujer o a su hija en peligro de esta manera, aunque tampoco las hemos puesto a ellas, claro.

—Cierto. —La sonrisa de Yan no muestra una pizca de diversión—. ¿Ese ha sido siempre el plan? ¿Comprometernos con Novak, descubrir cuál es su cómplice y avisar a Esguerra?

Inclino la cabeza.

—Exacto.

Anton junta las cejas oscuras.

—No lo entiendo. ¿Por qué ibas a hacer eso...? ¿Por qué no nos lo contaste?

—Porque no confía del todo en nosotros. —La voz

de Yan se vuelve engañosamente suave—. ¿No es eso, Peter? En cuanto al porqué...

Le interrumpo con un movimiento brusco de la mano.

—Os confiaría a los tres mi propia vida. Pero era una operación muy delicada, llevada a cabo durante muchos meses. Necesitaba ganarme la confianza de Novak y, para eso, vuestras reacciones e interacciones debían ser lo más reales posibles. No es tonto. Si hubiera notado algo, incluso una señal mínima, de que se la estábamos jugando, no hubiera funcionado.

Entonces, Ilya habla por primera vez:

—Es por ella, ¿no? —Abro la boca para contestar cuando dice—: Olvídalo. Claro que sí. ¿Qué quieres de Esguerra? ¿Más dinero para poder desaparecer con ella para siempre?

—No —le contesta Yan a su hermano—. Eso no es. —Me mira—. ¿Verdad, Peter?

—No, aunque el dinero adicional es una gran ventaja —respondo observando a los dos—. Os estoy transfiriendo la parte correspondiente a vuestras cuentas mientras hablamos. —Me giro hacia Anton—. También a ti.

—Dínoslo, joder —gruñe Anton—. En serio, deja el misterio. ¿Qué te prometió Esguerra a cambio?

—Una vida —digo mientras observo cómo los SUV salen de la calle—. El tipo de vida que personas como nosotros nunca tendremos.

—Ah. —El ceño de Anton se suaviza—. Amnistía. Asiento.

—E inmunidad en juicios futuros. Para todos.

La cara de Ilya se ilumina, pero Yan cruza los brazos sobre el pecho.

—¿Quién te ha dicho que queramos eso? ¿Crees que dejamos Spetsnaz y nos unimos a ti para convertirnos en contables y profesores?

—No, creía que lo hicisteis para volveros muy ricos —contesto, imitando el tono sarcástico—. Ahora lo sois, felicidades. Ah, por si no lo he dicho ya, nos va a llegar un extra de setenta y cinco millones de parte de Esguerra.

Anton silba en voz baja.

—Joder.

Yan me observa.

—¿Una misión de ciento setenta y cinco millones? ¿De una sola vez?

—Eso y la libertad de hacer lo que os plazca. Si queréis continuar con el negocio, hacedlo, aunque quizás prefiráis empezar de nuevo con otras identidades por si todo esto sale a la luz. —Giro el índice en el aire—. Si no, podéis elegir la vía legal y abrir una agencia de seguridad o algo así.

—¿Y tú? —pregunta Ilya, inclinando la cabeza—. ¿Qué vas a hacer, Peter?

—En cuanto me den luz verde, me voy a los Estados Unidos —contesto y sonrío ante sus caras—. Sí, exacto, con Sara. Esta vez jugaremos a las casitas de verdad.

eter

ESGUERRA QUIERE QUE VUELVA A SUS INSTALACIONES, por lo que, tras ponerme al día con mis hombres, me subo a su Boeing C-17 y acompaño a Novak y a los guardias a Colombia. Ilya, Yan y Anton van en nuestro avión. Sigo sin fiarme por completo de mi antiguo jefe, por lo que mis compañeros de equipo están de acuerdo en proporcionarme apoyo si las cosas se ponen feas en el último momento. No espero que Esguerra me traicione llegado este punto (sobre todo porque ya tenemos los setenta y cinco millones en nuestra cuenta), pero no viene mal ser precavidos.

Además, mi equipo también está de acuerdo en continuar ayudándome con la búsqueda de Henderson. Como es el último nombre de la lista, es una misión incompleta y tengo intenciones de tratar con él a su debido tiempo.

Sin embargo, primero, necesito ir a por Sara. Es lo más importante.

Es el propio Esguerra el que se reúne con nosotros cuando aterrizamos, con el rostro duro y los rasgos afilados mientras observa a los guardias sacar a Novak del avión. El serbio apenas habla, no se han molestado en alimentarle o curarle las heridas durante el vuelo. Pero no importa porque no pasará mucho tiempo en este mundo. Esguerra no solo lo matará, sino que lo despedazará. Despacio. Pedazo a pedazo.

Me sentiría mal por el cabrón, pero se lo estaba buscando. Si se hubiera limitado a usurpar los negocios de Esguerra, habría vivido mucho más, al menos uno o dos años. Pero ha ido también a por su familia… a por Nora y la niña. No hay ningún afecto entre mi antiguo jefe y yo, pero me gusta Nora.

—¿Dónde está Kent? —le pregunto cuando Esguerra se acerca a mí tras ordenar a los guardias que lleven a Novak al cobertizo—. ¿Ha vuelto a Chipre?

Asiente.

—Se marchó después de ti. —No me explica mucho más y decido no insistir. Aún no he perdonado a Kent lo que ocurrió con Sara, pero, de momento, tengo cosas más importantes que hacer.

—¿Has hablado con ellos? —Camino junto a

Esguerra mientras nos dirigimos hacia la limusina que nos espera—. Con tus contactos de la CIA.

Me mira de reojo.

—Sí.

—¿Y? —Me coloco frente a él para obligarle a pararse—. ¿Están de acuerdo?

Flexiona la mandíbula.

—Hablemos de eso en el coche.

¡Mierda! No suena bien.

—Cuéntamelo ahora.

Le brillan los ojos con fiereza.

—Vale. Este es el trato, el único que van a aceptar: tu equipo y tú conseguís amnistía para vuestros crímenes e inmunidad en juicios futuros, siempre y cuando no cometáis más delitos. El que la cague será arrestado y culpado por todos los crímenes, pasados y presentes.

Reflexiono y asiento.

—Me parece bien. —Creo que puedo ser un ciudadano sin problemas con la justicia o, al menos, parecerlo. Habrá que tener cuidado para que no nos atrapen cuando por fin encontremos a Henderson, pero estoy seguro de que no soy el único enemigo de mi antiguo general. Por otra parte, también podemos simular un accidente; hay muchas maneras de conducir un golpe sin que parezca tal...

—Una cosa más —dice Esguerra—. Una condición que no es negociable.

—¿Qué? —pregunto con el estómago en tensión por

un presentimiento mientras aprieto las manos junto a ambos costados. Espero que no sea...

—Ese general jubilado, al que habéis estado buscando —responde Esguerra, confirmando la corazonada—. Tienes que dejarlo en paz. Para siempre. Tu inmunidad estará ligada a su salud y bienestar constantes. Si él o cualquier persona cercana sufre siquiera una indigestión, se acabó el trato y volvéis a estar en la lista de buscados.

¡Joder! ¡Joder, joder, joder!

Supongo que debería haber tenido en cuenta esa posibilidad, dados los contactos de Henderson, pero, de alguna manera, la he bloqueado en mi mente. Para conseguir una vida con Sara, estaba tan centrado en eliminar el obstáculo principal, la etiqueta de fugitivo, que ni siquiera consideré que ese pudiera ser el precio.

Bueno, eso además del final de mis negocios y del riesgo de acercarme a Esguerra, los daños que conocía y para los que estaba preparado. Pero ¿esto? De todos en la lista, Henderson es el mayor responsable de la tragedia que les aconteció a mi mujer e hijo. Es el que dio las órdenes que acabaron con la masacre del pueblo. Si alguien merece pagar por las muertes de Tamila y Pasha, ese es Henderson. No puede volver a tener una vida normal y feliz después de lo que ha hecho.

—Es inaceptable. —Mi voz se vuelve áspera y gutural—. Sabes que no puedo.

Por vez primera, algo parecido a una emoción humana suaviza el hielo azul de la mirada de Esguerra.

—Lo sé —dice con suavidad—. Lo suponía. No lo van a negociar, Peter. Ya lo he intentado.

Me giro sobre los talones y doy grandes zancadas hacia la limusina mientras siento en la garganta la rabia y el dolor que pensaba enterrados burbujeando como el magma. Inhalo, intentando calmarme, pero, en lugar de vegetación tropical, huelo la muerte y las cenizas, la piel carbonizada y la sangre rancia. Me sabe la lengua a metal y veo un montón de dos metros de altura con cadáveres, con partes de cuerpos. Y esa mano pequeña en torno al coche de juguete.

Apenas recuerdo los primeros días después de la masacre. Sé que hui del grupo de soldados especiales que me sacó del pueblo, pero no recuerdo ni cómo ni cuándo ni si le hice daño a alguien al escapar. Supongo que sí porque mis propios hombres comenzaron a buscarme después, antes incluso de matar a mis superiores por acabar la investigación en pocas semanas.

La venganza fue lo único que me mantuvo los días, meses y años siguientes. Les prometí a mi esposa e hijo muertos que los asesinos pagarían con sus vidas y mantuve esa promesa. Acabé con todos menos con Henderson.

—Puedes raptarla de nuevo —dice Esguerra cuando me alcanza y le miro, sin sorprenderme de que sepa lo de Sara. Kent debe habérselo contado o quizás los contactos de la CIA le hayan hablado del secuestro. Y, una vez que lo supo, fue tan fácil como unir dos más dos.

A pesar de eso, mi instinto inicial es amenazarle con arrebatarle todo lo que aprecia si respira siquiera el mismo aire que ella. Pero, si sabe que Sara es mi debilidad, entonces debe saber que haría cualquier cosa si alguien la rozara. Lo mismo que él haría si alguien tocara a Nora. De hecho, lo que está a punto de hacerle a Novak.

—Tiene una vida allí —respondo—. Padres, amigos, una carrera profesional...

Se encoge de hombros.

—Se acostumbrará. Nora lo hizo.

Me subo a la parte trasera de la limusina y él me sigue, sentándose frente a mí.

—Sara no es Nora —digo cuando el coche comienza a moverse—. Tiene mucho aprecio a sus raíces. No sería feliz. —No sé si intento convencer a Esguerra o a mí mismo, a esa parte oscura y áspera que lleva esperando durante meses, la que me ha estado diciendo que me olvide de esta locura de plan y vuelva a por lo que me pertenece.

—¿Y tú? —Esguerra inclina la cabeza, observándome con una curiosidad peculiar—. ¿Crees que disfrutarás esa vida a medias, progresar encerrado entre todas esas reglas y leyes?

Me encojo de hombros.

—Quizás. —No me preocupa, pero, si alguna vez se convierte en un problema, lidiaré con él. Paso a paso.

—Entonces, ¿qué? —me pregunta Esguerra cuando me quedo callado—. ¿Vas a dejarla ir para siempre? ¿O vas a aceptar el trato?

—No la voy a dejar ir. —Escupo las palabras de forma instintiva, automática. Para mí, la vida sin Sara no es una posibilidad. Los últimos ocho meses han sido un infierno, casi tan malos, a su modo, como las semanas sombrías tras la muerte de mi familia.

Preferiría morir antes que dejar ir a mi *ptichka* para siempre. Es mía y seguirá siéndolo.

Esguerra curva los labios con una sonrisa burlona.

—Entonces, bueno… —dice con suavidad—. Parece que no tienes otra opción.

Me asfixia admitirlo, pero es verdad. O me quedo con Sara o rechazo el acuerdo. Su felicidad o mi venganza. No puedo tener ambos.

# PARTE IV

## 40

*S*ara

LA PRIMERA VEZ QUE NOTÉ ALGO EXTRAÑO ESTABA EN EL coche, a solas, camino a casa después de un turno de tarde en la clínica. No me seguía ningún vehículo del gobierno ni nadie me observaba con disimulo al aparcar frente al edificio de apartamentos y entrar en él.

Mientras me ducho antes de desplomarme sobre la cama, me digo a mí misma que me estoy volviendo loca, que estaré cansada y que, por eso, no habré visto las cosas con claridad. No hay por qué preocuparse. Incluso aunque no estuviera sufriendo una extraña paranoia inversa, quizás los federales se hayan tenido que coger la noche libre para cuidar de sus hijos o hacer algo. No ha ocurrido desde que volví, pero eso no significa que sea imposible. Los agentes del FBI también son humanos.

Aun así, doy vueltas y vueltas, incapaz de quedarme dormida a pesar del agotamiento. Intento pensar en si hoy me he sentido observada en algún momento del día, pero no me acuerdo. O los vigilantes invisibles se han vuelto mejores en su trabajo o me he acostumbrado tanto a su presencia que ya no los noto.

La última vez que experimenté en serio esa sensación de inquietud fue cuando encontré la nota de Peter, hace un par de meses. ¿Será verdad? ¿Ya no me estarán vigilando?

Se me encoge el estómago de forma abrupta. Por la nota de Peter, no debería haber ninguna razón para que de repente haya dejado de interesarles tanto a los federales como a los hombres de Peter.

«No». Le cierro la puerta a ese pensamiento tan aterrador. Peter no está ni muerto ni cautivo. No puede estarlo.

Cierro los ojos y me obligo a respirar hondo, con lentitud. Una noche puede ser una excepción y hay muchas posibilidades de que mañana, cuando me despierte para ir al trabajo (dentro de unas cinco horas), los federales estén dando vueltas por la manzana en el coche gris.

Solo tengo que pensar en eso.

~

PERO LOS FEDERALES NO ESTÁN CUANDO CONDUZCO DE camino al trabajo y, por mucho que lo intente, no consigo descubrir si hay alguien vigilándome. Me paso el día sintiendo un pánico apenas reprimido. Por suerte, tengo que atender a muchas pacientes y, puesto que tenemos citas dobles, no me queda tiempo para pensar. Simplemente corro de paciente a paciente, llevo a cabo reconocimientos, prescribo recetas de anticonceptivos y hablo sobre el cuidado prenatal mientras me recuerdo que debo respirar, calmarme e ignorar el hecho de que los federales hayan desaparecido, de que, por vez primera desde mi regreso, estoy sola.

Estoy a punto de volver a casa cuando Phil, nuestro guitarrista, nos llama para informarnos de una actuación futura. De forma impulsiva, le pregunto si le apetece reunir a los chicos y salir a tomar una copa. Es martes por la noche y mañana tengo un día lleno de trabajo y turno en la clínica, pero no quiero quedarme a solas con mis pensamientos.

Para alivio mío, Phil acepta y nos reunimos en un bar en la parte alta de Chicago. Solo Rory se une a nosotros (Simon está en una firma de libros local), pero, tras pedir una cerveza, establecemos la cómoda dinámica habitual y Phil comienza con su discurso semanal de persuasión acerca de la gira.

—¿Nunca has deseado dejarlo todo? —comenta moviendo la cerveza—. ¿Conseguir algo más en la vida? ¿Algo enriquecedor y apasionante?

—Tío, pareces un anuncio —dice Rory y todos

reímos, aunque escucho el tono desesperado en mis carcajadas. Por suerte, creo que soy la única. Mis compañeros de equipo no saben nada sobre esta agitación creciente, charlan y siguen adelante como si el mundo no se fuera a acabar, como si fuera un martes por la noche cualquiera.

Y, para ellos, lo es, el tipo de martes por la noche normal y predecible del que Phil quiere escapar. El tipo de martes que hace tiempo que no tengo porque, desde el momento en el que conocí a Peter, nada en mi vida ha sido normal o predecible.

Me pregunto qué pensaría Phil si se enterara de eso, de que el asesino de mi marido me obligó a «dejarlo todo» al mantenerme cautiva en Japón. ¿Pensaría que mi ambiguo romance con un asesino es apasionante? ¿Enriquecedor de alguna manera perversa?

Esta salida debía ser una distracción de esos pensamientos llenos de ansiedad, pero no puedo dejar de pensar en Peter y me encuentro paseando los ojos de una persona a otra buscando al hombre que no encaja... algún indicio de que los federales siguen interesados en mí.

—¿A quién esperas? —me pregunta Rory al darse cuenta de que giro el cuello constantemente.

Me obligo a sonreír y a dejar de mirar a mi alrededor como una idiota.

—A nadie, perdón. Creía que acababa de ver a alguien conocido.

Enseguida, Phil se entusiasma.

—¡Oh! Alguien conocido. ¿Chico o chica? Porque

tengo que decirte que esa Marsha amiga tuya está… ¡mua! —Se besa de forma dramática las yemas de los dedos y todos nos echamos a reír de nuevo.

Marsha, Andy y Tonya vinieron a una de nuestras actuaciones hace un par de semanas y, después, salimos todos juntos. Como es natural, Marsha congenió con mis compañeros de banda, como siempre le ocurre con todos los hombres. Uno de estos días, me encantaría que conociera a un chico que no se enamorara perdidamente de ese aspecto de rubia explosiva o que, al menos, no intentara tirársela enseguida.

—Tonya tampoco está mal —dice Rory cuando se apagan en parte las carcajadas—. ¿Está soltera?

Sonrío.

—Sí, estoy casi segura. —No conozco tan bien a la joven enfermera, pero estoy casi convencida de que no tiene novio o de que, si lo tiene, no le importa que salga de fiesta con Marsha de sol a sol.

—Tío, ¿y no te gusta más la pelirroja? —dice Phil con expresión seria—. Imagínate lo preciosos que serían tus hijos. Un montón de zanahorios.

—Oh, que te jodan. Lo que pasa es que tienes envidia de que siga teniendo esto. —Rory se ahueca la melena espectacular y estoy a punto de atragantarme con la cerveza cuando Phil se toca, por instinto, las entradas antes de mostrarle el dedo corazón a Rory.

—Basta, chicos —suelto cuando consigo dejar de reír—. Andy ya está cogida y…

Me quedo paralizada mientras las palabras se me congelan en la garganta al reconocer al hombre que se acerca por detrás de Phil. Pestañeo, incapaz de creer lo que estoy viendo, pero la aparición no se desvanece. En lugar de eso, se le curvan los labios esculpidos en una sonrisa magnética.

—Hola, Sara —dice con la voz profunda y el ligero acento que me persiguen en sueños—. ¿No me vas a presentar a tus amigos?

*eter*

EL COLOR DE LA CARA EN FORMA DE CORAZÓN DE SARA desaparece. No parece que vaya a ser capaz de hablar en un futuro cercano, por lo que me giro hacia los dos hombres que me observan.

—Peter Garin —digo, usando mi identidad nueva y les extiendo la mano—. ¿Vosotros sois?

Por supuesto, sé quiénes son, pero, si me voy a integrar en la vida de Sara para siempre, necesito actuar como un ciudadano normal, en vez de como alguien que busca información de forma intensiva de todas las personas cercanas a su *ptichka*. Eso también significa que no puedo ponerles la navaja sobre la garganta y rebanársela para que no vuelvan a babear por ella de nuevo. Al menos, no en mitad del bar.

El rechoncho se recupera primero y alarga el brazo para darme la mano.

—Hola, soy Phil Hudson.

—Encantado de conocerte —digo y reprimo las ganas de romperle los huesos de esos dedos ridículos y suaves.

—Rory O'Rourke. —El agarre del pelirrojo es más firme y tiene la mano casi tan rugosa como la mía, aunque por razones muy distintas.

Levanta pesos en el gimnasio para ganar premios, yo entreno para seguir con vida.

«Entrenaba para seguir con vida», me corrijo. Si todo sale según lo planeado, ya no tendré que volver a hacerlo.

Sara me toca el brazo para atraer mi atención.

—¿Qué...? —Se le quiebra la voz melodiosa—. ¿Qué estás haciendo aquí, Peter?

He evitado de manera consciente mirarla directamente, pero estar tan cerca de ella sin cogerla y follármela en el acto es un tipo especial de tortura. Su roce en el brazo, por muy leve que sea, es como un disparo con una pistola eléctrica. El cuerpo entero me vibra al percibirla, tengo alerta los sentidos. Está a medio metro y estamos vestidos, pero la siento con tanta intensidad como si estuviese desnuda y presionada contra mí.

De hecho, la polla está convencida de que deberíamos quitarnos la ropa y está haciendo todo lo posible para sobresalir de estos vaqueros, que de pronto son demasiado estrechos. Quizás debería haberla esperado en el apartamento, donde estaríamos solos para este encuentro, pero estaba demasiado impaciente. Tras un mes de gilipolleces burocráticas, por fin conseguí la luz verde del gobierno estadounidense, junto con una nueva identidad y documentos de ciudadanía. Enseguida me subí al avión, pero me enteré de que, en lugar de volver a casa, Sara había decidido salir. Ni más ni menos que con dos hombres que suelen babear por ella.

Respiro hondo y me recuerdo que la integración es el objetivo del juego. Para eso he estado trabajando estos meses, la razón por la que he aceptado dejar vivo al puto Henderson, una promesa que me sigue inundando la garganta de bilis. Sería una tontería echarlo todo por la borda solo porque Sara me esté mirando con esos ojos color avellana de conejita, tan preciosa que quiero envolverla en un saco de patatas y llevármela a mi guarida después de arrancarles las pelotas a todos los hombres que se atrevan siquiera a mirar en su dirección.

—He tenido la oportunidad de volver a casa pronto —le digo y, a pesar de los esfuerzos, mi tono es demasiado ronco para un local público—. De hecho, he dejado el trabajo.

—Tú... ¿qué? —Abre mucho los ojos—. ¿Cómo...?

—Es una larga historia, *ptichka*. —Lucho contra las ganas de cogerla y abrazarla contra mí—. Vámonos a casa y te lo explico.

El pelirrojo, Rory, se aclara la garganta.

—¿Estáis... juntos? —Tanto él como Phil me miran incrédulos y más que celosos.

Los cabrones tienen suerte de que esté cumpliendo la ley estos días.

—Sí —contesto y algo en la voz les hace palidecer—. Lo estamos. —Me giro hacia Sara—. ¿Preparada para volver a casa, cariño? Tenemos mucho de lo que hablar.

Con firmeza, le cojo la mano delicada y la guío hacia el exterior, dejando a sus compañeros de banda sorprendidos en el bar.

*Sara*

ME SIENTO COMO SI ESTUVIERA SOÑANDO. O QUIZÁS EN una pesadilla, no lo sé. Peter y yo estamos caminando juntos por una calle llena de gente... sin el menor rastro de disimulo por su parte. De alguna manera, es más grande de lo que recordaba, con las costuras de la camiseta negra y suave tensándose sobre los hombros anchos y las piernas poderosas flexionándose dentro de los límites estrechos de unos vaqueros gastados. Tiene el pelo oscuro más largo que antes, meciéndose con la brisa cálida de la tarde, y siento los dedos deseosos por enterrarse en esa masa sedosa y gruesa, encerrarla entre los puños mientras me lame hábilmente con la lengua hasta precipitarme hacia el clímax.

Como un rayo, un cosquilleo me recorre el cuerpo ante ese pensamiento e intensifica el ardor bajo la piel. Me late el corazón de forma tan violenta que podría explotar y ya no tengo frío. Ya no siento el interior congelado. He vuelto a la vida desde el momento en el que me habló y llevo temblando por la necesidad desde entonces… incluso aunque la confusión me ahogue.

—¿Me vas a raptar? —pregunto con un hilo de voz demasiado agudo, ya que estoy teniendo problemas para asumir esto… lo que sea esto. ¿Por qué ha aparecido de la nada, tras más de nueve meses, y se ha presentado a mis amigos como si fuera un novio desaparecido? De todas las formas en las que me había imaginado el segundo rapto, este escenario, en el que entra en un bar y me saca de él de la mano, nunca se me había pasado por la mente. Estaba preparada para una aguja en el cuello o una capucha en la cabeza o, al menos, un mal despertar en mitad de la noche, en lugar de un paseo informal por North Broadway en la parte alta de Chicago. ¿Por qué puede estar en público de esta manera? Ha usado un nombre distinto en el bar, pero no le ha cambiado la cara. ¿Dónde están los federales? Tras meses observando cada uno de mis movimientos, de repente…

—No te voy a raptar. Te voy a llevar a casa. —Me aprieta la mano con la suya, envolviéndola de forma cálida… igual que siento su voluntad enroscarse en torno a mí, de manera intensa y rígida, tan ineludible como una fuerza de la naturaleza.

Niego con la cabeza en un intento vano por aclarármela.

—¿A casa? —¿Se refiere a Japón? Porque, si es así, tengo que contarle que…

—A tu apartamento. —Le brillan los ojos metalizados cuando me sostiene la mirada—. Por ahora, al menos, puesto que tienes todas tus cosas allí. Después, podemos trasladarnos a tu casa, si quieres, o comprar una más cerca del trabajo.

Me siento como si estuviera borracha o drogada. ¿Me han echado algo en la cerveza?

—¿De qué estás hablando?

Deja de andar y me doy cuenta de que estamos junto al coche. Me suelta y me coloca mano grande y áspera sobre la mejilla antes de decir:

—De nosotros, mi amor. Estoy hablando de nosotros.

Y, tras cogerme el bolso, revuelve en su interior, saca las llaves del coche y desbloquea el vehículo.

## 43

 *Sara*

PETER ESTÁ CONDUCIENDO, LO QUE AGRADEZCO PORQUE no creo que pudiera hacerlo ahora mismo, al menos sin chocar.

No tengo que preocuparme de eso con Peter. Conduce igual que hace todo lo demás: con calma, con una destreza letal. Mientras observo cómo sale de la plaza de aparcamiento, me percato de que, en realidad, nunca le había visto al volante. Cada vez que hemos estado juntos en un vehículo, otra persona conducía y Peter iba conmigo en el asiento trasero. Lo que me lleva a la siguiente pregunta: ¿dónde están sus compañeros de equipo? ¿Por qué está solo? Y ¿qué significa «he dejado el trabajo»?

La mente va a toda velocidad, al compás del pulso

palpitante, pero reúno los pensamientos dispersos e intento centrarme en una sola cosa cada vez.

—¿Qué quieres decir con «nosotros»? —le pregunto, mirando el perfil duro y esculpido. O, más específicamente, devorándolo con la mirada. Había olvidado lo impresionantes y masculinas que son sus facciones, lo guapo que es de una forma peligrosa y magnética. Sigue estando tan delgado como en la clínica (lo que haya estado haciendo, no ha sido descansar y relajarse) y los pómulos acentuados parecen espadas gemelas. Además, tiene la mandíbula cubierta por la barba de un día tan dura que parece cincelada en mármol.

Consigo entrever su mirada plateada y la cicatriz de la ceja izquierda cuando me observa antes de devolver la atención a la carretera.

—Quiero decir que me quedaré aquí para siempre —contesta con calma—. He conseguido amnistía e inmunidad para mí y para el resto del equipo.

Se me corta la respiración.

—¿Amnistía e inmunidad? Es decir…

—Es decir que ya no soy un fugitivo, sí.

Y, después de eso, siento que estoy cayendo por un precipicio. ¿Ya no es un hombre buscado?

—¿Cómo? ¿Qué has hecho? ¿Cómo es eso…?

—Es una larga historia, pero, en general, le hice un favor a mi antiguo jefe. ¿Te acuerdas de Esguerra, el socio de Kent?

Inhalo con fuerza.

—¿El que quería matarte por poner en peligro a su mujer?

—Ese —afirma Peter cuando entramos en la autopista y adelantamos a un camión lento—. En cualquier caso, a cambio de ese favor, Esguerra utilizó su influencia sobre varios gobiernos para alejar a los sabuesos de nuestro camino.

Le observo sin palabras. No tenía ni idea de que los traficantes de armas ilegales tenían ese tipo de poder, aunque supongo que debería haberlo imaginado. Lucas Kent habló sobre un contacto suyo de la CIA (¿John? ¿Jeff Noséqué?) cuando cenamos en su mansión de Chipre.

—Vaya. Debe haber sido un gran favor —consigo decir al final y Peter asiente, mirando hacia delante.

—Lo fue. —No me explica más y no le presiono. Tengo que enterarme primero de cosas más importantes.

Cierro las manos sudorosas sobre el regazo e intento parecer natural.

—Entonces, cuando dices que te vas a quedar para siempre, ¿qué significa exactamente?

Eleva la comisura de la boca.

—¿Tú qué crees, mi amor? ¿Querías un perro detrás de una valla? ¿Barbacoas y niños en el parque? Ahora te lo puedo dar. Bueno, Peter Garin puede. —Cambia al carril derecho y coge la vía de salida—. Ese otro mundo que querías, esa vida… es tuya, *ptichka*… y yo también.

Se me para el corazón en el pecho.

—¿Quieres que seamos novios? ¿Aquí? ¿Como una pareja normal?

—No, *ptichka*. No quiero que seamos novios. —Gira hacia la derecha y entra en una gasolinera cercana. Entonces, me doy cuenta de que el depósito está casi vacío.

—Ahora vuelvo —dice, apagando el motor, y sale del coche. Lo observo, aturdida, mientras llena el Toyota de forma experta. Paga en el surtidor con una tarjeta de crédito negra y estilosa. El asesino ruso tiene una tarjeta de crédito y la está usando para pagar la gasolina.

La improbabilidad tan grande de que esto esté ocurriendo, de que Peter esté de pronto aquí, haciendo cosas mundanas, añade mayor sensación de irrealidad a la que siento desde que abandonamos el bar. No consigo deshacerme de la impresión de que estoy en un sueño extraño y de que me despertaré en cualquier momento, fría y sola en la cama.

Pero no. La puerta del conductor se abre y el ambiente se llena de una oleada de aire veraniego húmedo y del olor penetrante de la gasolina cuando Peter entra en el coche y flexiona la larga figura para colocarse tras el volante. Si es un sueño, es el más realista que he tenido nunca.

—¿Qué quieres decir con que no quieres que seamos novios? —le pregunto cuando salimos de la gasolinera y giramos hacia una carretera de dos carriles —. Entonces, ¿qué quieres?

Se detiene en un semáforo y me mira.

ANNA ZAIRES

—Lo quiero todo, Sara —contesta con voz profunda, grave y suave y se le reflejan las luces de las farolas en los ojos grises—. Quiero tus días y tus noches, tus horas y tus minutos. Deseo compartir las alegrías y los pesares, los triunfos y las frustraciones. Quiero quedarme dormido a tu lado cada noche y despertarme cada mañana oliéndote el pelo sobre la almohada. Te deseo, *ptichka*, conmigo todo el tiempo, de cualquier forma.

Le observo mientras se me encoge la caja torácica a medida que habla.

—¿Qué...? —Trago saliva para humedecerme la garganta reseca—. ¿Qué estás diciendo, Peter?

El semáforo debe haberse puesto en verde porque devuelve la atención a la carretera y el coche se mueve.

Para mi sorpresa, unos instantes después, nos detenemos de nuevo y me doy cuenta de que ha aparcado en el arcén. Con calma, enciende los intermitentes y se gira hacia mí. Pestañeo con el pulso a toda velocidad cuando se quita el cinturón de seguridad y se mete la mano en el bolsillo de los vaqueros antes de sacar una pequeña caja aterciopelada.

—Esto es lo que estoy diciendo —dice con tranquilidad y dejo de respirar cuando lo abre y saca un anillo de diamantes, un exclusivo solitario que parece ser de varios quilates. Colocado sobre una circunferencia delicada de oro blanco o platino, es sencillo, pero impactante, lo que habría elegido si hubiera tenido un crédito de cien mil dólares para gastar.

Sorprendida, levanto la mirada para sostenerle la suya.

—Peter...

—Quiero que seas mi mujer, Sara —dice con suavidad mientras me coge la mano izquierda. Siento sus dedos cálidos y secos sobre la piel gélida y tiene la mirada ensombrecida por la penumbra interior del coche. Parece que estemos a solas en la oscuridad, como si el resto del mundo ya no existiera mientras desliza el anillo en el dedo anular izquierdo. Noto su peso frío y metálico como unas esposas cerrándose en torno al corazón. Exhalo de forma temblorosa. Oh, Dios, está ocurriendo. Está pasando de verdad. Por instinto, intento retirar la mano, pero me la aprieta y se niega a dejarla libre—. Quiero que seas mía legalmente y de cualquier otra forma —continúa y, en ese momento, escucho el acero detrás de la suavidad, siento la punzada del alambre de espinas en torno a la seda—. Ya te poseo, *ptichka*, y quiero hacerlo oficial —dice curvando los labios con una sonrisa sombría—. Quiero que te cases conmigo. Pronto.

44

ara

PASO EL RESTO DEL VIAJE DE VUELTA A CASA EN UNA neblina mientras noto el anillo frío y caliente a la vez en el dedo. No he respondido a la petición que Peter me ha hecho en el arcén, no he podido hacerlo. Por suerte, no me ha presionado. Solo se ha incorporado a la vía y ha seguido conduciendo.

Cuando aparcamos frente al edificio, Peter camina en torno al coche para abrirme la puerta y me coge de la mano para ayudarme a salir. Su sujeción es tanto atenta como posesiva y pasea la mirada por mi cuerpo con un deseo que me acelera el pulso y desactiva las alarmas de mi mente. No va a esperar para poseerme. Va a estar encima y dentro de mí en cuanto entremos.

—Espera —digo, de repente desesperada por

ralentizar las cosas. Por mucho que lo quiera, por mucho que le haya echado de menos en el aspecto físico, no estoy preparada para esto. Ha pasado mucho tiempo y tengo demasiadas preguntas sin respuesta.

Me deshago de su agarre y retrocedo hasta apoyarme contra el coche.

Se le tensa la mandíbula y se acerca a mí, colocando ambos brazos musculosos en el techo del vehículo para rodearme.

—¿Crees que no he esperado? —Se inclina sobre mí mientras le brillan los ojos y, aunque no nos hemos tocado, siento el calor que emana de ese cuerpo poderoso—. ¿Crees que no he sido paciente todos estos putos meses?

Se me dispara el pulso ante el enfado apenas contenido y, como respuesta, irrumpe en mi interior la ira, la que se ha estado desarrollando poco a poco durante la larga ausencia. Tras todos estos meses de preocupación y espera para ser secuestrada, de no saber si estaba herido o cautivo, todas las mentiras y las medias verdades, las noches sin dormir... aparece en un bar como si nada hubiera ocurrido y me coloca un anillo en el dedo como si, después de la tortura y el secuestro, el matrimonio fuera lo normal.

Con los dientes apretados, le golpeo la parte frontal de los hombros con la palma de la mano.

—Entonces, ¿dónde coño has estado? —grito cuando, por instinto, se echa hacia atrás, sorprendido por el arrebato—. ¿Por qué has tardado tanto? Yo también estaba esperando, joder. Esperando, esperando, esperando…

Estrella los labios contra los míos y me sujeta la cara con ambas manos mientras me empuja con el cuerpo contra el coche. No es tanto un beso como una conquista porque me invade la boca con la lengua con crueldad, sin piedad. Noto el sabor de la sangre en donde me he roto el labio con los dientes, pero se ve sobrepasado por el gusto familiar a Peter, por el calor oscuro y la violencia del deseo.

Debería haberme parecido excesivo, pero, en respuesta, se me despierta el cuerpo con fiereza. Aprieto su camiseta entre los puños al devolverle el beso, chupándole la lengua invasora, contraatacando con una incursión de la mía. Justo esto es lo que he soñado todas esas noches, por lo que se ha estado consumiendo mi cuerpo. Por eso no he podido mirar a ningún otro hombre ni mucho menos imaginarme con él.

Tras unos momentos, suaviza los labios y me suelta la cara para recorrerme el resto del cuerpo con las manos antes de presionarme el pecho con una de sus enormes palmas y apretarme el culo con la otra. A pesar de que el beso es más delicado, su roce indica desenfreno, una posesividad sin arrepentimientos, como un rey reclamando lo que es suyo por nacimiento. Siento el bulto grueso en sus vaqueros cuando me lo presiona contra el estómago y una oleada de calor palpitante me recorre el cuerpo mientras dirige la boca al cuello para marcarme con besos ardientes y punzantes. Me suelta el culo para encerrarme el pelo en un puño.

—Eres mía, joder —me gruñe en el oído, empujándome la cabeza hacia atrás, y me estremezco con el vello de los brazos de punta cuando me muerde el lóbulo de la oreja y me coloca la rodilla entre las piernas para que me apoye sobre el muslo duro y musculoso. A pesar de las capas de ropa de los vaqueros, la presión en el sexo es repentina e intensa y, cuando me vuelve a presionar el pecho y frota la tela del sujetador contra el pezón puntiagudo, el calor palpitante se me traslada al clítoris y una tensión conocida se me enrosca en el interior. Mientras cabalgo sobre la pierna, me doy cuenta de forma visceral del evidente aroma masculino y de su sabor, del tamaño y dureza potentes de su cuerpo. Cuando me introduce la mano bajo la camiseta y desliza la palma cálida y rugosa sobre la piel desnuda, la tensión se dispara con violencia.

Con un grito ahogado, me corro y la necesidad reprimida se libera de una sola vez a través de los espasmos y la contracción del cuerpo. La explosión de éxtasis hace que encoja los dedos dentro de los zapatos. Aturdida, me percato de unas risas lejanas y, después, me encuentro de forma brusca en horizontal. Me está llevando entre esos brazos increíblemente fuertes.

Sorprendida, abro los ojos y le paso los brazos por el cuello. Camina rápido, así que ya estamos casi a mitad del aparcamiento, pero consigo vislumbrar a tres adolescentes en el otro extremo. Me doy cuenta de que deben habernos vistos, por lo que me sonrojo por completo cuando la neblina del orgasmo se desvanece de la mente.

—Peter, nos…

—Lo sé. —Se le tensa la mandíbula mientras camina por la acera con zancadas largas y seguras, llevándome con tanta facilidad como si fuera una niña—. Tenemos que entrar.

Oigo los silbidos y las carcajadas de los adolescentes de nuevo y le empujo por los hombros.

—Bájame. Por favor, sé andar.

Lo último que necesito es que me lleve por el vestíbulo como una novia vestida de forma inapropiada. Para alivio mío, Peter me hace caso y me pone en pie cuando llegamos a la entrada del edificio. Justo a tiempo. No tenemos portero, pero veo a las vecinas, dos jóvenes preparadas para irse de fiesta. Salen justo cuando entramos y alternan una mirada curiosa entre Peter, que me agarra el brazo con posesividad, y yo.

No las conozco, solo hemos intercambiado charlas triviales sobre el tiempo, por lo que les sonrío, incómoda, y les deseo buenas noches.

—A ti también —dice una de las mujeres al mirar con descaro a Peter cuando su compañera de piso comienza a reírse como una quinceañera—. Que tengas muy buena noche.

Me sonrojo mientras continúan por el vestíbulo entre susurros y risas, con las cabezas muy juntas y, por vez primera, me alegro de que el edificio no siga una dinámica demasiado comunitaria. Hay muchos inquilinos como yo y, con el ir y venir, la gente no se molesta en conocer a los vecinos ni cotillear sobre ellos.

—¿Amigas tuyas? —pregunta Peter tras soltarme del brazo para llamar al ascensor. Niego con la cabeza.

—La verdad es que no. —Le miro con el ceño fruncido—. ¿No lo sabes? ¿No pediste que me siguieran?

Se le iluminan los ojos grises con una diversión oscura.

—Por supuesto. Pero no podían acercarse mucho a ti porque los federales vigilaban todos tus movimientos y buscaban de forma regular micrófonos.

—Ah. —Tiene sentido y explica por qué solo veía a los del FBI.

Las puertas del ascensor se deslizan al abrirse y me guía hacia el interior con una mano cálida, delicada y tan firme como el acero sobre la parte baja de la espalda. Se me paraliza el corazón antes de adquirir un ritmo fuerte y palpitante.

Me está dirigiendo. Literalmente me está llevando al apartamento para que podamos follar.

—No pensarías que te iba a dejar sola, ¿no? —dice con dulzura mientras el ascensor comienza a moverse. Niego con la cabeza de nuevo, desviando la mirada de la suya, penetrante. Mis ojos se posan en el enorme bulto en los vaqueros y se me intensifica el calor en las mejillas. ¿Ha estado exhibiendo esa erección todo el tiempo? No me extraña que las vecinas sufrieran una sobredosis de estrógenos.

Me obligo a levantar la cabeza y mirar hacia un lado, pero también ahí se puede ver el desastre. El interior del ascensor tiene espejos en dos de las paredes y mi reflejo hace que quiera que la tierra me trague. Gracias a nuestra sesión espontánea de besuqueos en el aparcamiento, no solo tengo la ropa interior empapada, sino que el labio inferior está el doble de hinchado de lo normal, las mejillas de un color rosa fuerte y el pelo revuelto en uno de los lados. Parece que vuelvo a casa de una orgía.

Desesperada, desvío la mirada y se la sostengo a Peter.

—Bueno, no me has dicho... ¿por qué has tardado tanto en regresar a por mí?

Flexiona la mandíbula.

—Por el favor que le hice a Esguerra. Me ha llevado mucho tiempo. Quería venir a por ti mucho antes, *ptichka*, créeme. —Me dedica una mirada con detenimiento—. ¿Me has echado de menos? ¿Querías que viniera?

Trago saliva y miro en otra dirección mientras las puertas del ascensor se abren, salvándome de tener que dar una respuesta. Creía que ya había aceptado los sentimientos contradictorios por Peter, que había llegado a un acuerdo con el hecho de que el asesino de mi marido me haya robado el corazón, pero, de repente, ya no estoy segura. Esto, que Peter esté aquí, en mi vida normal, es demasiado imprevisto, demasiado real y aterrador. No consigo abarcar las implicaciones de ese hecho con la mente, el número total de complicaciones que supondría intentar una relación normal, un matrimonio, con un antiguo asesino que me torturó y me secuestró. Si esto está ocurriendo en serio, ¿qué les voy a decir a mis padres, que siguen considerándolo «ese criminal»? ¿O a Marsha, que sabe no solo la versión oficial del FBI en la que Peter era un monstruo, sino que también mató a George? Y ¿nos dejará el FBI de verdad en paz? ¿Cómo puede ocurrir eso si el hombre que está a mi lado en el ascensor es una de las personas más peligrosas que conocen?

Cuando nos imaginaba juntos, era en otro lugar, conmigo como prisionera voluntaria. Estaba dispuesta a aceptar un futuro como cautiva, a admitir que mi torturador era mi destino, pero no estaba lista para esto.

Noto el anillo pesado y frío en el dedo cuando salimos del ascensor y Peter me guía por el pasillo hasta el apartamento. Nunca había estado en el edificio, al menos eso creo, pero no duda al moverse ni parece perdido o inseguro. Muestra tanta confianza caminando por un pasillo desconocido como cuando hace cualquier otra cosa y no puedo evitar envidiarlo por eso. Yo misma me siento a la deriva, desesperanzada, como un barco sin timón en una tormenta.

Llegamos a la puerta y busco las llaves en la cartera, totalmente consciente de la mirada de Peter. No parece impaciente, pero lo siento, noto la necesidad violenta que está reprimiendo. La respiración se me hace más superficial y me sudan las palmas cuando cierro el puño en torno al objeto esquivo.

—Déjame a mí. —Me quita las llaves y, de forma certera, elige la correcta. Abre la cerradura en el primer intento.

Entramos antes de que cierre la puerta a nuestras espaldas mientras enciendo las luces del salón. Oigo el clic del cerrojo y me giro para mirarle con el corazón palpitante.

—Peter...

Se coloca sobre mí antes de que pronuncie una palabra más. Me sujeta la cara con las manos enormes mientras me empuja contra el sofá. Inclina la boca sobre la mía, con avaricia, cuando caemos sobre los cojines suaves, enredados y con un deseo desenfrenado.

Las dudas que quizás tuviera desaparecen, ahogándose en una oleada de lujuria tan intensa que parece fuego en las venas. El orgasmo en el aparcamiento solo ha servido para agudizar mi apetito, dejándome el sexo sensible e hinchado, desesperado por conseguir más. Siento los pezones rígidos y agonizantes y la palpitación entre las piernas, con el mismo deseo que me atormentaba hace meses, cuando me destroza la camiseta y me desabrocha la cremallera, con manos rudas por el apremio.

Le devuelvo el beso al rasgarle la camiseta antes de que me quite los vaqueros. Gruñe con frustración cuando estos se quedan enganchados en las manoletinas. Consigo sacármelas de los pies junto con el lío de pantalones, a la vez que me desabrocha el sujetador. Estoy desnuda, tumbada sobre el sofá, bajo su cuerpo, mientras se alcanza la bragueta.

No intercambiamos palabras bonitas ni caricias dulces, solo noto el instinto primitivo cuando se introduce dentro mí sin piedad con la cara tensa por el placer y los ojos brillantes con una luz sombría. Me agarra las muñecas y las presiona por encima de la cabeza. Cojo aire ante la invasión implacable, me tiemblan los músculos internos mientras luchan por ajustarse a ese grosor increíble, por estirarse para aceptarle. De alguna manera, mi cuerpo se había olvidado de esto, por lo que parece nuestra primera vez de nuevo, aunque ahora la vergüenza y la culpa son solo ligeras sombras en la mente. Lo necesito, lo necesito a él, y no puedo negarlo.

Cuando alcanza mayor profundidad, se detiene, dándome un momento para que me acostumbre a él y observo cómo lucha por controlarse, por frenar la parte salvaje de su interior y no hacerme daño.

—No pasa nada —susurro, apretando los músculos pélvicos en torno a esa barra gruesa—. Todo va bien, Peter... Puedo soportarlo.

De hecho, quiero soportarlo.

Se le dilatan las pupilas y, en el fondo de los ojos metálicos, veo al monstruo salir a la superficie. Con un gruñido grave y gutural, se cuela con mayor profundidad en mi interior y grito, arqueándome, cuando adopta un ritmo salvaje.

Me folla con violencia, entrando dentro de mí sin piedad, y mis gritos se intensifican cuando el dolor se mezcla con el placer, cubriéndome la mente con ruido blanco y silenciando el zumbido incesante de los pensamientos. No hay espacio mental para la culpa y la preocupación ni para las dudas y las preguntas. Es solo esto, esto somos nosotros. La tensión en mi interior sube en espiral y grito su nombre, consciente de nada más excepto de la agonía y el éxtasis que me despedazan.

Se corre casi a la vez que yo tensando el cuello poderoso al inclinar la cabeza hacia atrás mientras presiona las caderas contra mí. La presión desencadena una oleada de espasmos y grito de nuevo, contrayendo y apretando los músculos internos al notar cada centímetro de esa dureza dentro de mí. Gruñe y me llena con su semen.

Debo haber desconectado después de eso o cerrado lo ojos porque lo siguiente que advierto es que me está llevando en brazos de nuevo, esta vez al baño. Pestañeo y, de forma instintiva, le paso los brazos a Peter alrededor del cuello cuando entra en la bañera y me pone en pie.

—¿Estás bien? —murmura al sujetarme cuando

estoy a punto de caer y asiento, aún demasiado abrumada como para poder hablar—. Bien.

Sale de la bañera y se quita la ropa que lleva puesta. Con lujuria, devoro la desnudez, deteniéndome en las líneas poderosas de ese cuerpo alto y ancho, mientras vuelve a entrar conmigo, cierra la cortina y abre el grifo. Cada músculo cincelado de la espalda se le flexiona al moverse y el culo se le encoge y redondea cuando se inclina para probar la temperatura del agua. Los huevos grandes le cuelgan entre las piernas y la enorme polla sigue semidura. El calor me sube por el cuello al darme cuenta de la mezcla brillante de fluidos combinados en su piel.

No hemos usado condón de nuevo. Por alguna razón, no me aterra demasiado o, al menos, no me sorprende. Si Peter de verdad tiene intenciones de hacer eso, instalarse aquí conmigo, donde podemos tener una vida normal, entonces tener hijos no es una locura. Dado que ha admitido que quiere dejarme embarazada, no debería esperar que usáramos condones en ningún momento en el futuro. Estamos los dos limpios, a menos que...

—¿Te has acostado con alguien? —escupo, horrorizada por la posibilidad que me acaba de aparecer en la mente—. Mientras has estado fuera, quiero decir.

Me asombra que no se me haya ocurrido antes. Peter es un hombre muy sexual en su máximo apogeo, con la apariencia y el aspecto letales que suelen mojar las bragas de las chicas. Un buen ejemplo son mis vecinas, mujeres cercanas a la treintena, que reían como colegialas. No hay razón para creer que me ha sido fiel todo el tiempo. Nueve meses de celibato para alguien como Peter...

—¿Qué? —Se gira hacia mí aproximando las cejas oscuras a los ojos—. ¿Estás de broma?

Me encojo de hombros e intento parecer casual, como si la mera idea de que toque a otra mujer no me provocara náuseas.

—Nueve meses es mucho tiempo y no es como si nosotros...

—¿Como si nosotros qué? —dice con un tono peligroso pero suave mientras me agarra por los brazos —. ¿Como si nosotros qué, Sara?

Se me seca la boca por la forma en la que me miran esos ojos metalizados.

—Ya sabes... —Trago saliva con dificultad—. Tuviéramos una relación seria.

—¿Me estás diciendo que te has acostado con otro? —Me clava los dedos en la piel y un músculo pequeño le empieza a temblar en la sien—. Has dejado que alguien...

—¡No! —¿Cómo puede pensar algo así?—. ¡Claro que no! Además, estoy segura de que tus espías te lo hubieran dicho. Dijiste que no podían acercarse, pero no se hubieran perdido eso.

Suaviza un poco la sujeción inflexible.

—No, quizás no —admite tras un momento de reflexión. Me suelta y se gira para pulsar el botón que dirige el agua del grifo a la alcachofa de la ducha.

Pestañeo para alejar el chorro de los ojos y observo cómo ajusta el riego al mínimo. Me vuelve a mirar y la espalda bloquea la mayor parte del agua—. No me he follado nada aparte de a mi propia mano desde que te dejamos aquí —responde con calma—. De hecho, desde que nos conocimos, ni siquiera he rozado a una mujer entre la multitud. Significas eso para mí, *ptichka*, todo lo que quiero, ahora y siempre. Cada noche de estos nueve meses, me quedaba en la cama con la polla tan dura que me dolía, pensando en ti. Solo en ti. Estabas en cada sueño erótico que tenía, en todas las fantasías e imaginaciones. Deseaba follarte a cualquier hora, sin importar dónde estuviéramos o lo que hiciéramos. Incluso con un océano de por medio, eres lo único que quiero, lo que siempre querré.

Se me constriñe la garganta y el aire no me sale de los pulmones. Le creo. ¿Cómo podría no hacerlo? Nunca me ha mentido ni me ha ocultado los sentimientos. Desde el principio, he sabido lo profunda que era su obsesión por mí y, aunque solía asustarme, ahora me reconforta de manera perversa.

«Mientras estemos vivos».

Algo encaja en mi cabeza, como una luz que se enciende, abriéndose paso a través de la neblina de la sorpresa y el aturdimiento tras el sexo.

—Peter... —Me tiembla la voz cuando extiendo las manos para coger la suya—. ¿Lo has hecho por mí?

Inclina la cabeza con los ojos grises desconcertados.

—¿Qué, *ptichka*?

—El favor a Esguerra para que te sacara de las listas

de buscados... lo que te ha mantenido lejos tanto tiempo. —Le aprieto la mano y me la acerco al pecho donde siento una presión particular que me oprime el corazón palpitante—. ¿Soy la razón? ¿Lo hiciste para poder estar aquí conmigo?

Frunce el ceño y me cubre las palmas unidas con la otra mano.

—Por supuesto, *ptichka*. ¿No era lo que querías? ¿Una vida en la que no fuera fugitivo, en la que pudiéramos estar juntos sin que perdieras a tu familia y tu carrera profesional?

Le observo y comprendo por fin la dimensión de lo que ha hecho. Es lo que quería, lo que he estado deseando en los recovecos más profundos del corazón. Ha convertido en realidad la fantasía más oscura y vergonzante, una vida real con mi torturador. Ha hecho lo imposible, ha movido Dios sabrá qué hilos por mí.

El vapor que llena el cuarto de baño hace que me quemen los ojos y que la cadena en torno al corazón apriete aún más fuerte.

Peter me ama. Me ama de verdad. Lo que haría por mí ya no es una teoría, es real. Lo ha hecho.

—¿No era lo que querías, Sara? —repite con el ceño aún más fruncido y me encuentro asintiendo como una marioneta, incapaz de hablar—. Bien. —Libera la mano de mi sujeción y se echa hacia un lado para que me caiga el chorro de agua. Coge el champú y se lo echa en la palma antes de empezar a masajearme el cuero cabelludo, como si fuera lo normal tras esa revelación, como si ya estuviera todo dicho.

Y quizás es verdad. Quizás deberíamos volver a tener esta conversación cuando no me sienta tan sorprendida, abrumada por un regreso tan repentino y por todo lo que conlleva. Porque aún no sé qué decirle, cómo explicarle lo que siento, cómo decirle que, aunque estoy encantada de tenerle aquí, estoy igual de asustada.

Me lava el pelo concienzudamente y me masajea el cuello y el cuero cabelludo con dedos fuertes antes de aplicarme el acondicionador y dejar que me siente para que me limpie el resto del cuerpo, deslizando las manos rugosas llenas de jabón por todo mi ser, acariciándome y rozándome la piel con la cantidad perfecta de ternura y brusquedad.

Es increíble, como estar en la terapia de spa más exclusiva. Cuando por fin me enjuaga, cojo el gel y le hago lo mismo mientras disfruto la sensación de la piel brillante y rugosa por el pelo al pasar las manos sobre ese cuerpo grande y musculoso.

Me doy cuenta de que siempre me ha cuidado, consintiéndome como a una princesa, pero yo nunca se lo he hecho a él. Sentía que devolverle el afecto a mi torturador era traicionar a George y a todo lo que me importaba y, aunque no podía evitarlo en la cama, el resto del tiempo me mostraba distante, aceptando los cuidados de Peter, pero sin corresponderle.

Noto cierta culpabilidad, la sensación de estar haciendo algo malo, pero ya no es la presión asfixiante del pasado. Según han ido pasando los meses y la sorpresa por la muerte violenta de George se ha desvanecido, he podido pensarlo de forma racional, analizar los acontecimientos desde una perspectiva distinta.

Por una parte, George tampoco estaba vivo cuando Peter le taladró la cabeza con una bala. Había estado en coma durante dieciocho meses y, dada la gravedad del daño en el cerebro, no tenía apenas posibilidades de salir de ahí. Por otra parte, hubiera tenido que tomar la decisión dolorosa de retirarle el soporte vital, algo en lo que había evitado pensar, sobre todo porque estaba convencida de que el accidente de George había sido en parte culpa mía. De algún modo, Peter me libró de esa responsabilidad horrible, algo que solo se me ha planteado en los últimos tiempos.

También está el hecho de que George me traicionara. El problema con la bebida que destrozó nuestro matrimonio ya era bastante malo, pero, además, llevaba una doble vida, un trabajo como espía del que no sabía nada. Me ha costado asumirlo por completo, pero ahora considero las acciones de George como una gran traición y el amor que creía sentir por él parece ahora una quimera.

Ninguna de esas cosas justifica lo que Peter ha hecho, para nada. Sigue siendo un asesino amoral que ha matado a más personas de las que puedo imaginar, aún es el hombre que me torturó, vigiló y secuestró. Pero ahora es también el hombre que me quiere, el que me ha demostrado de la manera más clara posible que le intereso, que está dispuesto a hacer lo que haga falta no solo para tenerme, sino para hacerme feliz.

Termino de enjabonarle el pecho y el estómago, le lavo las axilas y la parte superior de los hombros anchos y le masajeo los músculos fuertes y gruesos alrededor del cuello con las manos llenas de espuma. Parece disfrutarlo, se arquea bajo mi tacto como un gato enorme, por lo que continúo en esa zona antes de acuclillarme y lavarle las piernas. Tiene los muslos como el acero por los músculos poderosos y los glúteos redondos y duros como un culturista. Incapaz de evitarlo, le aprieto esas esferas contraídas y miro hacia arriba, pestañeando por el chorro de agua, para ver cómo cierra los ojos y echa la cabeza hacia atrás con una felicidad pura y masculina.

Le gusta lo que estoy haciendo. Le gusta mucho, a juzgar por la rapidez con la que se le endurece la polla. De forma impulsiva, cierro la mano enjabonada en torno a esa columna gruesa y le acuno los huevos con la otra mano. Después, vuelvo a mirar hacia arriba a través del chorro de agua. Ahora me está observando y la mirada eufórica se ve reemplazada por una deseosa y agresiva.

—Sigue —dice con voz grave mientras me pasa la mano por el pelo—. Métetela en la boca. —Me agarra el pelo mojado con el puño y me guía la cara hacia su entrepierna con una presión delicada, pero firme.

Obediente, cierro los labios alrededor de la polla ahora totalmente erecta, saboreando el agua y el ligero remanente del jabón mientras me pongo de rodillas. A

ANNA ZAIRES

pesar de los orgasmos previos, el calor se me enrosca en lo más profundo de mi ser y el sexo comienza a palpitarme de nuevo. Quizás haya tomado la iniciativa esta vez, pero él ha cogido el relevo y se está haciendo cargo como siempre. De repente, el recuerdo de la vez que me castigó me inunda la mente y los músculos internos se me encogen por una oleada de necesidad, las imágenes en la cabeza son más eróticas que una película pornográfica.

Aquella vez me folló la boca. Tenía las manos atadas detrás de la espalda y me hizo suya sin piedad, controlando la respiración y mi vida. Lo hizo con brutalidad, destrozándome por completo, pero hizo que deseara esa misma excitación agonizante, que quisiera más oscuridad.

No entiendo muy bien por qué la dureza me excita tanto, por qué disfruto al estar bajo su control. Antes de conocer a Peter, mis fantasías sexuales apenas implicaban ningún elemento de fuerza o coacción, el sexo vainilla era mi zona de confort, incluso en mi imaginación. ¿Será el trauma del encuentro en la cocina lo que de alguna manera me haya transformado? Quizás se me cruzaron los cables como consecuencia y uní la violencia que experimenté en sus manos al placer.

En cualquier caso, sea cual sea la razón, me consumo mientras me penetra la boca con la polla con tanta profundidad que casi tengo una arcada. Por instinto, me sujeto a las columnas de acero de sus muslos, pero no me resisto, ni siquiera cuando empieza a mover las caderas, embistiéndome la boca con una brutalidad en aumento. Solo le miro, alejando el agua con un pestañeo y, cuando el deseo palpitante entre los muslos se vuelve incontrolable, deslizo una mano hasta el clítoris y lo froto, adaptando el ritmo de los dedos a sus movimientos.

Se da cuenta y se le tensan los rasgos duros, la mirada de depredador se intensifica.

—Sí, eso es, *ptichka* —murmura con voz grave y áspera cuando se me introduce con mayor profundidad por la garganta, quedándome sin aire—. Sigue así. Déjame ver cómo te corres.

Con ojos llorosos, le obedezco, acariciándome el clítoris a más velocidad mientras le sostengo la mirada. Con la otra mano me sujeto al muslo con el corazón acelerado cuando siento la falta de aire. No respiro. No respiro y el agua me cae en la cara.

Se me contrae el cuerpo y cierro los ojos con fuerza mientras se me paralizan los músculos al recordar la tortura en la cocina, cuando me ahogó en el fregadero. La imagen me produce un escalofrío, pero no reduce el fuego en mi interior. De alguna manera, el terror lo acentúa, aumentando la tensión, e, incluso mientras le clavo las uñas a Peter en el muslo por el pánico, muevo la mano de forma frenética sobre el clítoris.

Me corro con tanta intensidad que veo una explosión de luz detrás de los párpados cerrados con fuerza. Los espasmos me recorren el cuerpo y me hacen gritar. Solo cuando me dejo caer contra las piernas de Peter soy consciente de que me ha liberado la boca y que puedo respirar.

Aturdida, miro hacia arriba y le encuentro apretándose la polla con el puño. En el rostro, le aparece una mueca salvaje. Luego, con un gruñido ronco, se corre, salpicándome la cara y el pelo con gotas de semen. Pestañeo antes de limpiarme la frente con una mano temblorosa. Me ayuda a ponerme de pie, sujetándome con fuerza, aunque debe estar recuperándose aún del orgasmo.

No digo nada y él tampoco mientras me lava el pelo por segunda vez. Solo cuando hemos salido de la bañera y me ha secado, habla:

—No me has contestado, ¿sabes? —El tono es tranquilo, pero veo una pizca de oscuridad en esos ojos de color gris gélido cuando me envuelve con la toalla. Luego, se estira y coge otra para él.

Pestañeo mientras agarro la punta de la toalla.

—¿Cuál era la pregunta?

Sé a lo que se refiere, por supuesto. Noto el peso del anillo sobre el dedo. Pero aún no estoy preparada para tener esa conversación. Ni siquiera pensé que fuéramos a tenerla. No me ha pedido que me case con él, me ha dicho lo que va a ocurrir. Tampoco creo que…

—No lo hagas, Sara. —Deja caer la toalla y da un paso al frente, empujándome contra el tocador—. No juegues conmigo. —Flexiona la mandíbula y aprieta la superficie lisa de piedra a cada lado de mi cuerpo antes de inclinarse hacia mí—. ¿Quieres casarte conmigo?

Le observo, paralizada, incapaz de hablar o pensar.

No esperaba que pidiese mi opinión, que deseara una repuesta. Desde el principio, ha tomado las decisiones sobre nuestra relación anómala y es difícil creer que me vaya a dejar elegir en este caso, que me vaya a dar la oportunidad de no casarme con él.

—¿Y si...? —Trago saliva y agarro la toalla con más fuerza—. ¿Y si no quiero?

Se le tensa la cara.

—¿Eso es un no?

«Sí. No. No lo sé». ¿Cómo voy a contestar cuando tengo el cerebro hecho papilla por este regreso tan repentino y todos los orgasmos que le ha provocado a mi cuerpo? Quiero escabullirme, arrastrarme bajo las sábanas y dormir para despertarme con alguna certeza mágica, pero, incluso en este estado de confusión, sé que no va a suceder. Nunca habrá un sí o un no claros en lo que respecta a Peter, nunca será una decisión fácil. Lo que tenemos es un sueño erótico de locos y podría dormir una semana completa sin obtener cierta cordura de esta sinrazón mutua.

«Sí o no». ¿Me caso con el asesino que me torturó en el pasado? Me quiere y estoy casi segura de que es correspondido. Ese «casi» está ahí porque una parte de mí aún se encoge de terror, se hunde en el barro tóxico de la culpa, el autodesprecio y la vergüenza. Incluso aunque finalmente le perdonara por la muerte de George, nunca olvidaría que es un asesino, que, en nombre de la venganza, ha causado un gran dolor y sufrimiento, que él mismo ha sufrido más de lo que puedo imaginar.

Le sostengo la mirada y siento que la bochornosa temperatura del baño desciende a medida que crece la oscuridad en el metal duro de esos ojos.

—Sí, es un sí. —Las palabras me salen de entre los labios por voluntad propia, como si un demonio me hubiera tirado de la lengua. Sin embargo, en cuanto lo digo, me siento bien, como si fuera nuestro destino.

La tensión peligrosa le abandona el rostro, aunque aún noto la amenaza en la profundidad de su interior.

—Bien —dice con suavidad, alejándose del tocador. Se gira y sale del baño mientras me desplomo sobre el lavabo y respiro hondo para calmar los pinchazos en el estómago.

He dicho que sí.

He aceptado casarme con mi torturador.

Oh, Dios mío. ¿Qué he hecho?

*eter*

Observo a mi preciosa prometida mientras duerme, sintiendo una mezcla de felicidad y satisfacción oscura. Los rasgos finos de su cara parecen dulces y delicados mientras descansa, con una mano esbelta medio cerrada bajo la mejilla y los labios aterciopelados entreabiertos.

Quizás debería apagar la luz de la mesilla de noche y dormir, pero eso significaría perdérmela. Una parte irracional de mi ser tiene miedo de que, si cierro los ojos, todo se convierta en un sueño, en una fantasía como las que he tenido estos meses.

Mi Sara. Por fin la tengo. Es mía y, pronto, todo el mundo lo sabrá.

Estaba agotada cuando la traje a la cama, tan cansada que se durmió enseguida. La he abrazado durante una hora, ignorando la excitación renovada del cuerpo. Luego, he ido a por su portátil para empezar con los preparativos necesarios.

Ha aceptado casarse conmigo. La euforia que siento es casi violenta. Estaba preparado para recurrir a las medidas más drásticas para convencerla, pero no he tenido que hacerlo.

Ha dicho que sí.

Sigue llevando el anillo en la mano izquierda, la que tiene escondida bajo la manta. Me siento tentado a echarla hacia atrás para mirarlo de nuevo, pero podría despertarla y quiero que duerma bien. Al fin y al cabo, nos casamos este sábado.

Durante el mes pasado, mientras esperaba a que los burócratas pusieran en orden los documentos, he tenido tiempo para planearlo y preparar lo necesario. De esta forma, a menos que a Sara no le guste lo que he elegido, tendremos todo preparado respecto al lugar, el vestido, las flores, los fotógrafos y lo demás para una pequeña boda privada. Aún quedan algunas decisiones por tomar como quién oficiará la ceremonia, pero quiero que Sara y, con suerte, sus padres opinen sobre ellas.

Ayuda mucho que haya aceptado.

Cojo aire, me tumbo en la cama a su lado y apago la luz. Luego, encajo el cuerpo contra el suyo por detrás y la aprieto con fuerza mientras murmura algo entre sueños.

Mi *ptichka*.

Ya no es una fantasía.

Es todo lo real que puede ser y, cuando me levante, seguirá aquí.

Joder, más vale que sea así.

ara

Me despierto con el olor delicioso a huevos, beicon y una mezcla de dulces horneados. ¿Tortitas? ¿Galletas, quizás?

¿Me he quedado a dormir en casa de mis padres de nuevo?

Observo a través de los párpados pesados, me coloco boca arriba y miro al techo, el techo blanco e insulso del apartamento. Al instante, los recuerdos me sobrevienen y me siento con un jadeo, echando hacia atrás la manta.

¿Lo de anoche fue real? ¿Está Peter en casa?

Algo brillante llama mi atención y miro hacia la mano izquierda donde un enorme diamante centellea bajo la tenue luz del sol que se cuela a través de las persianas bajadas.

¡Hostia puta! ¡Es real!

Peter está aquí.

Soy oficialmente su prometida.

Me enfundo un vestido y corro hacia la cocina donde no solo huelo, sino que también oigo el chisporroteo del beicon friéndose. La visión que me recibe hace que me detenga.

Vestido solo con unos vaqueros oscuros, Peter está de pie junto a los fuegos, dándole la vuelta de forma experta a una tortilla. En otra sartén están las tiras de beicon y en un plato sobre el horno, un montón de tortitas. Se le activan los músculos de la espalda ancha al moverse y tiene los vaqueros caídos bajo la cintura estrecha. Literalmente, tengo que tragar saliva cuando se gira para mirarme, revelando una tableta sólida y un pecho poderoso y desarrollado lleno de pelo oscuro. Los kilos que ha perdido solo han servido para definir aún más ese físico increíble, haciéndole más fuerte y peligroso.

—Buenos días, *ptichka*. —La voz profunda es como el ronroneo de un tigre cuando me recorre con la mirada, paseándola de la punta de los pies desnudos al pelo revuelto. Se le tensan los tatuajes del brazo izquierdo cuando deja la espátula sobre la encimera y camina hacia mí.

—Oh, em... buenos días. —Retrocedo al darme cuenta de que he corrido tanto que ni siquiera me he echado agua en la cara—. Ahora vuelvo.

Vuelo hasta el baño antes de que me detenga. A toda velocidad, me lavo los dientes y me doy una ducha rápida. Siento el corazón acelerado en el pecho y la respiración rápida y superficial.

Peter está aquí.

En mi cocina, preparando un festín.

Quizás debería tomarme un momento para calmarme, pero no quiero que se enfríe la comida deliciosa.

Después de todo, me la ha hecho mi prometido.

El estómago me da un vuelco y me aumenta aún más el ritmo del corazón. Me obligo a respirar hondo mientras me seco y me pongo otra vez el vestido. Luego, echando hacia atrás los hombros, me dirijo a la cocina.

# S*ara*

—¿A QUÉ HORA TIENES QUE ESTAR EN EL TRABAJO? — pregunta Peter mientras me sirve un plato preparado con ingenio, repleto de lonchas de beicon y una tortilla de verduras, acompañadas de tortitas.

Miro el reloj de la pared.

—En unos cuarenta minutos. —Menos mal que me he despertado porque se me olvidó por completo poner la alarma anoche.

Quizás ahora mismo también se me esté olvidando algo porque, aunque parezca calmada, soy un desastre que no para de hiperventilar.

Peter está aquí.

Está aquí y estamos comprometidos.

—Te acompañaré hasta la consulta —dice al

sentarse frente a mí con su propio plato—. ¿Vamos en coche?

Con cuidado, pincho un trozo de tortita con el tenedor.

—Pensaba ir después directamente a la clínica, así que sí...

No pestañea.

—Vale, te llevaré y luego me pasaré por la tienda. Tienes la nevera casi vacía. ¿Hasta qué hora te quedarás allí? —Empieza a comer la tortilla con un apetito voraz.

—Tengo planeado estar hasta las diez, pero, si hay alguna emergencia, quizás acabe más tarde —contesto mientras le miro con cautela. ¿Va a poner alguna objeción? ¿Intentará controlar esa parte de mi vida? George entendía los turnos largos porque a menudo él mismo trabajaba hasta tarde y tenía que viajar mucho, pero no sé lo que piensa Peter sobre eso. No me impidió trabajar mucho en el pasado, pero era distinto.

En aquel entonces, solo estaba haciendo tiempo para poder raptarme.

—Vale, te recogeré. —Se levanta y camina hacia la encimera, en la que está mi bolso. Lo coge, busca el móvil y comienza a escribir en él.

—¿Qué haces? —le pregunto sorprendida.

—Darte mi número. —Termina y vuelve a meter el móvil en el bolso antes de regresar a la mesa—. Para que me llames cuando estés a punto de acabar en la clínica. No quiero dejarte sola por ahí de noche.

—¿Ya no tienes a nadie para que me vigile?

—Sí, pero se mantendrán distantes. Yo no. —Corta

un trozo de beicon y levanta la cabeza—. Es por seguridad, *ptichka*.

Lo dice con suavidad, pero con firmeza, inflexible. No va a ceder en esto y, por alguna razón, estoy de acuerdo. En lugar de sentirme limitada o controlada, esta necesidad patológica por protegerme me llena de una calidez burbujeante. Nunca olvidaré lo que sentí cuando los dos drogatas intentaron robarme cerca de la clínica y lo traumático que fue ver a Peter matarlos, aunque, en retrospectiva, me alegro de que estuviera allí. Además...

—¿Esperas que haya algún problema? —pregunto cuando el pensamiento aparece en la mente—. Quiero decir, debes tener bastantes enemigos por tu antigua profesión y...

Deja el tenedor y me sostiene la mirada.

—Siempre existe esa posibilidad, *ptichka*, no voy a mentirte. Por eso, no despediré al equipo de seguridad y he adquirido una nueva identidad antes de venir. No quería que nadie de mi vida anterior conectara a Peter Garin de los suburbios de Chicago con Peter Sokolov, el asesino. De hecho, parte del trato que hice con las autoridades es que Peter Sokolov ya no existe. Aparece en los registros del FBI, la CIA y la Interpol como muerto, igual que Yan e Ilya Ivanov y Anton Rezov. El trato de la amnistía es información clasificada y solo algunos altos cargos del FBI y la CIA conocen todos los términos. A los demás, como al agente Ryson, se les dijo que se retiraran y mantuvieran la boca cerrada. Por supuesto, Esguerra y Kent saben quién soy y siempre hay probabilidades de que un antiguo cliente o alguien me localice y me reconozca. Sin embargo, aparte del nombre, mi rostro no era muy conocido y, en cualquier caso, las oportunidades de que ocurra un encuentro al azar con alguien de mi vida pasada son escasas, sobre todo en esta parte del mundo.

—Ah, vaya. —Hasta este momento, no me he dado cuenta de la extensión completa del trato imposible que ha pactado—. ¿Cómo conseguiste que aceptaran todo eso? Quiero decir, sé que has dicho que el tal Esguerra tenía contactos, pero… —Me detengo cuando la expresión de Peter se oscurece notablemente.

—Tu gobierno tenía sus propias condiciones para mí —contesta, tenso—. Pero no te tienes que preocupar, *ptichka*. Basta decir que los militares estadounidenses son uno de los mejores clientes de Esguerra y que quieren conservar esa relación cordial porque desean tanto las armas que fabrica como mantenerlas alejadas de las manos de otros.

—¿Acaparándolas para ellos solos?

Peter asiente y continúa comiendo.

—Exacto.

Tiene un toque sombrío en la expresión y, por mucho que quiera indagar, sé que necesito retroceder. Observo cómo se acaba la comida con la sensación extraña de que un animal salvaje ha invadido la cocina diminuta, un depredador que pertenece a la jungla. Ya le había visto hacer las tareas domésticas, por supuesto, pero parece distinto esta vez al saber que se queda para siempre, que este hombre grande y letal va a formar parte de mi vida diaria... de mi familia.

Se me acelera la mente de nuevo y aparto el plato casi vacío.

—Peter... ¿Cómo va a funcionar? —Ante su mirada interrogante, aclaro—: ¿Qué les voy a contar a mis padres? Es probable que el FBI les haya enseñado una fotografía tuya en algún momento. Incluso aunque te presente como Peter Garin, es muy probable que sospechen quién eres, sobre todo porque seguí insistiendo en que volverías cuando el malentendido con el FBI se resolviera.

La expresión sombría le desaparece del rostro y se ve reemplazada por una diversión perversa.

—Bueno, eso es perfecto, ¿no? —Estira la mano sobre la mesa para cubrir la mía—. Les dices que ya se ha resuelto el malentendido y que, en el proceso, he adquirido un apellido nuevo.

—Ajá. ¿Y qué les digo a sus amigos que han escuchado otra versión de la misma historia? ¿Y a los míos, a los que he contado una versión totalmente distinta en la que no eras más que mi secuestrador? ¿Qué van a pensar cuando aparezca con esto de repente? —Levanto la mano izquierda para mostrarle el anillo—. ¿Qué dirán cuando les presente a mi prometido ruso llamado Peter que, de forma sospechosa, se parece a una imagen que los agentes del FBI les pueden haber mostrado cuando desaparecí?

Me aprieta la mano.

—No te preocupes por ellos, *ptichka*. Sus opiniones

no importan. Solo diles que llevamos saliendo en secreto durante meses y deja que saquen sus propias conclusiones.

—¿Qué conclusiones? Joder, ¿que estoy fatal de la cabeza? ¿O que tengo un fetiche con hombres rusos que comparten el mismo aspecto atractivo y oscuro y que se llaman Peter?

Sonríe y se levanta antes de recoger los dos platos.

—Cualquier versión vale. Con no confirmar nada... Hazles saber que estoy en una especie de programa de protección de testigos y que no puedes hablar sobre el tema.

No es mala idea. Marsha y cualquiera que sospeche la identidad real de Peter pensarán que estoy loca, pero, si no confirmo sus sospechas, seguirán teniendo dudas. Después de todo, ¿no es una locura que el hombre que mató a George y que me secuestró haya conseguido amnistía internacional para casarse conmigo? Quizás mis amigos piensen que tengo ciertas tendencias masoquistas y que he decidido enrollarme con un hombre que comparte muchos rasgos con mi torturador. Es una explicación más simple.

—Entonces, les decimos la verdad a mis padres y mantenemos la historia de Peter Garin con todos los demás —digo, al mismo tiempo que me levanto para ayudarle a recoger la mesa.

—Para mí, tiene sentido —responde y mira el reloj —. Deberías vestirte para que nos vayamos, *ptichka*. No querrás llegar tarde.

Cierto. El trabajo. Casi se me olvida.

—Espera, déjame que te ayude —comento, acercándome para tirar las sobras, pero me aleja con un gesto de la mano.

—Ya lo hago yo, no te preocupes. Prepárate para ir al trabajo. —Me da un beso en la frente y comienza a llenar el lavavajillas.

LLEVO A SARA A LA CONSULTA Y DEJO EL COCHE ALLÍ para que pueda ir a la clínica después del trabajo como tiene planeado. El apartamento está a solo diez minutos andando y la tienda me pilla de camino, por lo que paso por ella y compro lo básico para la cena de esta noche. No es mucho, solo lo que puedo llevar con facilidad en una mano, ya que me gusta llevar la mano de la pistola siempre libre. Tomo nota mental de que necesitaremos otro coche, como todo el mundo en los suburbios.

Eso no es lo único que necesitaremos. En la cocina diminuta, la nevera de Sara solo mide un metro y la propia cocina apenas puede usarse. Pasé los años de formación en Siberia en una celda gélida y ruinosa, por lo que no me importa dónde vivamos, pero no veo la razón de continuar en un apartamento que está diseñado solo para una persona.

Esta noche, cuando Sara regrese, hablaremos sobre los detalles de la residencia, así como de la inminente boda del sábado.

Por supuesto, sé por qué tengo la mente ocupada con coches, apartamentos y detalles de la boda. Pensar en esas minucias me distrae de la necesidad de encerrar a Sara en un cuarto y follármela todo el día. Y, luego, toda la noche. Y, después de eso, toda una semana. De hecho, me gustaría encadenarla a la cama y mantenerla siempre ahí.

No sé qué esperaba cuando regresé, pero no era esto. No creía que me fuera a resultar tan difícil dejar que Sara siguiera con su rutina, volver a nuestra vida antes de Japón. Por aquel entonces, también la deseaba a todas horas, pero dejar que se fuera al trabajo no me destrozaba como ahora, no activaba la necesidad alocada de enjaularla y tirar la llave. Me he esforzado por actuar normal esta mañana, besarla en la frente y dejarla en la consulta como un buen marido futuro, en lugar de como un salvaje que solo quiere llevársela a su cueva.

Es la única variable que no tuve en cuenta en mis planes. La obsesión cada vez más profunda por Sara, lo único que puede joderlo todo. Espero que esta situación sea temporal, que me sienta así solo porque hemos pasado nueve meses separados y porque la he echado de menos con mucha intensidad, que, con el tiempo, a medida que el recuerdo de esos meses horribles se desvanezca, separarme de ella durante unas horas tampoco será tan malo ni tan difícil… ya no será una tortura.

La otra posibilidad sería mucho peor: que, como en Japón solía tener a Sara en todo momento conmigo, ahora no sea capaz de acostumbrarme a la antigua rutina. La razón por la que he hecho esto es para hacer feliz a Sara, darle la oportunidad de mantener su carrera y las relaciones con familia y amigos. Resultaba imposible cuando era un fugitivo, pero ahora puedo formar parte de su vida sin quitarle nada de eso. Puedo ofrecerle todo, solo si consigo vencer la necesidad egoísta de tenerla para mí.

# S ara

Paso la mayor parte de la jornada laboral alternando una alegría que me hace palpitar el corazón y etapas de pánico. Peter está vivo. Ha vuelto y, sin tener que raptarme, estamos juntos.

A pesar de lo que dijo Peter sobre el trato, parece que el FBI vaya a aparecer y presentar cargos contra mí por ayudarle y ser su cómplice. Sin embargo, no viene nadie. Todo es normal, bueno, todo lo normal que puede ser que me haya prometido con un antiguo asesino.

No estoy preparada para contestar a las preguntas de mis compañeros de trabajo, por lo que escondo la mano en el bolsillo y me quito el anillo en cuanto tengo un momento de privacidad. Ahora el enorme diamante está en el fondo del bolso, por lo que me veo obligada a llevármelo a todos sitios. No sé cuánto habrá costado el anillo, pero supongo que serán unas seis cifras.

¿Lo habrá comprado o robado? Imagino que lo primero porque es lo bastante rico para permitírselo, pero le preguntaré para estar segura. No creo que se ofenda porque ha hecho cosas mucho peores, eso está claro.

Que esté pensando esto, que me cuestione si mi prometido millonario ha robado un anillo de compromiso, haría que cualquier persona normal se asombrara. Sin embargo, ya no formo parte del ámbito «normal». Comparado con matar a mi marido, el robo de un diamante no es más que un delito menor, uno por el que podría perdonarle con facilidad. En general, ahora que he tenido tiempo de recuperarme de la sorpresa de su llegada, el pánico esporádico que me sobreviene ante la idea de casarme con él es menos intenso, casi soportable. Al final de la tarde, cuando cojo el coche para ir a la clínica, empiezo incluso a pensar que podríamos visitar a mis padres este fin de semana y, dependiendo de su reacción, contarles o no que nos casaremos pronto. Quizás este invierno.

El corazón se me acelera de nuevo y tengo que respirar con calma antes de salir del coche. No, el invierno está demasiado cerca; hay demasiadas cosas que planear para un período tan corto de tiempo. La próxima primavera será mejor… o incluso el verano. Casarse en verano siempre está de moda.

«Sí, eso es», decido cuando entro en la clínica. Un compromiso de un año es perfecto. Tendremos la oportunidad de acostumbrarnos el uno al otro, asentarnos en una vida normal juntos. No tengo ni idea de si Peter es capaz de vivir así, sin la adrenalina y el peligro de las misiones. Me admitió una vez que le gustaba matar, que disfrutaba con el poder y el control que le ofrecía lidiar con la muerte. Dijo que era adictivo y supe entonces que no lo dejaría, que la oscuridad es parte de su ser, una parte que nunca podrá eliminar.

Pero lo ha abandonado por mí. Dijo que había renunciado al trabajo. No tuve ocasión de preguntarle, pero solo hay una manera de interpretar lo que dijo. Va directo. A por mí. Para que no tenga que renunciar a nada por él.

Me escuecen los ojos, así que me obligo a sonreír y a saludar a Lydia antes de apresurarme a la sala donde me espera la paciente. Es una niña de dieciséis años acompañada de su madre para su primera citología vaginal, por lo que me esfuerzo en dejar a un lado las emociones y centrarme para proporcionarle la atención que merece.

Por suerte, la revisión no muestra nada anormal, aunque, cuando la madre sale de la habitación, la paciente me confiesa que es activa sexualmente desde el año pasado. A escondidas, le doy una caja de condones y, cuando la madre regresa, le recomiendo un DIU para regular las reglas dolorosas de la hija y proporcionarle protección contra un embarazo indeseado en caso de que tenga relaciones en el futuro.

—Mi hija no es una puta —suelta la madre y la saca de allí, por lo que me alegro de haberle dado a la chica los condones.

Padres como esos son los peores enemigos de sus hijos.

Mi paciente siguiente es una mujer embarazada de unos treinta años. Ha sufrido varios abortos y no tiene seguro médico. Después de ella, trato a otra chica adolescente con clamidia. Luego, llega el turno de mi última paciente. Por fin. Por vez primera, tengo ganas de volver a casa.

Cojo el móvil y busco el número nuevo de Peter («Peter Garin», según mis Contactos) y le escribo que estaré lista en veinte minutos por si se quiere reunir conmigo en la clínica. No sé con exactitud cómo lo va a hacer porque tengo yo el coche, pero, conociéndole, se las arreglará.

Dejo el teléfono a un lado, saco la cabeza fuera de la sala de reconocimiento y le digo a Lydia que ya estoy preparada para ver a la siguiente. Estoy apuntando varias notas sobre la chica con clamidia cuando la puerta se abre y entra la paciente. Levanto la cabeza y me quedo paralizada por la sorpresa. Conozco a esta chica. Es Monica Jackson, la cría de diecisiete años a la que ayudé después de que la violara su padrastro.

Tiene la cara pequeña y redondeada cubierta por moretones púrpuras y la comisura de los labios llena de sangre.

—Hola, doctora Cobakis —dice temerosa y, antes de que pueda responder, se derrumba y se echa a llorar. Tardo quince minutos largos en calmarla y enterarme de que el padrastro salió de la cárcel la semana pasada —. Debería ha... haber estado siete años —cuenta con voz temblorosa—. Nos iba muy, muy bien. Con el dinero que nos dio, nos mudamos a un sitio nuevo, me gradué y conseguí un trabajo a tiempo completo. Bobby, mi hermano pequeño, empezó en el colegio, uno muy bueno, con ordenadores y todo. Y a mi madre... le iba mejor también, solo bebía un poco por la mañana. Creía que íbamos por buen camino, pero, luego, salió por culpa de un vacío legal y...

Comienza a llorar de nuevo y espero a que se calme antes de preguntarle con cautela:

—¿Te ha hecho esto? ¿Te ha hecho daño?

Asiente, secándose las lágrimas de la cara con el pequeño puño.

—Mamá comenzó a beber otra vez cuando se enteró de que había salido y, cuando volví a casa anteayer, allí estaba él, con ella, emborrachándose juntos como en los viejos tiempos. Me cabreé y me dijo que me fuera. Entonces... —Se desmorona y le vuelven a temblar los hombros.

Hago uso de toda mi formación para mantener la distancia profesional requerida, en lugar de abrazarla.

—¿Le has denunciado a la policía? —pregunto con delicadeza cuando recupera la compostura y niega con la cabeza y la mirada fija en el suelo.

—Dice que demandará a mamá para que le quiten la

custodia de Bobby si digo algo. Ahora tiene contactos. Por eso ha salido tan pronto. Un camello amigo suyo ha movido los hilos.

—Incluso aunque la demande, quizás no gane —contesto, pero Monica se obceca en negar con la cabeza de nuevo.

—Quizás no gane, pero la dejará por los suelos —dice, sosteniéndome la mirada—. Además, ella tiene antecedentes por embriaguez en la vía pública y prostitución. Involucrarán a los servicios sociales. Ahora tengo dieciocho años, por lo que podría pedir la custodia, pero me pagan el sueldo mínimo y no hay garantías de que gane. En ese caso, Bobby acabaría en una casa de acogida. —Se le enciende una brillo fiero y protector en los ojos marrones—. No puedo dejar que eso ocurra, doctora Cobakis. Ya lo he vivido y no voy a permitir que mi hermano pase por eso. Tiene necesidades especiales, no sobrevivirá al sistema. No puedo correr el riesgo, créame.

Se me rompe el corazón. Sigo pensando que debería ir a la policía, pero veo que no podré convencerla. Esta vez, no puedo darle un cheque y olvidarme. Cinco mil dólares no arreglarán esa situación y, por fin, entiendo qué es odiar tanto a alguien como para desearle la muerte. Si mañana un coche se llevara por delante al cabrón del padrastro, sería la primera en celebrarlo.

Me trago el enfado y consigo recuperar la distancia suficiente para hacer el trabajo.

—Vale, Monica, te comprendo. Sube a la camilla,

por favor, y deja que me asegure de que no tienes heridas internas.

Me obedece después de limpiarse los restos de las lágrimas y, con cuidado, la examino. Aunque la agresión tuvo lugar hace dos días, sigue habiendo rastro de moretones vaginales y desgarros, por lo que saco un kit de violación por si hay restos de ADN y después cambia de idea sobre ir a la policía. También le doy un anticonceptivo de emergencia y le hago una prueba de ETS tras confirmarme que el violador no usó condón.

—¿Me puede dar esa cosa de cobre, por favor? —pregunta cuando termino—. No quiero quedarme embarazada hasta dentro de mucho tiempo.

—Por supuesto.

Tiene dieciocho años, por lo que es fácil. Programo la inserción de un DIU para la semana que viene, lo que le dará tiempo a curarse.

—¿Tienes algún lugar al que ir? Aparte de la casa de tu madre —digo cuando se preparada para marcharse. Espero que no vuelva a casa con su padrastro.

—Me quedaré en casa de un amigo por ahora —contesta, para alivio mío—. Tiene un sofá en el que puedo dormir.

—¿Y tu hermano?

Se le tensan los hombros delgados.

—No hay sitio para Bobby en el apartamento de mi amigo. Le recogeré por la mañana para llevarle al colegio y, luego, le dejaré en casa de nuevo.

—¿Con tu madre borracha? ¿Estará allí tu padrastro cuando vuelvas con Bobby?

Desvía la mirada.

—Tengo que irme, doctora Cobakis. Gracias por todo.

Antes de que pueda hacerle más preguntas, se apresura a salir de la habitación.

ara

CREÍA QUE HABÍA HECHO UN BUEN TRABAJO arreglándome la máscara de pestañas estropeada antes de salir de la clínica, pero, en cuanto piso la calle y poso los ojos en la figura alta de hombros anchos de Peter, la sonrisa le desaparece del rostro.

—¿Qué ha pasado? —pregunta con brusquedad antes de dar un paso para cogerme las manos—. ¿Te han hecho daño?

Intento esbozar una sonrisa.

—No, claro que no. Todo va bien.

Entorna los ojos con gravedad.

—No mientas. Has estado llorando. —Dirige la mirada a la mano izquierda desnuda—. ¿Y el anillo?

—No… no quería tener que dar explicaciones. —A

pesar de mis esfuerzos, noto la voz demasiado tensa al ver que se le oscurece la expresión aún más.

—¿Te han dicho algo? —pregunta. Niego con la cabeza y me deshago de su sujeción antes de dar medio paso hacia atrás.

—No, no tiene nada que ver. —Miro a mi alrededor, pero la calle está a oscuras y en silencio, desierta excepto por un SUV cerca del bordillo en el otro extremo. ¿Será su vehículo? Levanto la mirada para encontrarme con la de Peter—. Solo me he preocupado por una paciente, eso es todo.

Se le suaviza un poco la expresión áspera.

—Ya veo. Lo siento, *ptichka*. ¿Algún herido?

Trago saliva para reprimir una nueva oleada de lágrimas.

—Es una historia larga. Vámonos a casa. —Me giro hacia el coche aparcado, pero me sujeta del brazo.

—Haré que lo lleven a casa, no te preocupes —dice y me guía hacia el otro vehículo, el Mercedes SUV negro con las ventanas gruesas y tintadas. El conductor abre la ventanilla cuando nos acercamos—. Lleva el coche a casa —le ordena Peter y un hombre grande y de expresión seria sale del automóvil y le tiende las llaves.

Pestañeo cuando pasa a nuestro lado y me saluda con un asentimiento.

—¿Es…?

—¿Uno de los expertos en seguridad que te han estado vigilando? Sí. —Peter me guía alrededor del coche hacia el lado del acompañante y me abre la puerta antes de ayudarme a entrar y volver hacia el asiento del conductor—. He decidido que, en lugar de comprar otro coche, Danny te llevará de ahora en adelante —comenta mientras enciende el motor y sale a la carretera—. Te recogeré casi siempre, pero, si no llego a tiempo o necesitas marcharte enseguida, sabré que estás a salvo.

Abro la boca para replicar, pero me contengo. No tengo energías para esto ahora mismo, con el corazón hecho pedazos por la historia trágica de Monica, cuando sé que mañana por la mañana recogerá a su hermano y tendrá que toparse con su atacante en el proceso.

—¿Qué ha ocurrido, *ptichka*? —Me cubre el muslo con la mano cálida y grande y me masajea el músculo tenso antes de retirarla—. ¿Qué te ha preocupado? —Dudo un segundo, pero me rindo. ¿Qué más da si Peter se entera de toda la historia? Le cuento todo, desde la visita de Monica a la clínica antes del secuestro hasta lo que ha ocurrido hoy. Peter me escucha con expresión neutra hasta que termino. Luego, dice con suavidad—: Entonces, ¿esa chica es la razón por la que te atacaron en el callejón aquella noche?

Me incorporo en el asiento al sentir un miedo repentino.

—¡No fue culpa suya! —Lo último que quiero es que este asesino sobreprotector acuse a Monica de que unos drogatas quisieran robarme.

—No era eso lo que quería decir. —Sale de la

autopista y se detiene en un semáforo rojo—. Solo pretendo asegurarme de que lo he entendido todo.

Se me para el corazón. Esto no está tomando la dirección esperada.

—¿Por qué? —le pregunto, observando el perfil duro—. ¿Para qué necesitas saber eso?

No me mira.

—No te preocupes, mi amor. Tu paciente estará bien, te lo prometo.

Se me seca la boca. ¿Está diciendo lo que creo que está diciendo? No le he dicho su nombre, pero no le resultaría difícil a alguien con las artimañas de Peter encontrar a gente que descubriera quién es.

—Peter... —El semáforo se pone en verde y presiona el acelerador, aún sin mirarme. El pulso me galopa a mayor velocidad aún—. Peter, por favor, dime que no vas a...

—¿Qué? —Gira en mi calle—. Ya te lo he dicho. Esa chica a la que has ayudado va a estar bien. No necesitas preocuparte.

Ella estará bien... pero ¿y su padrastro?

Quiero preguntárselo, pero no consigo formar las palabras. Si lo digo en alto, se volverá real, en lugar de una posibilidad aterradora en la mente. Me convertirá en culpable.

Paramos en el aparcamiento del edificio y salgo antes de que Peter tenga oportunidad de rodear el coche y abrirme la puerta. Me palpita el corazón a un ritmo audible y me sudan las manos, aunque me diga a mí misma que es probable que haya entendido mal la situación. Quizás solo estuviera tranquilizándome, diciéndome lo que piensa que me calmará.

Quiero creerlo y, con cualquier otro hombre, lo haría. Si fuera Joe Levinson o uno de mis compañeros de banda, tomaría las palabras como una forma vacía de reconfortarme, algo parecido a «venga, venga, todo saldrá bien». Pero, al ser Peter, no puedo imaginarme ese tipo de suposiciones. Tengo que…

—¿Cuándo vamos a ver a tus padres? —pregunta y levanto la vista, asombrada al encontrármela a mi lado. Estira la mano para esconder la mía bajo la enorme palma y comienza a guiarme hacia el edificio antes de decir—: Tenemos que hablar sobre los detalles de este sábado con ellos.

Lo observo, confusa. ¿Le he contado el plan de visitar a mis padres este fin de semana? Pero, si lo he pensado en el trabajo y…

—¿Este sábado?

Asiente, mirándome con una sonrisa.

—Es el día para el que he reservado todo lo de la boda. Solo tenemos que hablar sobre ciertos temas puntuales y estará todo preparado.

Me detengo.

—¿Qué?

¿Acaba de decir «la boda»? Me suelta la mano y se gira para observarme.

—Si les llamamos esta noche, quizás podamos cenar con ellos mañana. De esa forma, podrán invitar a algunos amigos. Y tú puedes hablar con tus compañeras de trabajo y con quien quieras que venga.

Deberíamos hacer algo privado por razones de seguridad, pero en el local caben unas cien personas.

Despego la lengua del cielo de la boca.

—¿Quieres que nos casemos este sábado? ¿Dentro de tres días?

Inclina la cabeza.

—¿Cuál es el problema? Quería hacerlo antes, pero supuse que el fin de semana era mejor que un día entre semana para que pudieran venir tus amigos.

Lo observo, sintiéndome como si un tren de carga me hubiera golpeado.

—El año que viene sería mejor —consigo decir al final—. Este fin de semana es... Es imposible.

—¿Por qué? —Me coge de la mano y sigue andando, igual que si estuviésemos hablando sobre qué cenar, en lugar de sobre nuestra maldita boda. Una boda que quiere que ocurra en... ¡tres días!

—Porque... porque no podemos. —Busco formas de convencerle—. ¿Y las invitaciones? No tenemos tiempo de enviarlas y...

—Díselo directamente a las personas que quieras invitar. Además, así es más personal.

—¿Y la comida? ¿Y los fotógrafos? ¿Y el vestido?

—Ya me he ocupado. He contratado a una compañía de catering excelente, a una florista muy valorada y a un fotógrafo al que he pagado para el sábado entero, igual que al videógrafo. Para el vestido, irán a la consulta a tomarte las medidas mañana y elegirás del catálogo el diseño que te guste. Me han prometido que no les llevará más de media hora, por lo que puedes hacerlo durante la comida. Los estilistas para el pelo y el maquillaje vendrán al apartamento a primera hora del sábado. Para la música, he contratado a una banda que está ahora de gira por Chicago. Los C-Zone Boys, creo que se llaman. Tú has cantado alguna de sus canciones, ¿no?

Si no tuviera la mandíbula pegada al cuerpo, tendría que recogerla del suelo. ¿Ha contratado a los C-Zone Boys para nuestra boda improvisada? ¿La banda cuyos sencillos han ocupado los primeros puestos de las listas durante los últimos dos años?

—¿Por qué no Rihanna o The Black-Eyed Peas? —pregunto cuando consigo hablar de nuevo y me lanza una mirada de soslayo al entrar en el vestíbulo.

—¿Lo prefieres? Veré si podemos…

—¡No! Es solo que… —Niego con la cabeza, incapaz de encontrar las palabras para expresarme—. No importa. Los C-Zone son perfectos. ¿Cuál es el local?

—El Silver Lake Country Club, en Orland Park. Se supone que el tiempo será perfecto, por lo que podremos tener una ceremonia y un banquete al aire libre, junto al lago. A menos que quieras hacerlo en el interior, claro. No es demasiado tarde para eso.

—No, es… A orillas del río estará bien.

Me guía hacia el ascensor y presiono aturdida el botón de mi piso, sintiendo que el tren de carga me arrastra a una velocidad de locos. ¿Cómo ha hecho todo eso? ¿Cuándo? ¿Por qué no me ha consultado? ¿Así va a ser siempre nuestra vida? Antes de tratar ese tema controvertido, necesito pronunciar un último argumento racional.

—¿Y si no viene nadie? —pregunto cuando salimos del ascensor—. Ya es miércoles. La mayoría tiene planes para el fin de semana y...

—Los cambiarán. —Se mete la mano en el bolsillo y saca el juego de llaves que debe haber hecho hoy, porque las mías están en el bolso. Abre la puerta, me deja pasar y la cierra a nuestras espaldas.

Me quito las sandalias.

—¿Y si no pueden?

—Entonces, se lo perderán. —Se quita los zapatos y se gira para mirarme—. ¿De verdad te importa, *ptichka*? Tus padres estarán ahí, igual que tú y yo. ¿A quién más necesitas?

A nadie, en realidad no, pero esa no es la cuestión.

—Peter... —Respiro hondo—. No me puedo casar contigo este fin de semana. Es demasiado pronto.

Se le endurece la mirada.

—¿Demasiado pronto? Te lo he dicho, ya tenemos toda la logística organizada.

—¡No es por la logística! —digo con un volumen excesivo y tomo aire de nuevo para tratar de recuperar el control. Me esfuerzo por usar un tono más calmado cuando añado—: No te he visto en nueve meses y, antes de eso, tampoco teníamos exactamente una... relación normal.

—¿Y qué? —Empequeñece los ojos—. Ahora la tenemos.

—Forzarme a que me case y que tomes todas las

decisiones sobre la boda no es normal, Peter. Para nada. —Me siento orgullosa de mi compostura hasta el momento—. Necesitamos tiempo para conocernos en este contexto, ver si conseguimos que funcione... —Me detengo al ver la tormenta que se está creando detrás de la plata reflectante de su mirada.

—¿Por qué no va a funcionar? —Baja la voz y usa un tono peligroso mientras da un paso hacia mí—. Esto no es una prueba ni somos compañeros de universidad esperando a ver qué pasa. ¿De verdad crees que, si discutimos sobre la comida, te voy a dejar ir?

Se me dispara el pulso de nuevo. Por supuesto que no, no después de todo lo que ha hecho para conseguir esto. Aun así, tiene que darse cuenta de que casarnos este fin de semana sin darme ninguna opción no es la manera de proceder tras nueve meses de ausencia, precedidos por una relación forzada que incluía asesinato, tortura y secuestro.

—¿Por qué no una boda en invierto? —pregunto desesperada—. Podríamos hacerla durante las vacaciones de diciembre, así la estación será el doble de festiva para nosotros. Planearíamos también la luna de miel para ese momento. Pediría una semana o dos de vacaciones en el trabajo y...

—La luna de miel la haremos cuando sea. —Estira las manos para deslizarlas bajo la blusa, colocando las palmas cálidas sobre los costados desnudos. Veo un brillo cálido en los ojos metálicos cuando me acaricia la piel sensible bajo la caja torácica con los pulgares ásperos, moviéndolos hacia delante y hacia atrás—. Si no quieres o no puedes cogerte vacaciones esta semana, no tienes por qué hacerlo. Me parece bien que esperemos hasta el invierno para la luna de miel.

—¿Y por qué no la boda? —Le sostengo la mirada, tratando de centrarme en el tema en cuestión, en lugar de en las caricias lentas e hipnóticas de esos pulgares que me calientan la piel y hacen que tiemble por dentro —. ¿Qué más da si nos casamos más tarde?

Una curva sensual se le dibuja en la boca e inclina la cabeza para inhalar con fuerza, como si estuviera respirando mi aroma.

—¿Aparte de que todo lo que tengo se irá al traste? —murmura antes de rozarme la parte superior de la oreja con los labios.

—Sí... sí. —Cierro los ojos mientras me atrae hacia él y me acaricia un lado del cuello al echar la cabeza hacia atrás por instinto, lo que le garantiza un mejor acceso. Se me acelera la respiración. Siento que se me derriten los huesos mientras me presiona la dureza excitada contra el estómago, haciéndome consciente del deseo vano y profundo de mi interior.

—Bueno... —Me muerde con suavidad el cuello antes de mitigar el escozor al chuparme la zona dolorida—. Entre otras cosas, quiero que seas mi esposa y lo quiero ya, ni mañana ni dentro de tres días. —Me calienta la piel con el aliento mentolado, lo que me transmite cosquilleos eléctricos por el cuerpo—. Quiero que lleves ese anillo a todas horas, a cualquier parte, para que el mundo entero sepa que eres mía. — Me muerde y chupa bajo la oreja de nuevo y la voz se le vuelve más profunda cuando murmura—: No es racional, *ptichka*, pero es lo que necesito, a ti. No puedo esperar, sobre todo después de tanto tiempo separados.

—¿Y...? —Me está resultando más difícil ordenar los pensamientos mientras continúa pegándome pequeños mordiscos sensuales por el cuello y la clavícula. Con un esfuerzo monumental, me obligo a centrarme—. ¿Y los niños? ¿Dónde viviremos? ¿Y qué...? —Suspiro cuando me baja la cremallera y desliza la mano dentro de las bragas empapadas—. ¿Y...? —Comienzo a jadear cuando encuentra el clítoris con los dedos y empieza a tocarlo con habilidad certera—. ¿Y tu trabajo?

—Te lo he dicho, lo he dejado. —Respira con tanta dificultad como yo cuando introduce un largo dedo dentro de mí. Luego, utiliza la humedad resultante para dibujar círculos sobre el clítoris palpitante—. Se acabó.

—Pero... Oh, Dios. —Muevo las caderas en círculos, buscando la presión de ese dedo provocador. La tensión se crea dentro de mí a tanta velocidad que ya no soy capaz de formar un solo pensamiento—. Oh, Dios, Peter, me voy a...

Con un grito ahogado, me corro mientras cada músculo del cuerpo me tiembla con una oleada violenta de placer. El orgasmo es tan fuerte que dejo la mente en blanco, inundada por las sensaciones puras y físicas. Soy ligeramente consciente de que me mueve, de que me baja las bragas y las mallas. Luego, me tumba en el sofá y entra dentro de mí, penetrándome con la polla enorme con una embestida severa.

La sorpresa me sacude hasta los huesos y se me

tensan los músculos aún temblorosos, apretándose con un esfuerzo instintivo por rechazar la invasión. Pero eso solo hace que note más su grosor y tamaño, así que me encuentro jadeando de nuevo cuando me sujeta las caderas y comienza a introducirse dentro de mí, golpeando la pelvis contra el culo con cada embestida despiadada.

—Peter… —Siento una nueva oleada amenazando con abrumarme con una felicidad incandescente—. Peter, espera…

No reduce el ritmo, como mucho aumenta la velocidad de esos movimientos bruscos.

—Córrete conmigo —me ordena con voz ronca—. Quiero sentir cómo me exprimes la polla.

Lo hago antes de que termine de hablar, la oleada llega a su punto álgido con la fuerza de un tsunami. El placer me sacude los sentidos, aniquilando los últimos rastros de resistencia. No sé si estoy gritando o si es la sangre rugiendo en los oídos, pero los demás sonidos se desvanecen. Lo único que oigo, siento y percibo es el éxtasis y a él.

eter

MI *PTICHKA* PERMANECE EN SILENCIO MIENTRAS LA LLEVO hacia el aseo y la coloco dentro del baño burbujeante que he preparado antes de ir a buscarla. La bañera es demasiado pequeña para los dos, por lo que utilizo el lavabo para limpiarme y, luego, me siento junto a ella para observar cómo esos pezones rosados juegan al escondite con las burbujas. Con la cabeza apoyada en el lateral de la bañera, tiene los ojos cerrados y los rasgos delicados sonrosados con el brillo posorgásmico. La imagen es tan tentadora que la deseo de nuevo. «Esta noche», me prometo.

En cuanto Sara termine de darse el baño, cenaremos y será mía durante toda la noche.

Al sentir que la observo, abre los ojos.

—Gracias —murmura, moviendo una mano grácil a través de las burbujas—. No recuerdo cuándo fue la última vez que hice algo así.

Lucho contra las ganas de extender la mano y cogerle la suya, de empujarla contra mí para sentir ese cuerpo pegajoso, lleno de burbujas, contra el mío.

—Nos casaremos el sábado —digo en un tono más brusco del que pretendía—. Eso no es negociable.

Se tensa de forma notable y se incorpora.

—Peter, no...

—O esta noche. No me importaría volar hasta Las Vegas contigo después de cenar. —Me esfuerzo en mantener los ojos alejados de los pechos suaves y blancos que muestra por encima del agua. Esto es demasiado importante para que la lujuria me distraiga.

Como si me leyera el pensamiento, Sara se hunde en el agua de nuevo, dejando que las burbujas aparten de mi vista esas lunas tentadoras.

—¿Tienes un avión esperando?

—Más o menos. —Dejé que mis compañeros se quedaran con el avión por ahora, pero puedo alquilar uno privado en menos de dos horas. Con el dinero suficiente, cualquier cosa es posible.

—Peter... —Se sienta de nuevo, pero esta vez se cubre el pecho con el delgado brazo—. Tenemos que hablar sobre eso... sobre todo, en realidad. Viniste ayer y aún no sé dónde has estado ni qué has hecho. ¿Dónde están Anton y los gemelos? ¿Están aquí contigo?

—No. —Cojo aire para aplacar el instinto que me exige que la lleve a Las Vegas ahora mismo. Sara tiene razón, hay mucho de lo que no hemos hablado—. Están en Europa, pero vendrán para la boda —explico, poniéndome de pie.

Sigue mi ejemplo y la envuelvo con una toalla cuando sale de la bañera. Parece increíblemente pequeña, con la cabeza inclinada y el tejido grueso alrededor del cuerpo esbelto. Me hace más consciente de lo indefensa y frágil que es. Me recuerda a cuando quise castigarla... y a las veces en que sigo queriendo hacerlo.

—Hablemos mientras cenamos —digo, conteniendo el impulso oscuro—. Te lo contaré todo.

Sin embargo, nada cambiará lo que va a pasar. Antes del final de esta semana, de una manera u otra, Sara será mi mujer.

ara

La cena es una mezcla de gastronomía asiática y rusa, con *pelmeni* jugosos, empanadillas de carne al estilo ruso, servidos con crema agria como entrante y un revuelto de verduras y tofu marinado con chile como plato principal.

Comí hace una eternidad y el episodio de sexo intenso combinado con el baño caliente han mermado en gran medida mis energías. Tengo tanta hambre que, en cuanto Peter pone la comida en la mesa, me lanzo a devorar cinco empanadillas grandes y dos raciones de revuelto picante antes de levantar la mirada del plato.

—¿Hambrienta? —me pregunta Peter de forma sarcástica cuando me sirvo una tercera ración y me sonrojo al darme cuenta de que me he centrado tanto en la comida que apenas he dicho una palabra.

—Está muy bueno —respondo a modo de disculpa y sonríe con los ojos metálicos más cálidos que nunca.

—Disfruta, *ptichka*, me encanta verte comer lo que he preparado.

—Eres un cocinero increíble —digo con sinceridad y se le amplía la sonrisa.

—Me alegro de que creas eso, cariño.

—¿Y si abres un restaurante? —suelto de forma impulsiva—. Ya sabes, como el de Yulia. O una cafetería.

Ríe de nuevo, negando con la cabeza.

—No, *ptichka*, eso no es lo mío. Pero te daré de comer siempre que quieras.

—No, en serio… ¿qué vas a hacer aquí? —Dejo el tenedor y le estudio con detenimiento—. ¿En lo que te gustaría trabajar? ¿Tienes alguna idea? Dijiste que habías dejado el trabajo, por lo que supongo que ya no eres un… em…

Por alguna razón, la palabra se me congela en la garganta. Levanta las cejas, divertido.

—¿Un asesino? No, *ptichka*. Ya he acabado con esa parte de mi vida. —Pincha un trozo de bok choy con el tenedor—. De ahora en adelante, seré un ciudadano que cumple las leyes.

—¿En serio? —Lo observo, esperanzada e incrédula. Al principio, pensé que sería así, pero, luego, tuvimos esa conversación sobre Monica. ¿Le habré malinterpretado? Juraría que prometió de manera implícita que le haría algo al padrastro, pero, si Peter dice que va a ser decente, quizás fueran solo palabras vacías y reconfortantes, las que un chico diría para calmar a su novia.

Pensar en Monica me pone de mal humor al instante y hace desaparecer mi apetito. Aparto el plato mientras Peter sonríe y dice:

—De verdad. Es una de las condiciones del trato: ningún crimen más en el futuro.

—Oh, bien.

Levanta las cejas de nuevo.

—No pareces muy contenta.

—¿Qué? ¡No! —Me obligo a alejar el sentimiento de pesadez del pecho al acordarme de Monica y sonrío con entusiasmo—. Estoy encantada de que sea así, ¿cómo podría no estarlo?

Lo digo en serio, incluso aunque tenga que destruir la pizca de esperanza teñida de culpabilidad sobre una solución permanente al dilema de Monica. No puedo querer eso. Me niego a creerlo.

—No sé, *ptichka*. —Peter inclina la cabeza, observándome reflexivo—. ¿Hay algo que te preocupa?

—Todo —contesto de golpe—. ¿Cómo vas a gestionar este tipo de vida? ¿A qué vas a dedicar el tiempo? Dices que quieres que me case contigo el sábado, pero, luego, ¿qué? ¿Y tu venganza? ¿Encontraste al último…?

—Se ha acabado. —El tono es tan cortante como unas tenazas y se le oscurece la expresión de repente—. No hay nada de lo que hablar sobre esa cuestión.

Lo observo mientras siento que la comida se me transforma en piedra en el estómago.

—¿Qué ocurrió?

Se levanta y coge su plato medio lleno antes de hacerse cargo del mío.

—Nada. —Se acerca al lavabo con grandes zancadas y deja los platos con tanta fuerza que tintinean. Luego, vuelve a la mesa a por más cosas.

Me levanto también con los nervios demasiado tensos como para observarle merodear por la cocina con una violencia apenas controlada.

—Peter... —Reúno el coraje para sujetarle de la muñeca cuando se acerca a mí—. ¿Qué ocurrió? —repito con dulzura, levantando la mirada para encontrarme con la suya.

Se le flexionan los tendones gruesos de la ancha muñeca y sé que sería un juego de niños deshacerse de mi agarre.

—Nada —responde y, esta vez, percibo el tono de rabia y dolor amargos—. Joder, nada de nada.

Me humedezco los labios secos.

—¿Qué significa eso? ¿No le has encontrado?

Se le tuerce la boca y, con cuidado, se libera de mi sujeción.

—Vamos a dejarlo, *ptichka*.

Quiero, pero no puedo, sobre todo si vamos a crear una vida juntos. No quiero casarme con otro hombre cuyos secretos destruyan lo nuestro.

—Por favor, Peter. —Vuelvo a cogerle de la mano y

ANNA ZAIRES

la aprieto entre las palmas. Sosteniéndole la mirada, digo con tranquilidad—: Solo cuéntame la verdad.

Dobla los dedos bajo mi agarre y cierra los ojos mientras respira hondo. Cuando los abre, la rabia amarga ha desaparecido, escondida bajo una expresión neutra.

—Te lo he dicho: no pasó nada —contesta con tranquilidad—. Y no va a ocurrir nada. Henderson volverá a su vida normal, sano y salvo, porque es parte del trato que hice. —Cuando lo observo sorprendida, añade—: Se ha acabado, Sara, no hay nada más que decir. —Comienzo a hablar, pero me detengo al no encontrar las palabras correctas. Ninguna, en realidad. Siento el corazón roto en pedazos y la presión en el pecho es tan fuerte que no consigo respirar. Ha abandonado la oportunidad de vengar por completo a su familia. Por mí. Lo ha hecho todo por mí—. No vayas por ahí —dice con severidad y noto el cosquilleo húmedo en la cara. Las lágrimas deben ser las causantes de la neblina acuosa en mi visión.

—Lo siento. —Le suelto la mano y me paso el dorso de la mía por las mejillas—. Yo… estoy bien.

Me observa. Luego, se gira y continúa limpiando la cocina como si nada hubiera ocurrido. Como si no acabara de arrancarme el corazón del pecho y se lo hubiera guardado en el bolsillo. Me doy unos minutos para calmarme. Después, camino hacia el bolso y cojo el móvil.

—¿Qué haces? —pregunta Peter mientras presiono sobre el número de teléfono de mis padres. Me coloco un dedo contra los labios para mostrarle el gesto universal de silencio.

—Buenas, mamá —digo cuando escucho un «hola» familiar—. ¿Qué tal? ¿Cómo estás?

—Estoy bien, cariño. —Parece extrañada—. ¿Qué pasa? ¿Va todo bien?

Miro el reloj y esbozo una mueca cuando veo que son más de las diez.

—Sí, todo va bien. Perdón por llamar tan tarde, tenía turno en la clínica y he perdido la noción del tiempo. No te habré despertado, ¿verdad?

—¿A mí? Oh, no. Estaba leyendo antes de acostarme. Pero tu padre ya está dormido. ¿Querías hablar con él? Puedo despertarle si...

—No, no, no pasa nada. Déjale dormir. —Respiro hondo—. Mamá, ¿qué hacéis mañana por la noche? ¿Estáis libres a la hora de cenar?

Por el rabillo del ojo, veo que Peter se queda paralizado antes de continuar cargando el lavavajillas.

—Bueno, habíamos pensado ir al bingo, pero no tenemos por qué hacerlo —contesta mamá—. ¿Qué pasa, cariño? ¿No trabajas mañana?

—Tengo un horario bastante ligero —digo y es casi cierto. Mañana no estoy de guardia ni tengo programada ninguna operación. En cuanto a la clínica, puedo posponerlo para otro día—. ¿Queréis venir a cenar?

Tras un momento de silencio, responde:

—¿A tu casa?

—Sí, me gustaría que conocierais a alguien —digo y Peter se gira para mirarme.

Será la segunda vez que mis padres visiten el apartamento nuevo. Nunca he sido una anfitriona demasiado buena, por lo que suelo ir a su casa o salimos a comer o a desayunar. Sin embargo, con Peter en escena, creo que lo mejor es quedarnos en casa. Así es más probable que mis padres mantengan la compostura.

—Oh. —La voz de mi madre desprende un entusiasmo evidente—. Sí, claro, cariño. Nos encantaría. ¿Quieres que llevemos algo o pedimos algo a domicilio?

—Ya nos encargamos nosotros, mamá. No te preocupes —digo mientras Peter sigue mirándome—. Nos vemos mañana a las seis, ¿vale?

Cuelgo y se acerca a mí con movimientos lentos, como los de un depredador, igual que un felino dando zancadas perezosas.

—Era mi madre —comento, echándome hacia atrás por instinto—. Les he invitado a cenar mañana. No te importa, ¿no? Podemos pedir algo o... —Las palabras se ven interrumpidas por un chillido cuando me levanta y me coloca en la encimera antes de apartarme la bata—. Peter, espera... —Me mojo los labios cuando desliza la prenda por los brazos y me quedo desnuda por completo—. Deberíamos decidir lo que vamos a hacer... Ahhh —gimo y dejo caer la cabeza hacia atrás mientras me besa el área sensible de la clavícula, a la vez que me invade con la mano el escondite anhelante entre las piernas, introduciendo dos dedos ásperos dentro de mí sin piedad. No estoy aún húmeda, por lo que duele, pero el cuerpo se me encoge ante un estallido de calor, ante una explosión de sensaciones violentas.

—Te vas a casar conmigo el sábado —gruñe, follándome con los dedos, y gimo como respuesta afirmativa mientras el cuerpo se me enciende de nuevo.

Este sábado, mañana o esta noche, ya no me importa. Estoy cansada de luchar, de resistirme. Tenía razón en todo momento. Soy suya y él es mío. Era el destino.

 *eter*

ESTÁ DORMIDA, AGOTADA, CUANDO, CON CUIDADO, SALTO de la cama y cojo la ropa que he dejado doblada sobre una silla. Me visto en silencio, asegurándome de no despertarla y, después, camino fuera de la habitación con los pies enfundados en unos calcetines. He dejado las botas en la entrada, por lo que me las calzo antes de palparme el bolsillo de la chaqueta para verificar que el teléfono sigue allí. Lo necesito para dirigirme a la ubicación actual de un tal Sr. Samson «Sonny» Pearson, el padrastro de Monica Jackson.

Danny ya me espera en el aparcamiento, por lo que abro el correo de los piratas informáticos y le doy una dirección que está a unas manzanas de aquí, donde vive Pearson, es decir, el apartamento de su exmujer.

Está claro que la madre de Monica no tiene escrúpulos al dejar que el violador de su hija se quede con ella.

Estoy arriesgándome al hacerlo yo mismo, sería más inteligente contratar a alguien para que llevara a cabo este golpe discreto dentro de unos meses, cuando nadie pueda conectar la muerte de Pearson con la visita de su hijastra a la clínica de mujeres sin ánimo de lucro. Sin embargo, mi *ptichka* estaba llorando hoy por ese *ublyudok* y no puedo permitirlo. Va a morir esta noche y su hijastra por fin será libre.

—Déjame aquí —le digo a Danny cuando llegamos a la dirección que le he dado, un edificio a unas manzanas de distancia del destino real. El tipo es leal y bastante decidido a operar al margen de la ley, pero no confío en él como haría con mis chicos. Es mejor que lo haga solo, sin testigos.

El apartamento de Amira Pearson está en la segunda planta de un edificio desvencijado de cuatro pisos. Hay un ligero olor a orina y vómito en el vestíbulo y la pintura de las paredes se está resquebrajando, lo que me recuerda a los edificios de la era soviética de Rusia. Sin embargo, la puerta del apartamento delante de la que me detengo está hecha de madera normal, en lugar de las dos capas de acero habituales en un país liderado por corruptos.

Podría romperla con una sola patada si quisiera. No obstante, presiono la oreja contra la madera y escucho. Oigo un ligero murmullo de voces, por lo que la información es correcta. Sonny ha conseguido un trabajo en una tienda de alimentación para descargar camiones a las tres de la mañana, por lo que se irá pronto para cumplir su turno.

Camino sobre mis pasos y salgo para esperarle. Podría haber entrado mientras el cabrón estaba durmiendo, pero la madre de Monica y su hermano están en el apartamento, por lo que es mejor esperar, interceptar a Sonny cuando esté solo y hacerlo parecer un robo con un final trágico.

Falta una media hora para que salga, pero me mantengo atento y alerta, con la adrenalina palpitándome con fuerza a través de las venas. No puedo ignorar ese sentimiento anhelante y oscuro, las ganas de sangre activándome como tanques de café. Soy un depredador, un monstruo, lo sé. Ahora Sonny Pearson lo sabrá también.

Permanezco medio escondido en un callejón y, cuando pasa cerca, estiro la mano y le sujeto por la camisa, atrayéndolo hacia mí.

—¡Eh! —Intenta darme un puñetazo, pero se queda paralizado cuando le presiono la navaja contra la garganta.

—No te muevas —susurro, inclinándome hacia delante—. Ni siquiera respires.

La nuez se desplaza por ese cuello grueso peligrosamente cerca del filo.

—¿Qué...? ¿Qué quieres, tío? No tengo... No tengo dinero.

—Lo sé. —No necesito esperar a que palidezca para

notar que mi sonrisa es gélida—. No es lo que estoy buscando.

Y, tras eso, le rebano la garganta con la navaja. La sangre cálida me baña los dedos y el hedor a fluidos de los intestinos llena el aire. Observo cómo la vida se le va a través de esos ojos pardos y, luego, digo con suavidad:

—Monica te envía recuerdos.

Dejo que el cuerpo caiga al suelo, me limpio la mano y la navaja en la parte menos manchada de la camisa, le extraigo la cartera del bolsillo y salgo del callejón para dirigirme hacia donde me espera Danny. Tendremos que pasar por un motel de vuelta a casa. Necesito ducharme antes de regresar.

No estoy preparada aún para llevar abiertamente el anillo en la consulta, pero, a la hora de comer, cuando aparecen las modistas, dos mujeres estilosas de mi edad, las guío por el vestíbulo principal, ignorando la mirada curiosa de la recepcionista. Pasamos a una sala de reconocimiento y me toman las medidas de la cabeza a los pies, un proceso que les lleva escasos minutos a esas manos habilidosas.

—Tiene un cuerpo muy esbelto, lo que es genial —dice una mujer alta de pelo oscuro que se ha presentado como Suzie—. Tenemos un precioso Monique Lhuillier que le quedará perfecto con apenas unos retoques. Pam, ¿tienes alguna foto?

Pam, una rubia baja de pelo rizado, saca el móvil y

me muestra un maniquí con un vestido elegante de estilo sirena. Cubierto con delicado encaje, sin tirantes, tiene el escote palabra de honor y una hilera de botones perlados en la espalda, sencillo, pero tan perfecto que solo consigo mirarlo y babear.

—Tenemos muchos otros modelos —dice al interpretar de forma equivocada mi falta de palabras—. Si hay algo en concreto que…

—No, este es genial. —Despego la mirada de la pantalla del móvil—. ¿Cuánto cuesta?

Suzie pestañea y mira a Pam.

—El señor Garin nos ha dicho que no hay un presupuesto cerrado —contesta Pam con cautela—. ¿No es así?

—Ah, em… claro. Solo preguntaba por curiosidad. —Tampoco he hablado con Peter del tema de las finanzas, por lo que me esfuerzo en ocultar mi incomodidad detrás de una gran sonrisa.

—Oh, ya veo. —Me devuelve el gesto—. Bueno, tenga por seguro que su prometido es un hombre muy generoso. Este vestido es una edición única de pasarela con encaje hecho a mano, por lo que se vende a treinta y tres mil dólares más IVA. Sin embargo, los retoques son gratis.

—Eso es… muy considerado por vuestra parte —respondo con voz ahogada sin poder evitarlo. No soy Cenicienta, incluso con el recorte salarial del trabajo nuevo, mi sueldo tiene seis cifras, pero treinta y tres mil dólares siguen siendo una suma sorprendente por un vestido que llevaré puesto solo una vez. Creía que los doce mil cien dólares del vestido de mi primera boda eran demasiado.

—Necesitará también zapatos y accesorios —dice Suzie mientras saca un catálogo brillante de un bolso enorme—. ¿Quiere ojearlo? —Levanta el catálogo—. ¿O prefiere que le recomendemos algo?

—Me encantaría escuchar sus consejos —contesto y, a toda velocidad, me enseñan un par de zapatos blancos Louboutin con una correa delicada en torno a los tobillos y un collar nacarado que combina con dos broches de perlas y diamantes para el pelo.

—Se hará un recogido, ¿verdad? —dice, pasando las páginas del catálogo para mostrarme varios de los peinados complejos de las modelos—. Con él, todo resaltará.

—Gracias. Lo haré —contesto mientras recogen y se dirigen a la puerta. Firmes a su promesa, el proceso completo ha durado menos de treinta minutos, una mínima parte del tiempo que pasé comprando el vestido y los accesorios para la primera boda.

Quizás que Peter me esté presionando con esto tenga ciertos beneficios, pienso sarcástica mientras salgo a tomar un aperitivo rápido en la media hora que falta para la siguiente cita. La primera boda fue una gran ceremonia, George invitó a todos los que conocíamos y gastamos el dinero que no teníamos. En la recepción, había doscientas personas y nos pasamos un año planeándola y yo, agobiada por la residencia en aquel momento, odié cada minuto de preparación. Una boda pequeña en la que lo único que tengo que hacer es presentarme en ella será como miel sobre hojuelas.

—¿Quiénes eran esas? —pregunta la recepcionista, Annabelle, cuando vuelvo de almorzar y cojo aire al darme cuenta de que tengo una misión importante entre manos. Debo invitar a mis amigos y compañeros mientras esquivo las preguntas de desconcierto.

—Han venido a tomarme las medidas para un vestido —respondo tras decidir que lo mejor es hacerlo ahora. Meto la mano izquierda en el bolso y, a escondidas, me pongo el anillo antes de sacarla para enseñarle el diamante enorme a Annabelle—. Verás, estoy prometida y la boda es…

Un grito de entusiasmo ahoga mis palabras antes de que pueda decir «este sábado». Annabelle, la mujer cabal de casi sesenta años que lidia con compañías de seguros y pacientes difíciles con el mismo aplomo, comienza a saltar tan vivaz como una adolescente y me sostiene la mano para mirar al anillo sin dejar de parlotear.

—Oh, Dios mío, mira ese pedrusco. ¿Quién es el afortunado? ¿Cómo os conocisteis? ¡Ni siquiera sabía que tuvieras novio!

Cuando hace una pausa para coger aliento, le digo que Peter y yo llevamos un tiempo dejándolo y volviendo, pero nuestra relación no era seria debido al trabajo para el que necesitaba viajar mucho al extranjero. Sin embargo, ahora que se va a dedicar a otra cosa, hemos decidido dar el siguiente paso y prometernos.

—No será una boda grande —digo antes de que se lance con la siguiente serie de preguntas—. Vamos a hacer una ceremonia pequeña este sábado y nos encantaría que vinieras con tu marido. Sé que es muy precipitado, pero...

Grita de nuevo y me abraza.

—Oh, gracias, cariño. ¡Es un honor! Estaremos allí, sin falta. ¿Se lo has dicho ya a Bill y Wendy?

Sonrío ante el entusiasmo en su rostro.

—No, ahora lo haré.

—Ah, entonces, ve. Ahora mismo. Estoy deseando ver la cara de Bill cuando descubra que yo tenía razón. —Levanto las cejas, por lo que me explica—: Me aposté veinte pavos con él a que una chica tan bonita como tú tenía novio. —Cuando suelto una carcajada, mete la cabeza en la sala de espera y dice—: No veo a tu paciente, así que tienes aún un par de minutos.

—Gracias, Annabelle. —Río mientras me indica con un gesto de la mano que me vaya—. Ya me marcho, lo prometo.

Me apresuro hasta la consulta de los jefes, antes de que Annabelle me arrastre físicamente, y llamo a la puerta.

—¿Wendy? ¿Bill? ¿Tienen un segundo?

Wendy me abre la puerta un instante después.

—Por supuesto, querida. ¿En qué podemos ayudarte?

Tiene una sonrisa tan dulce como el pelo blanco que le enmarca la cara amable. Todo en la doctora Otterman es agradable, desde el tono suave de la voz hasta la forma en la que llama a los pacientes para hacerles una revisión. Trabajar con ella es un placer absoluto, incluso con ese marido suyo malhumorado pegado como una lapa.

—¿Está Bill? —pregunto. Luego, le veo sentado detrás, devorando un sándwich casi tan grande como el bigote. Me dedica una mirada indiferente y deja a un lado el bocadillo.

—¿Qué pasa?

Si no lo conociera mejor, pensaría que me odia. Pero es así con todos, incluso con los pacientes, por lo que no me lo tomo como algo personal. Según las enfermeras, cuanto más te fulmine con la mirada, más le gustas.

—Bueno... —Por el rabillo del ojo, veo que Annabelle se aproxima a mí. Está claro que no puede resistirse a ver en persona la expresión de la cara de Bill—. Me preguntaba si tienen planes para el sábado —continúo, suponiendo que es mejor no hacerlo parecer demasiado importante—. Me caso en una ceremonia pequeña y sencilla y...

—¿Qué? —El bigote canoso de Bill se agita cuando deja caer la mirada sobre mi mano izquierda—. ¿Estás prometida?

—Desde ayer —respondo y levanto la mano para mostrarles el anillo—. Sé que es precipitado, por lo que, si tienen otros planes, es...

—Oh, no, iremos, querida. Enhorabuena. —Wendy muestra una sonrisa radiante y estira la mano para apretarme la derecha—. ¿Quién es el caballero afortunado? —Lanza una mirada al dedo anular izquierdo—. Te ha regalado un anillo muy bonito.

El bigote de Bill se niega a dejar de moverse.

—¿Tienes novio? —La mirada fulminante se intensifica cuando se levanta—. No sabíamos que tenías novio.

Sonrío y repito la explicación sobre que hemos estado separándonos y volviendo porque antes Peter viajaba mucho.

—Así que estamos listos para dar el siguiente paso —concluyo y miro al reloj de la pared—. Ah, ¡vaya horas! Seguro que ya estará aquí la paciente —digo y veo como una Annabelle sonriente se apresura a su puesto.

—Perdonen, me tengo que ir —les digo a mis jefes—. Entonces, ¿vendrán?

—Con bombo y platillos —dice Bill con acritud.

Lo tomo como que está contento por mí y, tras un saludo alegre a Wendy, me marcho a toda velocidad, encantada de que al menos esta parte de la tarea haya salido a pedir de boca. Ahora solo tengo que contárselo a los demás y explicárselo a mis padres.

ME CANCELAN UNA CITA DURANTE LA SEGUNDA MITAD DE la tarde, por lo que dedico ese tiempo a comenzar con las llamadas necesarias. Simon y Rory no contestan, por lo que les dejo un mensaje para que me telefoneen. Sin embargo, Phil debe haber terminado la jornada de trabajo en el colegio porque me lo coge al primer pitido.

—Vaya, mira quién es. Pensamos que el novio misterioso te había secuestrado —dice y río, esperando que no note el tono casi histérico en la carcajada.

Está de broma, pero Peter podría haberme hecho desaparecer. Eso es lo que creí que iba a suceder cuando me sacó del bar con él.

—Sigo aquí —respondo cuando dejo de reír—. Pero tengo noticias.

—No me lo digas. —Suelta un bufido socarrón—. Estás embarazada.

—Em, no... —O, al menos, si lo estoy, aún no lo sé. No es imposible después de estos dos días de sexo sin protección, pero, en definitiva, es demasiado pronto para saberlo—. Sin embargo, me caso.

Se produce un silencio mortal al otro lado de la línea. Luego:

—¿Qué? —grita.

—Sí, es una larga historia —respondo antes de darle la misma explicación que les he ofrecido a mis compañeros de trabajo sobre nuestra relación turbulenta y los viajes de Peter.

—Pero ¿por qué no nos hablaste de él? —Aún parece sorprendido—. Pensamos que no salías con nadie por lo de tu marido.

—A veces era un poco complicado. Y, puesto que no sabía si íbamos a algún lado... —Me interrumpo, esperando que Phil saque conclusiones por sí solo—. En cualquier caso, nos casamos este sábado, así que...

—¿Qué? —vuelve a gritar.

Sonrío al imaginarme sus ojos saltones.

—Sí, lo sé. Hemos decidido tener un compromiso corto. En cualquier caso, sé que es muy precipitado, por lo que, si tienes otros planes para el sábado, lo entiendo perfectamente. Pero, si puedes venir, nos encantaría que estuvieras allí. Además, claro está, puedes traer acompañante.

—Te casas. Este sábado.

—Eso he dicho. —Hago una pausa para darle la oportunidad de que exprese sus sentimientos de nuevo, pero parece haberse quedado sin lengua, por lo que continúo—: No tienes que confirmármelo ahora mismo, pero, si es posible, me gustaría saberlo antes de mañana. Peter ha contratado una empresa de catering y todo, así que será algo íntimo, pero agradable, espero.

—¿Dónde...? —Phil se aclara la garganta—. ¿Dónde es la boda?

—En Silver Lake Country Club —respondo—. ¿Lo conoces?

—Sí, claro. Mi prima se casó allí hace un par de años. Un sitio bonito.

—Ah, bien. —Sonrío, aunque no pueda verme—. Entonces, ¿sabes si podrás venir o necesitas pensártelo hasta mañana?

—¿Estás de coña? Por supuesto que iré. ¿Ya se lo has dicho a Rory y a Simon?

—Les he dejado un mensaje —contesto y miro al reloj. Me tengo dar prisa si quiero llamar a Marsha antes de la paciente siguiente—. Muchas gracias, Phil, y perdona por soltártelo así. Nos vemos el sábado.

—Sí, hasta entonces —responde, aún sorprendido, antes de colgar.

Marsha es la siguiente en la lista y es una conversación a la que temo casi tanto como la cena inminente con mis padres. Mientras marco el número, casi deseo que no lo coja, pero responde al primer toque.

—Hola, cariño.

Respiro hondo.

—Buenas, Marsha, ¿qué tal?

—Ya sabes, a punto de marcharme para hacer el turno de tarde. Le tocaba a Andy esta semana, pero su novio se cogió un berrinche porque hoy es su aniversario, así que me pidió que se lo cambiara. ¿Tú cómo estás? ¿Qué haces este fin de semana? Tonya y yo vamos a salir a un par de bares el sábado. ¿Te quieres venir? No tienes actuación, ¿no?

—No, pero, en realidad, sobre este sábado... —Sujeto el teléfono con más fuerza—. Tengo noticias.

—¿Oh?

—Hay un chico con el que llevo viéndome un tiempo. De forma intermitente.

—¿En serio? —La voz de Marsha denota entusiasmo—. ¿Quién? No será el culturista pelirrojo de la banda, ¿no?

—¿Rory? No, para nada.

—Ah, bien, porque a Tonya le encanta y creía que era mutuo. Entonces, ¿quién? ¿Lo conozco?

—No, aún no. —Tomo aire profundamente—. Pero lo nuestro se ha vuelto muy serio.

—¿De verdad? —Está claro que el nivel de interés se ha disparado—. ¿Cómo de serio?

Me abrazo a mí misma y suelto:

—Nos casamos el sábado.

—¿Que qué?

Ya se ha descubierto el pastel, por lo que repito lo más calmada posible:

—Me caso. Este sábado. Si puedes, me encantaría que estuvieras allí.

—Es broma, ¿verdad?

Me masajeo el puente de la nariz con la mano libre.

—No, hemos decidido que será una boda pequeña e informal, por lo que solo invitaremos a unos cuantos. Será en Silver Lake Country Club. Ya sabes, en Orland Park.

—Ajá, y yo salgo en *Dancing with the stars*.

—Marsha… no estoy de coña.

Se producen unos momentos de silencio intenso antes de que diga:

—¿Te casas?

—Sí, este sábado.

—¿Qué cojones? ¿Hablas en serio? ¿Cuándo y cómo os conocisteis? ¿Cómo se llama? ¿Por qué nunca lo has mencionado?

—Es una larga historia. Hemos cortado y hemos vuelto varias veces y, luego…

—¿Varias veces? ¿Cuántas? ¿Durante semanas? ¿Meses?

Me encojo internamente.

—Em, meses. Sí, varios meses. —En teoría, este octubre hará dos años desde que Peter me torturó en la cocina, pero, si tenemos en cuenta el tiempo real que hemos estado juntos, se acercaría más a los siete u ocho meses en total.

—Vaya. Vale. Solo… vaya. —Marsha permanece en silencio durante un segundo. Luego, pregunta dolida—: ¿Por qué no has dicho nada? Todos pensamos que estabas soltera después de que… bueno, ya sabes.

—Lo sé, lo siento. Pero, como cortábamos y volvíamos todo el tiempo, no creía que fuera nada serio al principio. Viajaba mucho por trabajo. Pero ahora lo ha dejado, por lo que hemos decidido tirar adelante y dar el paso siguiente.

—¿Y el paso siguiente es el matrimonio? ¿Y qué pasa con las citas y vivir juntos? Sara, cariño… —La voz le adquiere un tono preocupado—. ¿Qué está pasando? ¿Va todo bien?

Esta es la parte más difícil porque, a diferencia de Phil y los compañeros nuevos de trabajo, Marsha me conoce desde hace años. Sabe que siempre miro antes de dar el salto y sabe lo que ocurrió con Peter. Bueno, al menos, las partes más oscuras.

—Todo va bien —digo con la mayor alegría posible—. Estamos encantados con poder estar juntos al final y no hay razón para esperar. Ninguno quiere una ceremonia excesiva, por lo que…

—Vale, vale, un momento. Para el carro. Aún no me has dicho cómo se llama ni en qué trabaja.

Respiro hondo. Ahora o nunca.

—Es Peter Garin. Era asesor de seguridad, pero se ha retirado de ese campo.

—¿Peter Garin? Espera un segundo... —La voz de Marsha se vuelve más tensa—. ¿No se llamaba Peter algo el asesino ruso que te secuestró?

—Sokolov..., pero, por favor, no hablemos de eso. —Sobre todo porque no quiero mentirle más de lo necesario—. En cualquier caso, como te estaba diciendo, nos casaremos en una pequeña ceremonia el sábado y nos encantaría que vinieras. Sé que has dicho que tenías otros planes, por lo que, si no puedes...

—Oh, Sara, por favor. Claro que iré. Los putos bares pueden esperar. Pero sigo confusa. ¿También se llama Peter? ¿Y qué tipo de apellido es Garin? ¿De dónde es?

Tamborileo los dedos sobre la mesa.

—Es... bueno, un poco del mundo, aunque nació en Europa del Este. —No puedo mentir sobre eso porque el acento de Peter, a pesar de ser ligero, revela con claridad que es de esa parte del mundo. Por eso habrá elegido un apellido ruso, en lugar de Smith o Johnson.

—¿Qué? —Marsha parece a punto de perder los nervios—. ¿De qué parte de Europa del Este?

Aprieto los párpados.

—De Rusia.

—Estás de coña, ¿verdad? Dime que es broma.

Abro los ojos y le lanzo una mirada al reloj. Para alivio mío, ya casi es el turno de la paciente siguiente.

—Mira, Marsha, te tengo que dejar. Conocerás a

Peter el sábado y lo sabrás todo de él, lo prometo. Ahora tengo una paciente.

—Sara, espera...

—Te mandaré un correo con todos los detalles mañana —digo y cuelgo antes de poner el móvil en silencio por si vuelve a llamar.

Cuatro invitaciones terminadas, aún me quedan varias por comunicar. Puedo soportarlo. Tampoco está tan mal.

DECIDO QUE SÍ ESTÁ MAL CUANDO SALGO DEL TRABAJO
tras haber hablado con Rory, Simon, Andy, Tonya y mis
compañeros de la clínica durante otra cancelación
fortuita. Tras haber tenido, en esencia, la misma
conversación una docena de veces, estoy agotada, pero
aún debo lidiar, en la cena de esta noche, con los más
importantes: mis padres.

—Me encargo yo —me ha dicho Peter durante el
desayuno cuando me ofrecí a llevar algo para comer de
camino a casa—. Solo preocúpate de llegar a tiempo.

Danny está parado cerca de la cuneta cuando salgo
del edificio y, al entrar en el coche, pongo los ojos en
blanco ante la protección excesiva de Peter. Esta
mañana, el tiempo era demasiado agradable para

recorrer en coche la distancia corta hasta la consulta, por lo que Peter me acompañó. Ahora también me escoltan hasta casa. A este ritmo, se me va a olvidar qué era caminar a solas por la calle. Por impulso, llamo a Peter.

—Hola, *ptichka*. —La voz grave me acaricia los oídos—. ¿Vuelves a casa?

—Estoy en el coche con Danny. —Observo al conductor que está haciendo un buen trabajo al hacerse el sordo y el mudo mientras se incorpora a la carretera—. Ya lo sabes, ¿no?

—Sí, Danny me escribió hace un minuto. ¿Qué tal el día, cariño?

—Ha estado bien. He hablado con casi todas las personas a las que quería invitar y Simon es el único que no puede venir. Tiene un evento familiar en Carolina del Sur.

—Muy bien. —Oigo un sonido metálico de fondo, seguido de agua fluyendo. Entonces, Peter dice—: Un segundo, tengo que escurrir la pasta.

—¿Estás haciendo la cena? —pregunto cuando vuelve a coger el móvil un instante después.

—Sí, italiano. Les gusta a tus padres, ¿verdad?

—Les encanta —respondo con una sonrisa—. Estoy segura de que les vas a impresionar.

—¿Te refieres a cuando superen las ganas de llamar al FBI? Sí, supongo que tienes razón. Está quedando delicioso.

Suelto una carcajada y la ansiedad por la cena inminente se transforma en aturdimiento. Está ocurriendo, está pasando de verdad. Peter y yo nos estamos convirtiendo en una pareja normal.

—¿Qué tal tu día? —pregunto—. ¿Qué has hecho?

¿Qué hace un antiguo asesino con su tiempo libre?

—Algunos recados, he comprado más comida... — responde Peter y noto la sonrisa cálida en la voz—. También he buscado un par de casas por la zona para que les echemos un vistazo después. No tuve oportunidad de decírtelo ayer, pero quizás el apartamento sea demasiado pequeño para los dos, sobre todo la cocina. Y, si no me equivoco, no se permiten mascotas, ¿no?

—Claro, es uno de los mayores inconvenientes del edificio —respondo con el corazón bailando en el pecho. Está ocurriendo, de verdad. Una vida juntos, con una casa, un perro y todo. Tras calmar una descarga de aturdimiento, digo—: Lo cogí porque estaba cerca de la casa de mis padres y del trabajo, no me importaría mudarme un poco más lejos ahora que mi madre se ha recuperado.

—Me lo imaginaba. Dos de las casas que he mirado están cerca y la otra a poco más de kilómetro y medio desde la consulta. Por supuesto, siempre podemos volver a tu antigua casa...

—¿Te la han devuelto? —pregunto y, enseguida, me percato de que es una pregunta tonta. Peter ya no es un fugitivo, por lo que el gobierno no tiene ningún derecho legal para quedarse con la vivienda de la que se apropió cuando descubrieron que le pertenecía.

—Sí, claro. Piénsatelo y hazme saber qué quieres

hacer con ella. Incluso aunque no nos mudemos allí, podemos quedárnosla por si acaso o venderla. Tú decides.

—¿En serio? Pensaba que aquí eras tú el que tomaba las decisiones —le provoco, aunque me doy cuenta de que solo en parte es broma. De nuevo, Peter ha entrado en mi vida como un torbellino y lo ha puesto todo patas arriba, causando estragos en mi paz mental. Su fuerza de voluntad, junto a su crueldad, hace que me resulte imposible fingir que tengo el control del destino, que tengo una oportunidad real de decidir hacia dónde va nuestra relación.

Sin embargo, quizás sí la tenga. Estamos aquí, en lugar de escondidos en una parte remota del mundo y estoy a punto de ser su mujer, en vez de su cautiva. Incluso, aunque sus métodos sean toscos, Peter ha demostrado de la forma más clara posible que le interesa lo que quiero, que le importa mi felicidad.

—¿Te refieres a la boda? —pregunta, tomándose mi provocación a pies juntillas—. Porque podemos cambiar algunas cosas si hay algo que no te guste.

—¿Como la fecha? —digo sarcástica. Ante el silencio al otro lado de la línea, añado—: No importa. Ya he invitado a todos. Está bien.

—Perfecto, me alegro. —Se escuchan más ruidos de fondo cuando Peter dice—: Te veo en un par de minutos, *ptichka*. Te quiero.

«Y yo a ti». Tengo las palabras en la punta de la lengua; sin embargo, me encuentro respondiendo «nos vemos» antes de colgar. Estoy segura de que Peter sabe lo que siento, ha estado convencido de que debemos estar juntos desde el principio, pero nunca se lo he dicho, por lo que me parecería mal soltarlo de manera casual.

Pero sí le quiero. Por fin consigo confesármelo, aunque nada haya cambiado en realidad. Sigue siendo un asesino, un monstruo al que cualquier mujer cuerda temería y despreciaría. Sin embargo, ya no estoy en mi sano juicio porque le quiero y me voy a casar con él.

Por voluntad propia, voy a unir mi vida a la de un hombre que me torturó y persiguió, que, en teoría, me sigue persiguiendo, si tener a alguien vigilándome se puede entender como tal.

—Hemos llegado —dice Danny con voz grave y miro por la ventana, asombrada al darme cuenta de que hemos aparcado cerca del edificio y que el conductor con la cara de granito me ha hablado.

—Gracias —digo al coger el bolso y él asiente ligeramente mientras salgo del coche.

¡Vaya! Menudo progreso. Mi guardaespaldas y conductor me acaba de hablar.

El aturdimiento que se había desvanecido vuelve, al menos hasta que veo el coche de mis padres entrar en el aparcamiento por el otro extremo. Han llegado antes. Veinte minutos antes.

Frenética, vuelvo a llamar a Peter.

—Ya están aquí —digo sin aliento cuando lo coge—. Mis padres ya están aquí.

—Perfecto —contesta con tranquilidad—. La comida está casi lista. Te veo en un minuto.

—Vale, sí. —Cuelgo y meto el móvil en el bolso. Estoy a punto de dejar el anillo también, pero cambio de idea. No hay razón para esconder nada cuando van a conocer a Peter enseguida.

Cojo aire y me acerco al coche de mis padres.

—Hola, mamá, papá.

—Oh, hola, cariño. —Mamá abre la puerta y sale con una leve rigidez—. ¿Acabas de llegar del trabajo? Perdona porque hayamos llegado un poco antes, pero papá pensaba que encontraríamos algo de tráfico, así que hemos salido con tiempo de sobra.

—Según el GPS, se suponía que iba a haberlo —corrige papá y rodea el coche para abrazarme.

Le devuelvo el gesto y le doy un beso a mi madre en la mejilla.

—Perfecto. La cena está casi lista.

Mamá sonríe.

—¿No has pedido comida a domicilio?

—Me temo que no. El hombre al que quiero que conozcáis cocina. —Miro hacia atrás y veo a Danny sentado dentro del coche negro, observándonos. Luego, me giro para mirar a mis padres—. Os tengo que comentar una cosa —digo con cautela.

—¿Qué pasa, cariño? —Mamá estira el brazo para tocarme la mano izquierda y choca los dedos contra el anillo. Al instante, capta con la mirada el diamante y se le abren los ojos como platos—. Sara, ¿eso es…?

—Os lo iba a decir ahora mismo —contesto mientras mi padre se queda paralizado, observando desconcertado el anular izquierdo—. Tengo muy buenas noticias.

—¿Estás prometida? —Mamá aparta la mirada de la piedra brillante para posarla en mí—. ¿Cómo? ¿Con quién? Ni siquiera estabas...

—Mamá, papá. —Cojo de la mano a ambos—. Por favor, escuchadme e intentad calmaros. —Siguen inmóviles, observándome con ojos de cervatillo antes de que les diga con tranquilidad—: Peter, el hombre al que quiero, ha vuelto. Por fin ha resuelto el malentendido con las autoridades y ya no le quieren interrogar. Podemos estar juntos y sí, nos hemos prometido.

*eter*

Miro por la ventana de nuevo y veo a Sara hablando con sus padres en el aparcamiento. Llevan ahí unos ocho minutos y desearía haberle puesto un micrófono para escuchar lo que están diciendo. A juzgar por la manera salvaje en la que gesticulan, las emociones deben estar a flor de piel.

Quizás debería colocarle un micrófono. A lo mejor, incluso varios: uno en el móvil, otro en el bolso y un par en su ropa favorita. Ya le he rastreado el teléfono para saber dónde está a todas horas, pero eso me proporcionaría un extra de paz mental.

La mesa está puesta, pero aún no he colocado la comida. Por fin, la aplicación de rastreo de Sara me informa de que el móvil está en el edificio y que se acerca al apartamento, por lo que voy para abrirles la puerta.

—Papá, mamá, este es Peter —dice cuando la pareja de ancianos entra detrás de ella y se detienen para observarme con cautela—. Como os he explicado, ha cortado por completo con sus antiguos contactos y tiene un nombre nuevo, Peter Garin. Peter, estos son mis padres, Lorna y Chuck Weisman.

—Un placer conocerlos. —Le extiendo la mano al padre de Sara para saludarle.

—Igualmente. —A pesar de la respuesta cortés, la voz de Chuck es tan fiera como su agarre y empequeñece los ojos de color azul claro cuando me fulmina con la mirada.

Después, le aprieto la mano a Lorna, con cuidado de no dañarle los dedos frágiles.

—Tiene mucho que explicarnos, señor Garin —dice con suavidad, mirándome, y sonrío al descubrir cierto parecido con Sara en las líneas elegantes de esa cara envejecida.

—Por supuesto, me encantará contárselo todo.

—La cena está lista, así que ¿por qué no nos sentamos a la mesa? —sugiere Sara, acercándose a mí, y la calidez me inunda el pecho cuando desliza el brazo delgado alrededor del codo en un gesto posesivo. Mi *ptichka*. Por fin me ha aceptado como pareja.

—Claro. Lo que ha cocinado huele muy bien —dice Lorna y le sonrío de nuevo al darme cuenta de que al menos la madre desea cooperar. Cuando llegamos a la cocina, Sara se disculpa para ir al baño y dejo sobre la mesa la ensalada César y la bandeja de entrantes que he preparado—. Sara dice que le gusta cocinar —comenta, observando cómo me muevo por la cocina. Asiento y me coloco frente a ella.

—Es una afición. Me resulta muy relajante.

—Una afición, ¿no? —La mirada fulminante de Chuck se intensifica—. ¿A qué se dedica? Sara no nos ha dado una respuesta clara.

—He hecho varias cosas, pero, en los últimos tiempos, he trabajado en una asesoría de seguridad y tenía un negocio en ese campo —respondo y me levanto. Cojo las pinzas y miro a Lorna—. ¿Ensalada?

Asiente con vehemencia.

—Por favor.

Me inclino sobre la mesa y le pongo una porción considerable de ensalada en el plato. Luego, miro a Chuck.

—Nada para mí, gracias. —Pincha una alcachofa marinada de la bandeja de entrantes y la deja en el plato sin dejar de mirarme con aspereza.

—¿Qué tipo de negocio? —pregunta cuando me vuelvo a sentar—. Sara dijo que era contratista. ¿Se refería al negocio como asesor de seguridad? ¿Quiénes eran sus clientes y qué relación tiene eso con sus problemas recientes con la justicia?

Reprimo las ganas de sonreír. El anciano está mostrando los puños.

—Tengo un pasado en Spetsnaz, las fuerzas armadas rusas —respondo tras decidir que puedo contárselo—. Después de abandonar el ejército, he viajado por todo el mundo y he asesorado a gran cantidad de organizaciones e individuos que tenían razones para estar preocupados por la seguridad. No puedo contarles los detalles que me metieron en problemas, porque es información clasificada, pero les puedo asegurar que ya está todo resuelto.

—¿Resuelto? —pregunta Lorna cuando Sara vuelve a la cocina. Sonrío a mi *ptichka* cuando se sienta junto a mí y alcanza, deseosa, la ensalada.

—He hecho un trato con las autoridades que era ventajoso para ambos —contesto cuando Sara comienza a comer, al parecer feliz de que lidie yo con las preguntas de sus padres—. Por eso, ahora tengo un nombre nuevo y estoy empezando de cero. Así nos podremos casar Sara y yo. Por fin.

—¿Empezar de cero? ¿Por qué? —pregunta el padre de Sara con los agujeros de la nariz muy abiertos—. He oído que ha matado a gente.

—Me temo que no le puedo contar nada más. —Me coloco un poco de ensalada en el plato—. Es parte del trato que he hecho.

La cara de Chuck se vuelve roja y, por un segundo, estoy seguro de que me va a apuñalar con el tenedor. Sin embargo, debe ser más civilizado que yo porque solo pincha una jugosa aceituna verde de la bandeja de entrantes.

—Señor Garin —dice Lorna, dejando el tenedor—. Espero que...

—Por favor, tutéeme. Vamos a ser familia.

Se le tensa ligeramente la boca maquillada.

—Vale, Peter... Espero que entiendas que estamos muy preocupados, tanto por tu pasado como por tus contactos. Por no mencionar el hecho de que Sara desapareciera durante cinco meses después de que los dos... bueno...

—¿Empezáramos a salir? —sugiere Sara, servicial, y su madre frunce el ceño.

—Claro, empezarais a salir. —Lorna vuelve a centrar la atención en mí y veo que tiene agallas de acero, igual que su hija. Gracias a ellas, mi *ptichka* ha podido gestionar el trauma que hubiera destruido a una persona débil—. Escúchame, Peter. —Se echa hacia delante y, aunque sigue utilizando un tono suave, tiene la mirada tan ensombrecida como su marido—. Quizás hayas solucionado el «malentendido» con las autoridades, pero no estamos seguros de que no vayas a hacer daño a nuestra hija. No sabemos nada de ti y lo que conocemos, en realidad, es bastante inquietante. Sara dice que estáis enamorados y que se fue contigo por voluntad propia, pero tenemos dudas serias sobre eso. No eres el tipo de hombre con el que nuestra Sara...

—Mamá, por favor. —Empuja el plato a un lado—. Ya te he dicho una y otra vez que Peter no es lo que...

—Tus padres tienen razón, *ptichka*. —Le cubro la mano con la palma y se la aprieto ligeramente antes de girarme hacia su madre—. Señora Weisman —digo, utilizando la forma cortés para mostrarle respeto—, entiendo a la perfección sus reservas. Si fuera usted, estaría igual de preocupado porque tiene razón: su hija y yo venimos de mundos diferentes.

Lorna y Chuck me observan, desconcertados, y utilizo ese momento para prepararme lo que voy a decir. Debo tener cuidado porque camino sobre una cuerda floja entre dejarles sintiendo que me conocen o aterrorizarlos de muerte. Decido empezar por el principio.

—Crecí en un orfanato en Rusia —digo—. No tengo ni idea de quiénes son mis padres, pero estoy casi seguro de que no tienen nada que ver con ustedes. Es muy probable que mi madre fuera una adolescente que quedó embarazada, pero solo son especulaciones mías. Lo único que sé es que me dejaron a las puertas del orfanato con apenas unos días de vida. —Sara cubre nuestras manos unidas con la que tiene libre como señal silenciosa de apoyo mientras continúo—: No era un buen lugar en el que crecer y, desde joven, me he metido en problemas de forma constante —digo mientras los Weisman me siguen observando—. Sin embargo, al cumplir diecisiete años, me reclutaron para una unidad especial antiterrorista de Spetsnaz, con la que serví a mi país durante muchos años.

—Se le daba bastante bien —me interrumpe Sara, tan orgullosa como cualquier prometida—. Con veintiún años, ya era jefe de equipo.

Le sonrío mientras la calidez en el pecho se intensifica, aunque sepa que solo está fingiendo delante de sus padres. Sara sabe lo que hice como parte de esa unidad y dudo que esté de verdad orgullosa de que capturara y torturara a tantos terroristas e insurgentes radicales por mi país. Aun así, me gusta su aprobación, a pesar de ser falsa.

—Eso es impresionante —dice Lorna y veo que tanto ella como Chuck me observan con un poco menos de hostilidad.

—Gracias —respondo y les sonrío—. Era bueno, en parte debido a esa infancia perdida.

—Entonces, ¿por qué te fuiste? —pregunta Chuck, estirando la mano para pinchar otra aceituna—. ¿Cómo has acabado aquí?

Se me ensombrece el ánimo y la calidez dentro de mí se disipa a pesar de que Sara sigue tocándome con delicadeza. No sabía si debía hablar de eso, si podía hacerlo, pero veo ahora que es necesario porque, si omito esa parte importante, los Weisman lo notarán y perderé la oportunidad de conseguir su confianza.

—Tras unos años de servicio, el trabajo me llevó hasta un pequeño pueblo en las montañas, en Daguestán, donde conocí a una joven —digo con tranquilidad, sacando la mano de entre las de Sara—. Se quedó embarazada y nos casamos.

Lorna abre más los ojos.

—¿Tienes un hijo?

—Lo tenía —respondo y, a pesar de mis esfuerzos, suelto las palabras con aspereza, casi con amargura—. A Pasha, mi hijo, y a Tamila, mi mujer, los mataron hace siete años. Por equivocación, se pensó que en Daryevo, el pueblo en el que vivían, se escondían unos terroristas y mataron a varios inocentes en un golpe aprobado por la OTAN.

Los padres de Sara me miran con la cara pálida y los ojos llenos de incredulidad.

—No lo entiendo —dice Chuck tras un momento largo y tenso—. ¿Cómo pudo pasar algo así? ¿No habría salido en las noticias un error tan horrible? Lo que estás diciendo es... —Niega con la cabeza y coge un vaso de agua con una mano temblorosa.

—Es difícil de creer, papá, lo sé —dice Sara—. Pero te confirmo que es cierto. He visto las fotos con mis propios ojos. Ocurrió y fue terrible.

Lorna mira a su hija antes de girarse hacia mí.

—Lo siento mucho, Peter. —La voz se le suaviza aún más por la expresión que debe ver en mi rostro—. ¿Cuántos años tenía tu hijo?

—Hubiera cumplido tres al mes siguiente. —Una descarga de angustia me asfixia y me levanto, incapaz de mirar a los padres de Sara. Camino hacia los fuegos para coger la cazuela con la pasta y regreso con ella a la mesa, usando ese momento para recomponerme—. Espero que les guste este tipo de salsa marinera —digo con un tono más calmado mientras coloco una ración grande de *linguini* cubiertos de salsa en el plato de Sara antes de hacer lo mismo en los de sus padres—. Es un poco distinta a la que se compra en la tienda.

La madre de Sara enrolla los *linguini* con el tenedor y se los mete en la boca antes de dedicarme una sonrisa temblorosa.

—Está muy bueno, Peter. Gracias.

—De nada.

Siento la mano delicada de Sara en la rodilla antes de que me la apriete ligeramente. Cuando la miro, veo que tiene los ojos color avellana muy brillantes. No dice nada, pero la calidez huidiza vuelve y derrite el bloque de hielo que se me ha formado en el interior por los recuerdos.

El padre de Sara se aclara la garganta.

—Entonces, em... ¿cómo acabaste aquí? Después de... ya sabes.

Cojo aire. Esta es la parte en la que debo tener cuidado para no contar demasiado.

—Hubo una investigación —digo mientras le sostengo la mirada a Chuck—. Una que concluyó con que a los culpables se les eximiera de toda culpa de forma oficial y el incidente se viera infravalorado como «una de esas cosas que ocurren en aquella parte del mundo». No acepté el resultado y, puesto que mis superiores eran cómplices del encubrimiento, dejé el trabajo. Luego, viajé por el mundo como asesor de seguridad y acabé en Chicago, donde conocí a su hija.

—¿Cómo acabaste teniendo problemas con las autoridades? —pregunta Lorna, observándome con cautela teñida de un toque de empatía—. ¿Tiene que ver con lo que le ocurrió a tu familia?

—Me temo que no se lo puedo decir. Como he mencionado antes, es información clasificada. —Me detengo para que saquen sus conclusiones y, cuando no me dedican más preguntas, miro a ambos a los ojos y digo con tranquilidad—: Lorna, Chuck, espero poder llamarles así. —Ante el asentimiento de Lorna, continúo—: No voy a mentirles sobre el tipo de hombre que soy. No crecí en un buen vecindario ni fui a la escuela para ser doctor o abogado. Mi formación e instinto me han llevado a ser soldado y he visto y hecho cosas que no pueden ni imaginar. Pero quiero a su hija. La quiero con toda mi alma. Es la única persona que me importa en el mundo y haría lo que fuera por ella. —Me giro hacia Sara, le sujeto la mano y añado con total sinceridad—: Daría la vida por hacerla feliz.

## 57

 *ara*

NO TENGO NI IDEA DE CÓMO PENSABA QUE IBA A transcurrir la cena, pero lo último que esperaba era que Peter desnudase el alma ante mis padres, que les desarmara con sinceridad, en lugar de acallar las objeciones con arrogancia y amenazas veladas.

Durante el resto de la cena, se muestra cortés y respetuoso, contestando a las preguntas con el detalle suficiente como para que, cuando miente en algo, siga pareciendo totalmente real.

¿Dónde os conocisteis? En una discoteca de Chicago. ¿Ya era un fugitivo? Sí. ¿Por qué salíais en secreto? Por el mencionado estado de fugitivo, que no me confesó hasta que estuve en el avión con él. ¿Por qué no volví a casa durante cinco meses? Porque las autoridades habrían descubierto dónde se encontraba y era la única manera de estar juntos. ¿Qué planea hacer ahora? Aún lo está pensando, pero tiene bastante dinero como para que vivamos los dos el resto de nuestros días. ¿Cómo ha conseguido tanto dinero? Por el negocio de la asesoría y sí, la información también es clasificada.

Al principio, solo escucho, pero, cuando entiendo la estrategia, le echo una mano con mis propias respuestas, teniendo cuidado de seguir el ejemplo de Peter. Cuando llegamos al postre, un bol de frutos rojos frescos, coronado con tiramisú casero, mis padres parecen, si no cómodos con nuestra relación, al menos más tolerantes.

En definitiva, está siendo mucho mejor que la reacción de pánico cuando les he informado sobre el compromiso en el aparcamiento. Estuvieron a punto de llamar al FBI al contarles que la boda era el sábado siguiente y me costó una eternidad convencerles de que subieran y conocieran a Peter por sí mismos.

—Sigo sin entender por qué correr tanto para casaros —dice mamá después de darle un sorbo al té de camomila y reprimo una sonrisa ante el tono de resignación. Al menos, ahora el tema de conversación es la celeridad de la boda, en vez de lo peligroso que es Peter o si debiésemos estar juntos.

—Me temo que eso es cosa mía —responde Peter y le dedica una sonrisa tan encantadora que me sorprende que no se derrita en el acto—. He echado tanto de menos a su hija que le propuse matrimonio en cuanto volvimos a juntarnos. ¿Sabe? La vida es demasiado corta; cuando se encuentra a la persona adecuada, uno debe aferrarse a ella y sé que Sara y yo somos perfectos el uno para el otro. Además... —Me lanza una mirada cálida—. Me encantaría empezar a formar una familia pronto.

Mi padre está a punto de tirar la taza de café.

—¿Cómo?

Peter le tiende una servilleta.

—Me gustaría que tuviéramos hijos —dice con calma mientras mi padre limpia el líquido que se ha derramado—. Una niña y un niño o lo que el destino nos depare.

Me sonrojo cuando la mirada de mi madre se dirige al instante hacia mi vientre.

—Sara, cariño, no estarás...

—No, claro que no. —Noto que me sonrojo cuando mamá, incrédula, levanta las cejas—. Es demasiado pronto... Peter acaba de llegar.

—Pero ¿ya lo estáis intentando? —pregunta mamá y veo cómo se le extiende una sonrisa de júbilo por el rostro. Para mi sorpresa, me percato de que está contenta por este acontecimiento.

Su necesidad primitiva de tener nietos debe haber superado las preocupaciones restantes sobre Peter. Por otra parte, papá parece tan incómodo como yo.

—Lorna, por favor, no es de tu incumbencia.

—En cuanto el bebé esté en camino, serán los primeros en saberlo —le promete Peter a mi madre y me vuelvo a sorprender cuando asiente con complicidad.

—Gracias. —Con voz baja, se inclina hacia mi antiguo secuestrador para decirle—: Creía que no ocurriría en nuestra vida.

El color de mi cara debe ser similar al de las frambuesas del bol, pero mi padre parece fascinado. Supongo que se acaba de percatar de que esto, desde el regreso inesperado de mi novio que ya no es un criminal a nuestro compromiso precipitado, presagia algo que siempre ha deseado desde que me casé con George. Como mamá, quiere tener nietos, pero, dada su edad avanzada, ya había perdido la esperanza de conocerlos.

Por mi parte, me sigue aterrorizando la idea, pero no es el momento de hablar de esas dudas. Además, recuerdo cómo me sentí cuando me bajó la regla tras aquel retraso, la decepción tan intensa como el luto. Quizás sí quiera tener un hijo con Peter, aunque la parte racional me grite que deberíamos esperar a ver cómo se desarrolla todo, si puedo tener de verdad una vida normal con un asesino despiadado.

Cuando acabamos el postre, Peter habla sobre los detalles de la boda inminente con mis padres, preguntándoles de forma considerada sobre sus preferencias acerca del oficiante y a cuántas personas les gustaría invitar. Escucho desconcertada cómo, entre los tres, eligen un juez local que papá conoce y cómo mis padres expresan su deseo de invitar a los Levinson, junto a varios de sus amigos, algo que Peter acepta encantado.

—Por mi parte solo vendrán tres amigos —dice, sin duda refiriéndose a sus compañeros rusos y eso parece calmar a mis padres un poco más, quizás porque que tenga amigos le humaniza aún más ante sus ojos. Al acabar, Peter empieza a recoger la mesa mientras mis padres se preparan para volver a casa.

—Gracias, todo estaba delicioso —le dice mi madre.

—Sí, gracias —le imita mi padre a regañadientes cuando mi prometido les sonríe.

—Es un placer. Espero que vuelvan pronto —comenta y me pongo los zapatos para acompañarlos hasta el coche.

—Bueno, no era lo que esperaba —afirma mamá cuando se cierran las puertas del ascensor—. Peter es… interesante.

Le sonrío.

—¿Quieres decir que es guapo y dócil? Estoy de acuerdo.

Papá resopla.

—Pongo la mano en el fuego a que ese hombre no es dócil. Es un salvaje. Sin duda.

—¡Chuck! —Mamá frunce el ceño.

—¿No te has dado cuenta de la manera en la que la miraba? —replica papá cuando se abren las puertas del ascensor en la planta baja—. Me sorprende que no la haya golpeado en la cabeza y se la haya llevado a la cama delante de nosotros.

—Papá, por favor. —El rubor que me acababa de abandonar vuelve, multiplicado por diez—. Eso no es...

—Bueno, por supuesto que lo he visto —contesta mamá como si yo no estuviera allí—. Pero eso no tiene por qué ser malo.

—Lo es cuando debes tratar con un hombre así. — Papá mira por encima del hombro como si Peter pudiera estar escuchándole, lo que, conociendo su tendencia a vigilarme, es posible. Por lo que sé, hay cámaras en el edificio y quién sabe lo que me ha colocado a mí.

—No creo que sea tan malo —comenta mamá cuando pasamos junto a un par de vecinos en el vestíbulo—. Quiero decir, no es tan normal como Joe o Harry, pero...

—Es peligroso —contesta papá categóricamente—. No te engañes. Solo porque ese hombre quiera tener una familia no significa que no sea capaz de hacer cosas que te aterrorizarían. Lo que nos ha contado es solo la punta del iceberg, créeme.

—Ah, te creo —responde mamá cuando llegamos al aparcamiento—. Pero también creo que la quiere y, si todos los problemas con el FBI se han resuelto...

—Quizás deberíais esperar dos minutos para poder hablar de mí mientras no esté presente —sugiero mientras me quedo rezagada—. Si no, doy media vuelta y...

—No, no, cariño. —Mamá se detiene y se gira para dedicarme una mirada de disculpa—. Perdona, solo estamos intentando entenderlo todo, ya sabes.

—Sí, mamá. —Sonrío y me inclino para darle un beso en la mejilla suave—. Era una broma. Sé que esto os llevará un tiempo.

—Sara, cariño. —Papá me toca el hombro y, cuando me giro hacia él, dice en voz baja—. Solo prométenos una cosa.

—¿Qué?

—Si alguna vez te hace daño, te asusta o hace algo que te preocupe, dínoslo. No lo escondas ni trates de lidiar con ello tú sola, ¿vale? —La mirada de papá se vuelve más dura que nunca—. Sé que estás enamorada de ese chico, lo veo, pero los tigres no se vuelven gatitos. Es peligroso. Quizás no para ti, sino para el resto. Lo veo en sus ojos.

—Papá...

—No, escúchame, Sara. Incluso, aunque no vuelque los horrores del pasado a tu presente, cosa que dudo mucho, no es como George, que se contentaba con estar en la periferia de tu vida. No es ese tipo de hombre, ¿me entiendes?

—Sí. —Lo comprendo mejor de lo que se puede imaginar porque sé la clase de hombre que es. Con George, incluso cuando éramos pareja, era capaz de ser yo misma, de mantener la distancia mental necesaria para protegerme. Pero Peter es demasiado dominante, demasiado controlador para permitirlo. Voy a ser suya en todos los sentidos de la palabra y mi padre lo ha intuido.

—Chuck. —Mamá le coloca una mano sobre el brazo a papá—. Vamos, deberíamos irnos.

—Prométemelo —insiste papá sin moverse, por lo que asiento y sonrío.

—Te lo prometo, papá. Si algo ocurre, os lo diré.

Mi padre asiente, satisfecho, y caminamos juntos hacia el coche. Cuando los beso y les doy un abrazo de despedida, me doy cuenta de que Danny sigue sentado en ese coche oscuro. Sonrío cuando miro hacia la ventana encendida de la cocina.

Por mucho que me adviertan y reprendan, mis padres no tienen ni idea de lo peligroso y controlador que es mi prometido en realidad. La promesa que le he hecho a mi padre es mentira. De ningún modo les hablaré sobre lo que me preocupa de Peter porque ni ellos ni nadie podrán hacer nada. El monstruo al que ahora amo se va a quedar en mi vida para siempre y debo aprender a vivir con él.

 ara

EL VIERNES VOY A TRABAJAR COMO SIEMPRE, PERO PASO
cada minuto entre pacientes lidiando con las preguntas
de mis compañeros sobre la boda inminente. Para
evitar parecer tan ignorante sobre el evento como lo
soy en realidad, les digo que queremos que los detalles
sean una sorpresa y así lo dejo. Verán las flores, la tarta
y el vestido mañana.

Mis padres tampoco paran de llamarme para
preguntarme sobre todo tipo de minucias para las que
no tengo respuesta. Les doy el número de Peter porque
es el organizador oficial de la boda, pero mi madre me
sigue llamando a cada hora con alguna duda o
preocupación. Supongo que les asusta que desaparezca
de nuevo, por lo que intento ser paciente. Sin embargo,

tras la quinta llamada, me obligo a contestar al teléfono y explicarles de nuevo que no tengo ni idea de si habrá sillas o bancos en la ceremonia.

Además, es un día ajetreado en el trabajo, con una cesárea de gemelos programada para esta tarde, lo que apenas me deja tiempo para comer antes de dirigirme al hospital a realizar la operación. Para acelerar el proceso, compro un sándwich en un supermercado y me lo como en el coche. Una ventaja de tener conductor es que me deja libres ambas manos.

A la paciente ya le han administrado la epidural cuando llego a la sala de operaciones y, tras la exploración, comienzo enseguida con la cirugía, ya que está empezando a dilatar y uno de los gemelos está mal posicionado. La futura madre continúa preocupada durante todo el proceso porque tiene unos cuarenta años y no ha sido capaz de concebir hasta el sexto ciclo de fecundación *in vitro*. Cuando le coloco a los dos bebés pequeños, pero sanos, entre sus brazos, la cara se le ilumina con tanta felicidad que tengo que pestañear para alejar las lágrimas.

—Gracias, doctora Cobakis —dice con fervor mientras las enfermeras se llevan a los bebés para hacerles las pruebas—. Muchas gracias por todo.

—El placer es mío, créame —contesto mientras reviso las vendas una última vez y añado unas notas en su historial médico—. Sufrirá cierto malestar y sangrado en los próximos días, pero, si empieza a sentir fiebre o dolor agudo, llámeme, ¿vale? —Le dedico una mirada severa—. Lo digo en serio. En cualquier momento, de día o de noche.

—Lo haré. Es muy amable. —Sonríe con los ojos llenos de lágrimas, agotada, pero inmensamente felicidad—. ¿Es cierto lo que he oído decir a las enfermeras? ¿Se casa este fin de semana?

Los rumores se extienden con celeridad.

Reprimo un suspiro y digo:

—Sí, es verdad. Aun así, puede llamarme si ocurre cualquier cosa. Estaré cerca, ¿vale?

—Oh, ¡gracias! Y felicidades. Estoy segura de que será una novia preciosa. —Me sonríe y le devuelvo el gesto al disfrutar de la comodidad de este diálogo. A diferencia de cualquier otra persona en mi vida, esta mujer no sabe que la boda ha surgido de repente o que me voy a casar con un hombre al que la mayoría de mis amigos no conocen.

—Descanse y disfrute de sus hijos —le digo a esta madre primeriza antes de volver a la clínica para concluir el día.

Quizás Peter tenga razón sobre no alargarlo más tiempo del necesario. Con un poco de suerte, la locura de la boda se habrá acabado el lunes. Luego, las cosas volverán a la normalidad o, al menos, a toda la normalidad posible tras haberme casado con el hombre que me secuestró en el pasado.

eter

LE HE DADO LA TARDE LIBRE A DANNY Y HE IDO A recoger a Sara. Estaba demasiado deseoso de verla como para esperar unos minutos extra a que llegara a casa. Me alegro de que esta noche no haga voluntariado en la clínica ni tenga una actuación porque incluso las horas que pasa en el trabajo suponen demasiado tiempo alejada de mí. La necesito conmigo. Siempre.

Sale del edificio de la consulta, buscando a Danny, sin duda, por toda la calle con esos ojos color avellana. Abro la puerta y salgo del coche.

De inmediato, me mira y se le ilumina la cara preciosa con una sonrisa cuando se dirige hacia mí. Es un día cálido de verano y lleva un vestido gris sin mangas que le resalta esa figura de bailarina. Las ondas brillantes de color castaño oscilan alrededor de los hombros esbeltos al caminar y me recuerda de nuevo a una joven actriz de Hollywood llegada al presente desde los años cincuenta.

Mi preciosa *ptichka*.

Joder, ¡qué ganas tengo de que sea mi mujer!

—Hola —dice sin aliento cuando se para frente a mí—. ¿Coche nuevo? No sabía que…

Le cojo la cara entre las palmas y presiono la boca contra la suya para besarla profundamente. No lo puedo evitar. Lo deseo todo de ella, desde la dulzura de su aroma hasta la manera en la que ese cuerpo delgado se arquea contra el mío y, sin poder contenerse, me agarra los bíceps. Quiero devorar su ternura, bebérmela hasta aplacar esta sed ferviente, aunque no creo que haya forma de que desaparezca. La voy a desear hasta el día que me muera.

Me percato de unas risas irritantes, por lo que levanto la cabeza y les dedico una mirada severa a las culpables, un par de adolescentes a unos tres metros de distancia. Se escabullen al instante con la cara pálida bajo una capa gruesa de maquillaje. Dirijo de nuevo la atención hacia Sara, que me observa perpleja con los labios suaves, hinchados y sonrosados por el beso.

—Hola, *ptichka*. —Lucho contra las ganas de reclamar esos labios y bajo las manos hacia los hombros para apretarlos con delicadeza—. ¿Qué tal el día?

—Bien. —Aún parece respirar con dificultad—. ¿Y el tuyo?

—Igual. He comprado este coche. —Señalo hacia el Mercedes S-560 negro que hay detrás de mí. En un primer vistazo, es un coche lujoso como otro cualquiera. Sin embargo, una inspección más a fondo revelaría que las ventanas están hechas de cristal a prueba de balas y que la carrocería de metal es más resistente de lo normal.

Me ha costado un ojo de la cara, pero merece la pena. No espero que nadie nos dispare, pero nunca se sabe. Además, este coche sería casi indestructible en caso de accidente, algo muy importante después de lo que le ocurrió a Sara en Chipre.

—Genial —contesta con un pequeño ceño fruncido entre las cejas—. ¿Y el viejo Toyota?

—Lo he vendido.

Sale de mi alcance con el ceño aún más arrugado.

—¿No pensaste en consultarme?

Me siento tentado a empujarla contra mí y besarla de nuevo hasta que se olvide de lo que le preocupa ahora. Sin embargo, ya hemos montado bastante espectáculo para los transeúntes, por lo que solo pregunto:

—¿Le tenías cariño al coche, mi amor? Lo puedo recuperar si tiene valor sentimental.

No parece gustarle eso tampoco.

—No, no me importa. Es solo... —Se incorpora y me mira a los ojos—. Peter, necesito que me involucres en las decisiones que me afecten, que nos afecten a ambos. Me dijiste que podíamos ser socios si quería y eso es lo que deseo. Es importante para mí.

Reflexiono sobre sus palabras y asiento.

—Vale.

Pestañea.

—¿Vale?

—Te preguntaré antes de hacer nada con el coche —contesto y abro la puerta del acompañante. La agarro del codo para ayudarla a entrar y siento los vaqueros estrechos e incómodos al vislumbrar parte de la ropa interior azul clara cuando estira las piernas esbeltas para subir al vehículo. Quizás tengamos que replantearnos si este vestido es adecuado como prenda básica para ir al trabajo.

—No solo hablo del coche —dice cuando me siento al volante—. Todo, desde los preparativos de la boda hasta dónde vamos a vivir o qué trabajo vas a elegir. Quiero que tomemos todas decisiones juntos a partir de ahora, como una pareja de casados normal.

—Lo entiendo. —Con cuidado, compruebo los espejos y salgo a la carretera—. Quieres que te consulte como haría cualquier marido. Lo pillo.

—¿En serio? —Por alguna razón, parece asombrada—. Creí que... No importa. Me alegro de que lo entiendas.

Sonrío y le coloco la mano derecha en el muslo delgado, disfrutando la suavidad de esa piel desnuda. Si mi *ptichka* quiere que le pregunte acerca de minucias como el coche o qué voy a hacer con mi tiempo, me encantará hacerlo. Podemos tomar todas las decisiones juntos, siempre y cuando respete una sola condición. Será mía durante el resto de nuestras vidas.

eter

La mañana del sábado se presenta cálida y despejada, con el tipo de cielo azul y sin nubes que escogería de un catálogo de bodas si pudiera. El tiempo era la única variable incontrolable, pero, por suerte, está cooperando, por lo que el evento debería salir a pedir de boca. Me he asegurado de eso.

Según me he dado cuenta, organizar una boda no es tan distinto a organizar un golpe. Solo debes ser metódico sobre la logística y prepararte para todas las posibilidades. Claro está que el riesgo es distinto, pero está bien observar que algunas de mis habilidades se pueden aplicar a la vida civilizada.

Esguerra estaba equivocado. Haré que funcione. Sara y yo seremos felices así.

La cita con los peluqueros y los maquilladores no es hasta las diez y anoche la dejé exhausta, por lo que dejo que duerma mientras preparo el desayuno. Luego, vuelvo a la habitación con una humeante taza de café en las manos.

O me oye o lo huele porque se pone boca arriba con uno de los brazos estilizados estirado sobre el colchón y la otra mano formando un puño delicado para taparse un bostezo enorme.

—¿Ya es por la mañana? —murmura sin abrir los ojos y sonrío al sentarme en el borde de la cama y dejar la taza de café en la mesilla de noche.

—Sí, mi amor. —Me inclino para acariciarle la curva cálida y perfumada del cuello—. Es el día de nuestra boda.

Le huele el pelo a algo dulce y ligeramente afrutado, como el champú de ducha. Se me hace la boca agua. De forma espontánea, deslizo la mano bajo la manta y la cierro en torno a un pecho suave y redondo. Se me endurece la polla y se me acelera la respiración cuando un pezón erecto se me clava en la palma.

Joder, no tenemos tiempo para esto, por no mencionar que debe de estar aún dolorida después de las tres veces que la follé anoche.

Me obligo a incorporarme y a apartar la mano.

—El desayuno está listo —digo con voz grave, recolocándome el bulto incómodo dentro de los vaqueros. Necesito tranquilizarme para no asaltarla aquí y ahora, de forma que el desayuno y los preparativos de la boda se vayan a la mierda.

—Mmm. —Suelta un bostezo de nuevo y se sienta antes de coger un manta para taparse esos pechos tentadores. Pestañea para alejar el sueño de los ojos y se centra en la taza colocada en la mesilla—. ¿Café?

—Correcto. Y el desayuno está en la cocina: es una quiche de verduras y patatas fritas caseras. Necesitas recargar fuerzas para llegar al final del día.

Me sonríe.

—Eres increíble.

Se me encoge el corazón y se me crispa la polla de nuevo cuando sale de la cama desnuda y vuela hacia el baño, al parecer fortalecida por la promesa de comida y cafeína. Esto es lo que deseo, por lo que he luchado: ver a Sara de esta forma, juguetona y cariñosa conmigo. No seremos capaces de borrar la oscuridad del pasado, pero juntos podremos construir un futuro más luminoso, un futuro que, por alguna razón, me sigue pareciendo terroríficamente frágil.

Alejo el pensamiento en cuanto aparece. No hay razones para suponer que lo de esta mañana será temporal, que no es el comienzo de una nueva etapa. Nos casamos hoy y voy a asegurarme de que sea el mejor día de nuestra vida. Es lo mínimo que se merece mi *ptichka* después de todo lo que le he hecho.

S *ara*

LA INVASIÓN COMIENZA JUSTO CUANDO ESTOY ACABANDO de engullir el desayuno que Peter me ha preparado. Lo que parece un ejército de estilistas, maquilladores y peluqueros se presenta en el diminuto apartamento de una sola habitación y llena el salón de suficientes productos para el pelo, fundas para la ropa y sombras de ojos para quince novias o *drag queens*. Pam y Suzie, las mujeres que me tomaron las medidas para el vestido, están allí, así como dos de sus ayudantes y, al menos, cuatro peluqueros y maquilladores. Es difícil saber cuántos hay con todos entrando y saliendo del apartamento para traer una cantidad de suministros que no para de crecer.

De inmediato, Peter me abandona con esa tortura, excusándose con que tiene que vigilar la logística de seguridad y otros detalles en Silver Lake. Le entregarán ahí mismo el esmoquin, por lo que no tendré oportunidad de verle hasta que Danny me lleve allí esta tarde.

—Es muy injusto que solo tengas que ponerte un traje bonito —me quejo con una mueca de tristeza y sonríe antes de darme un beso rápido en los labios, lo que hace que se me acelere el pulso.

—Pórtate bien —me regaña con un brillo divertido en los ojos. Le presiono un dedo contra el costado como venganza, lo que le hace reír y que me bese otra vez.

—Primero el pelo —anuncia una mujer joven y ostentosa en cuanto Peter se marcha y me dejo guiar hasta el sofá donde se ha generado un despliegue de herramientas de estilismo aterradoras.

Sigo teniendo el pelo húmero por la ducha de esta mañana, por lo que primero me lo secan por completo antes de alisármelo y rizármelo. Al parecer, el recogido requiere un pelo totalmente liso que mi cabello ondulado natural no posee. Mientras todo eso ocurre, me liman las uñas, las recortan y las pintan de un tono rosa claro. Después, llega el momento del maquillaje.

Mamá aparece justo cuando me están aplicando la última máscara de pestañas. Ya tiene el pelo arreglado a la perfección y lleva un vestido largo color melocotón que le estiliza su figura aún esbelta.

—¡Guau! —susurra cuando me levanto del sofá y me dirijo hacia ella con una sonrisa para abrazarla.

—Estás increíble, mamá. —Me echo hacia atrás antes de dedicarle un detenido vistazo de arriba abajo —. Me encanta el vestido. ¿Dónde lo has comprado?

—Tu prometido me lo mandó anoche. Es un Chanel. ¿Te lo puedes creer? Ayer por la mañana me estaba lamentando con tu padre porque, debido al poco tiempo, no tenía nada decente que ponerme. Luego, ¡bum! Aparece este vestido y, como por arte de magia, me queda genial. No te lo imaginas. También a tu padre le ha encargado un esmoquin nuevo. —Parece tan entusiasmada como una adolescente yendo a la graduación.

—¡Vaya, sí! Es increíble. —Peter debe haber instalado cámaras o aparatos de escucha en casa de mis padres de nuevo, una invasión de privacidad de la que tendremos que hablar. Sin embargo, por ahora me alegro de que haya sido tan considerado como para tener en cuenta a mis padres en esta locura total de boda.

A mamá le encanta arreglarse y le habría destrozado tener que llevar un vestido antiguo o algo que no le pareciera lo bastante especial.

—¿Cómo está papá? —pregunto mientras Pam y Suzie echan a todos del apartamento y me obligan a quedarme en ropa interior para probarme el vestido.

—Está bien. Aún procesándolo todo, pero... —Mamá suelta un suspiro al ver el vestido—. Oh, Sara, ¡es precioso!

—Es un Monique Lhuillier —contesta Pam con orgullo mientras Suzie me ayuda a ponérmelo y a abrocharme los botones de la espalda—. El encaje está hecho a mano, centímetro a centímetro.

—Sara, es... —Mi madre pestañea varias veces antes de sorberse los mocos—. Cariño, estás tan guapa... como si vinieras de otro mundo, como una princesa de cuento.

—¿En serio? Déjame ver. —Espero a que Suzie me coloque unas horquillas antes de caminar hacia el espejo del baño.

Una belleza sorprendente me observa, con unos ojos enormes y misteriosos con motas verdes en una cara perfecta. Estoy impecable. La cicatriz del accidente en la frente, casi invisible ahora, ha desaparecido por completo y tengo la piel tan suave y nítida como el cristal. Una hora de maquillaje y parece que no llevo nada puesto, excepto que cada rasgo es tan perfecto como si me hubieran hecho Photoshop.

El pelo es lo que me da el toque de princesa. Está arremolinado en lo alto de la cabeza, con una mezcla artificiosa de ondas y rizos, cada mechón tan brillante y suave que apenas me reconozco. Incluso el color, moreno oscuro con mechas rojas, es más intenso y brillante junto a las horquillas de diamantes, aunque también podría deberse a la luz adicional que desprenden todos esos productos.

Pam tenía razón sobre el recogido: es justo lo que el vestido necesitaba. El encaje le otorga al elegante vestido de estilo sirena una calidad etérea, aunque el aspecto mágico de cuento de hadas que le llena los ojos de lágrimas a mamá solo se consigue al combinarlo con el peinado elaborado.

Me miro al espejo y la garganta se me constriñe.

Me voy a casar.

Con Peter.

Hoy.

La oleada de pánico es tan espontánea como irracional. Con la respiración entrecortada, cierro la puerta del baño y me reclino sobre ella, olvidándome del encaje delicado. El corazón me retumba en el pecho como un tambor de guerra y el aire me entra en forma de jadeos rápidos y superficiales.

Me voy a casar. Con Peter.

No entiendo la razón del pánico, pero eso no lo hace menos intenso. Siento el sudor frío que me inunda la frente y me empapa las axilas. Debo esforzarme para permanecer de pie, en lugar de hundirme hasta el suelo.

Peter y yo nos vamos a casar.

—¿Sara? —Mamá llama a la puerta, preocupada—. ¿Estás bien, cariño?

¿Sí? Debería estarlo. De hecho, debería estar en las nubes. Me voy a casar con el hombre al que amo, el que ha hecho cosas imposibles para demostrar que me quiere… para hacerme feliz a pesar de nuestro comienzo desafortunado.

¿Es ese el problema? ¿Una parte de mí aún no ha superado lo que Peter ha hecho?

La cara perfecta del espejo no tiene respuestas, por

lo que dedico un instante a respirar hondo y aclararme la voz.

—Estoy bien, mamá. Solo me duele un poco el estómago.

—Oh, pobre. ¿Tienes Omeprazol?

—No, pero no pasa nada. Dame un segundo. —Respiro hondo de nuevo y, cuando dejo de sentir el corazón acelerado en el pecho, mojo una toalla y me la paso bajo los brazos. Después, me aplico desodorante y me presiono la frente con un pañuelo con cuidado de no estropear el maquillaje.

Cuando el espejo confirma que no hay rastro del ataque de pánico repentino, esbozo una sonrisa y salgo para asegurarle a mi madre que todo va bien. Volvemos al salón, que ahora está vacío.

—Se han ido —comenta mamá, sonriendo ante mi expresión de sorpresa—. Mientras estabas en el baño.

—Oh. —Miro el reloj y me asombro al comprobar que son las dos de la tarde. Ahora entiendo por qué Peter quería que tomara un desayuno copioso.

—La ceremonia empieza a las cuatro, pero Peter dijo que el fotógrafo llegaría a las tres para hacer las fotos familiares —me informa mamá—. Así que deberíamos irnos para allá. Papá ya va de camino.

—Sí, claro. —Cierro la mano para formar un puño y esconder el temblor leve en los dedos. Siento un nudo en la garganta y pensar en todo (fotos, ceremonia, invitados mirándonos y cotilleando...) es insoportable, completamente abrumador.

—Mamá… —Presiono una mano contra el estómago, que ahora noto agitado de verdad—. ¿Sabes? Creo que sí necesito tomarme algo. Hay una farmacia a una manzana, por lo que podría…

—¿Qué? No, no seas tonta —Mamá me empuja hacia el sofá—. No puedes ir a ningún lado vestida así. Siéntate, relájate y volveré enseguida, ¿vale?

—No, mamá, no pasa nada. Puedo quitarme el vestido y…

—Siéntate. —El tono de mi madre no admite discusión—. Aunque sea mayor, podré caminar una manzana. Volveré en unos minutos, así que siéntate y descansa, ¿vale? Quizás también deberías comer algo, a lo mejor es una bajada de azúcar.

En eso tiene razón. En cuanto mamá se marcha, voy a la cocina y meto unas sobras en el microondas. Me acuerdo de esta parte en la primera boda: estaba demasiado atareada como para comer, por lo que sentí que me iba a desmayar. Esta vez, hay mucho menos de lo que preocuparse gracias a que Peter lo está supervisando todo, así que tengo unos minutos para tomarme algo.

El fotógrafo puede esperar. El timbre suena en cuanto saco la pasta del microondas.

—Está abierto, mamá —grito mientras cojo un trapo para no quemarme con el plato caliente y, entonces, me doy cuenta de que es demasiado pronto para que haya vuelto.

¿Se habrá olvidado algún maquillador algo?

Suelto el plato de pasta, salgo de la cocina y me quedo paralizada en el acto. El agente Ryson está en el salón y pasea una mirada burlona por el vestido blanco.

—AL FINAL LO HAS CONSEGUIDO —dice ANTON CON admiración mientras me ajusto la corbata negra en el espejo—. Una vida normal, amnistía, la chica... Todo. Joder, no me lo puedo creer.

—Créetelo. —Me giro y les dedico una sonrisa a mis antiguos compañeros de equipo—. ¿Qué tal estoy?

—No estás mal. —Yan camina hacia mí para estudiarme en detalle—. Sin embargo, te hubiera quedado mejor la corbata blanca. Es más formal y combina mejor con tu color de piel.

Anton pone los ojos en blanco.

—¿Puedes dejar de ser un puto metrosexual? En serio, Ilya, ¿qué le dio de comer vuestra madre?

—La misma mierda que a mí —contesta Ilya y se

coloca delante del espejo para ajustarse su propia corbata. A diferencia del gemelo elegante, que parece hecho para llevar traje, Ilya parece un matón jugando a los disfraces. Se le tensa la chaqueta en torno a los hombros desarrollados por los asteroides y los tatuajes de la cabeza rapada le brillan de forma agresiva bajo la luz resplandeciente del sol.

Al padre de Sara le daría un infarto solo con mirarlo, sin tener idea siquiera del arsenal escondido en su chaqueta. En todas nuestras chaquetas. No hay razones para preocuparse, por supuesto, pero me sigo sintiendo inquieto. En los viejos tiempos, eventos como este, sobre todo al aire libre, solían suponer una oportunidad para nosotros. Nos encantaban las bodas, los cumpleaños y los funerales porque nuestros objetivos, inmersos en la emoción del momento, se olvidaban de algunos aspectos claves de seguridad.

Es un error que no tengo intención de cometer. Por eso, aparte de los hombres que suelen vigilar a Sara, he contratado a veinte guardaespaldas más y vigilancia aérea con varios drones. Nadie se acercará a un kilómetro del lugar sin que lo sepa.

—Bueno, ¿qué tal la vida como civil? —pregunta Yan, caminando a mi paso, mientras me dirijo hacia el exterior para comprobar que el fotógrafo ha llegado—. ¿Es igual a cómo lo habías imaginado?

El tono que usa es burlón, como siempre, pero cuando le miro, no veo diversión en el rostro.

—Sí —respondo al decidir ignorar la ironía—. Deberías probarlo alguna vez.

Se echa a reír, pero la carcajada no desprende humor.

—No, gracias. Disfruto demasiado de esta vida.

Asiento, para nada sorprendido. En lugar de aprovechar la amnistía que le conseguí, Yan se hizo cargo del negocio (de todo: los archivos, las empresas fantasmas, la contabilidad...) y ha estado usando los contactos del equipo para asegurarse nuevas misiones más lucrativas que nunca. El traspaso se produjo un día después de que abandonara las instalaciones de Esguerra, lo que significa que Yan había estado planeándolo desde hace tiempo. Tenía razón al mostrarme cauteloso. Si no hubiera parado cuando lo hice, uno de los dos estaría muerto. Como era de esperar, Ilya se unió a la nueva aventura, pero Anton sigue indeciso.

—Joder, soy rico, ¿sabes? —me dijo por teléfono hace un par de semanas cuando Yan le presionó de nuevo para que le diera una respuesta—. Quizás eche de menos la adrenalina y eso, pero no necesito más dinero, a diferencia de Yan, por lo que parece. —Hizo una pausa antes de preguntar con cautela—: No estás enfadado con él, ¿verdad?

—No —le contesté y era cierto. Les dije a los chicos que continuaran con el negocio si querían, por lo que ¿qué más da si Yan había estado pensando en quitarme el puesto en todo momento? Ninguno de nosotros es un ángel y, en el fondo, siempre supe que Yan no estaría satisfecho con obedecer órdenes durante mucho tiempo.

Incluso en Rusia, había señales de eso, una línea roja que ignoré cuando les ofrecí a los gemelos Ivanov un lugar en el equipo. En el contexto de mi antiguo mundo, nuestro mundo, Yan Ivanov era lo bastante leal y, puesto que evitamos el enfrentamiento definitivo, tiene sentido mantener buenas relaciones. Nunca se sabe qué favor voy a necesitar.

—Entonces, ¿qué vas a hacer? —pregunta Yan cuando dejo de contar las sillas frente al cenador—. Aparte de organizar bodas.

—Tengo varias ideas —digo al terminar de contar. Nos falta una silla, algo que los encargados del local deben remediar enseguida—. Por ahora, tengo bastante con organizar la boda.

—Sabes que te estás engañando, ¿verdad? —El tono de Yan no desprende sarcasmo y, cuando me giro para mirarlo, veo una seriedad peculiar en esos gélidos ojos verdes—. Esto no va contigo, igual que no iría conmigo.

¿Ha leído el mismo guion que Esguerra?

—¿A quién intentas convencer? —le pregunto con curiosidad—. ¿A ti o a mí?

Me sostiene la mirada antes de asentir, como si entendiera algo que ignoro.

—Buena suerte —dice con suavidad—. Tienes mi apoyo.

Y, tras girarse, se aleja y me deja a solas para que localice al fotógrafo.

S*ara*

Se me para el corazón para luego acelerarse. Esto no puede estar sucediendo. No pueden arrestar a Peter el día de nuestra boda.

—Agente Ryson. —Me enorgullezco del tono calmado—. ¿Qué hace aquí?

Me dedica una sonrisa leve.

—Oh, no se preocupe, doctora Cobakis. ¿O debería decir futura doctora Garin? Estoy aquí de manera extraoficial.

Los latidos frenéticos reducen levemente el ritmo.

—Entonces, ¿para qué ha venido?

—Para felicitarla, por supuesto. —Tuerce la boca—. Su amante ruso y usted nos han engañado a todos. —Permanezco en silencio porque ¿qué puedo decir?

Entiendo lo que debe parecer desde su perspectiva, desde la de cualquiera que haya seguido la historia desde el principio, en realidad. Me estoy casando con el asesino de George, el hombre que me torturó, invadió mi vida y me secuestró, al que Ryson se ha pasado más de dos años persiguiendo—. Dígame una cosa, doctora Cobakis —continúa con amargura—. ¿En qué momento Sokolov y usted decidieron deshacerse de su marido en coma? ¿Fue antes o durante el supuesto ataque que sufrió?

Cojo aire aterrorizada. ¿En serio piensa eso?

—Está equivocado. Nunca…

—¿Nunca nos ha mentido? ¿Nunca ha fingido que necesitaba protección contra la persona con la que se va a casar? —Me fulmina con la mirada—. Ya, eso creía.

Me arde el cuello.

—No fue así. Al principio, no.

—Oh, ¿en serio? Entonces, ¿cómo ha sido? ¿Le lavó el cerebro en Japón? ¿Le mostró unos cuantos trucos en la cama que le hizo olvidar toda la sangre que le cubría las manos? Quizás no le importaba el alcohólico del que se iba a divorciar. Sí, lo sabemos. Pero su amante mató también a los guardias de Cobakis. Buenas personas, hombres honestos. Les voló los sesos, ¿se acuerda?

Me trago la bilis que me sube por la garganta.

—Por supuesto que no.

—¿No? —Ryson da un paso hacia mí—. ¿Y los oficiales de policía del helicóptero que explotó cuando estaban intentando rescatarla del supuesto secuestro?

¿O a los que mató y torturó en nombre de no sé qué justicia retorcida que perseguía? ¿Quiere que le dé una lista de todas las víctimas para que pueda colgarla en la pared, sobre el lecho nupcial? —Estoy temblando, con el estómago totalmente revuelto. El olor de la pasta caliente, tan tentador hace un minuto, me provoca náuseas y tengo que esforzarme para sostenerle la mirada a Ryson, en lugar de hacerme un ovillo avergonzado en el suelo. Todo es verdad. Peter es un monstruo, igual que yo al quererlo. Ante mi falta de respuesta, resopla con ironía—: ¿Nada que decir? Bueno, deje que le haga una pequeña advertencia. —Se acerca hasta que no tengo más opción que retroceder. Inclinándose sobre mí, dice con suavidad—: No sé quién ha movido los hilos para conseguirles un historial limpio a ambos, pero, si he aprendido algo con los años, es que los psicópatas como Sokolov no cambian. Cometerá otro crimen y, cuando lo haga, el trato que ha pactado con los superiores será nulo e inútil. Estaremos esperando y, ahora, doctora Cobakis, también sabemos cómo es usted. —Da un paso atrás y se gira, como si se fuera a marchar. Sin embargo, se detiene y dice por encima del hombro—. Oh, felicidades de nuevo. Es una novia preciosa. Espero que sean muy felices juntos.

Se va, dando un portazo a sus espaldas, y apenas consigo llegar al baño antes de que se me contraiga el estómago y devuelva su contenido en la taza del váter.

6 4

eter

LLEGA TARDE.

La ceremonia debe empezar dentro de cuarenta y cinco minutos y Sara aún no está aquí. Le dedico una mirada mordaz al fotógrafo cuando, intencionadamente, examina el reloj y palidece antes de desviar los ojos y empezar a juguetear con los gemelos como si eso fuera lo que llevaba haciendo todo el tiempo.

Según los guardaespaldas que vigilan el apartamento de Sara, así como los dispositivos de seguimiento que le he colocado, la novia sigue en casa con su madre. He llamado a ambas en varias ocasiones, pero solo me lo ha cogido Lorna una vez.

—A Sara le duele el estómago —me ha informado

cortante y ha colgado. Desde entonces, todas las llamadas han ido al buzón de voz.

Preocupado y cada vez más molesto, observo a las personas que se amontonan en grupos pequeños en torno al cenador, bebiendo champán y comiendo canapés elaborados. Ya ha llegado casi todo el mundo y parece que se lo están pasando bien, excepto algunos de los invitados (en su mayoría, amigos y antiguos compañeros de trabajo de Sara), que me miran como si fuera Osama bin Laden. Yan está hablando con los nuevos colegas de trabajo de Sara mientras Ilya parece fascinado por lo que sus compañeros de banda le están contando sobre las actuaciones. Anton está hablando con el padre de Sara sobre crecer en Rusia e, incluso, veo a Joe Levinson, el abogado al que le gusta Sara, bebiendo varios chupitos de tequila en la barra y dirigiendo los ojos con aire sombrío en mi dirección. Hay que tener cojones para presentarse aquí. No sabe que soy consciente de su interés por Sara, pero aun así… Le bastará con mirarla de mala manera para dejar de vivir antes de que pueda arrepentirse. Eso asumiendo que aparezca en algún momento para que cualquiera pueda verla, claro está.

Espero cinco minutos mientras observo la aplicación de rastreo cada treinta segundos. Después, llamo a Danny, que es parte de su grupo de guardaespaldas hoy.

—Necesito que subas al apartamento —digo cuando contesta—. Dale el teléfono a Sara y, hasta que no me haya llamado, no te vayas.

—Entendido.

Me cuelga y, cinco minutos después, el móvil suena de nuevo con una llamada desde el número de Danny.

—¿Sara?

—Peter, yo... —Traga saliva—. Lo siento mucho. Necesito un poco más de tiempo.

Me aumenta la preocupación.

—¿Qué ocurre? ¿Ha pasado algo?

—No, nada. Solo tengo el estómago un poco revuelto.

—¿Quieres que llame a un médico? ¿Necesitas que te compre algo?

—No, es solo... —Sara se detiene. Luego, dice con cautela—: Mira, Peter, sé que es un mal momento, pero...

—¿Te estás echando atrás? —pregunto con voz dulce para no revelar la rabia que crece en mi interior—. ¿De eso se trata?

—No, para nada. Solo necesito un poco más de tiempo. El regreso, la boda... todo está ocurriendo muy rápido. No estoy diciendo que no debiéramos hacerlo, pero quizás es demasiado pronto, quizás podríamos vivir juntos durante un tiempo, ver si...

—¿Ver qué? —Se me clava el metal duro del móvil en la mano—. ¿Si es posible? ¿De verdad crees que eso va a ocurrir? —Siento la ira candente dentro de mí, pero mantengo un tono delicado y una expresión agradable mientras camino para colocarme detrás de una pequeña área de árboles, lejos de ojos y oídos curiosos.

—Peter, por favor, solo te pido una leve prórroga. Les puedes decir la verdad, que no me encuentro bien. Luego…

—Te voy a decir lo que vamos a hacer, *ptichka* —digo con un tono aún más dulce—. Puedes venirte con Danny hasta aquí sin demora o puedo ir a por ti. Pero, en ese último caso, no volveríamos a este sitio. De hecho, ya no quedaría nada a dónde volver porque no tengo intenciones de dejar testigos de este evento desafortunado. —Hago una pausa antes de preguntar con delicadeza—: ¿Entiendes lo que quiero decir, mi amor?

Se produce un silencio mortal al otro lado de la línea. Después, responde con un susurro ahogado:

—No lo harías.

—¿No? Haz la prueba. —Me detengo durante unos segundos antes de añadir—: Por supuesto, tus padres no entrarían en la categoría de testigos. Sé que significan mucho para ti, por lo que nos los llevaríamos al marcharnos. ¿Qué te parece? Disfrutarían de esa escapada exótica, ¿no crees?

Lleva tanto tiempo callada que estoy casi seguro de que está intentando pillar el farol. Sin embargo, no voy de farol. No me importa una puta mierda ninguna de estas personas, a excepción de los padres de Sara. Si me presiona, haré realidad la amenaza, lo que significaría olvidarme de la amnistía por la que he luchado con tantas fuerzas.

Sin Sara, todas esas gilipolleces dan igual. Si no la

puedo tener, que se vaya al puto infierno todo el mundo.

—Estás loco —susurra al final y sonrío de forma perversa al notar la rendición en su voz.

—Sí, es verdad, *ptichka*. No lo olvides. Te veo pronto.

Cuelgo y vuelvo sobre mis pasos para mezclarme con los invitados.

*S*ara

Sigo temblando cuando salgo de la habitación con el teléfono de Danny en una mano y alisándome el encaje suave del vestido con la otra.

—Ya nos podemos ir, mamá —le digo cuando se levanta del sofá, sorprendida al verme.

—¿Estás segura? Cariño, estás muy pálida.

—No, estoy bien. —Consigo esbozar una pequeña sonrisa—. La medicina está haciendo efecto, por fin.

Mi madre volvió con la medicina justo cuando salía del baño después de vomitar, por lo que me tomé un par de pastillas enseguida y le dije que tenía que tumbarme unos minutos. Creía que lo había aceptado como explicación, pero, al ver cómo junta las cejas, me doy cuenta de que me estaba engañando. Mamá me conoce demasiado bien.

—Sara, cariño… sabes que no tienes que seguir con esto, ¿verdad? —dice, deteniéndose delante de mí—. Si tienes dudas, puedes cambiar de opinión. Todos lo entenderían. No tienes que casarte si no estás lista.

Está equivocada. No puedo cambiar de opinión, al menos si quiero que nuestros amigos sobrevivan. No tengo ni idea de si Peter haría de verdad lo que ha insinuado, pero no puedo arriesgarme, no con un hombre que es capaz de tales monstruosidades.

Si el objetivo del agente era hacerme sentir peor que un insecto aplastado, lo ha conseguido de forma admirable. Cada palabra que me ha dedicado ha sido como una bala porque todas eran ciertas. Los crímenes que Peter ha cometido son horribles, imperdonables, lo sé. Lo sé desde siempre, pero me he permitido enamorarme de él.

He aceptado al diablo, he accedido hasta el punto de querer casarme con él por voluntad propia. Incluso después de la visita de Ryson, no iba a rechazarlo, aunque él lo haya interpretado así. Seguía aturdida por el veneno verbal de Ryson y mis instintos me pedían tiempo. Hubiera continuado con la boda, pero otro día.

—No es eso, mamá —contesto mientras me escudriña la cara, buscando una señal de duda—. Quiero a Peter y deseo casarme con él. Simplemente no me encontraba bien.

Baja la mirada hasta el teléfono que tengo en la mano.

—¿Qué te ha dicho?

Pestañeo.

—¿Qué?

—Ese enorme conductor tuyo que ha venido te ha dado el teléfono. Supongo que para llamar a Peter, ¿no? ¿Qué te ha dicho tu prometido?

—Nada, solo me recordaba la hora que era. Y, hablando del rey de Roma... —Miro hacia la pantalla iluminada del móvil—. Nos tenemos que ir ya.

Me analiza el rostro unos segundos más antes de asentir.

—Vale, cariño. Si eso es lo que quieres, vámonos. Tenemos que asistir a una boda.

Sara

DEBO HABER DESCONECTADO DURANTE EL CAMINO A Silver Lake porque parece que hayamos tardado solo unos segundos. Pestañeo cuando salgo del coche ante los vítores de los invitados y mi mirada se detiene en la figura alta y oscura de pie a unos metros.

Peter.

Mi enemigo.

Mi acosador.

Mi amante.

Mi futuro marido.

Esos ojos de color gris oscuro no reflejan nada, pero noto las emociones volátiles en su interior, la espiral de violencia enmascarada tras la tranquilidad de un depredador. Aun así, no puedo evitar devorarlo con la mirada, repasar cada línea poderosa del cuerpo con los ojos. Nunca le he visto tan formal, pero le queda bien el esmoquin elegante que le enfatiza el torso en forma de V y la marcada camisa blanca que hace que le brille la piel morena.

Está espléndido, tan impresionante como un actor de película y, a pesar del revoltijo continuo en mi interior, un cosquilleo cálido me recorre el cuerpo, una reacción tan primitiva e incontrolable como el escalofrío de miedo que le acompaña.

Quizás haya salvado a los demás al haber aparecido, pero pagaré por el retraso. Peter no dejará pasar ese momento de debilidad.

Le sostengo la mirada cuando me acerco y extiende la mano mientras se le curvan los labios con una media sonrisa sarcástica. Coloco la mía sobre la palma enorme y siento la calidez que vuela hasta los dedos de los pies. Entonces, me doy cuenta de que los tengo tan fríos como los de las manos.

—Hola, *ptichka* —murmura e inclina la cabeza para besarme con ternura en los labios. A nuestro alrededor, oigo varios «¡ooohhh!». Supongo que son mis nuevos compañeros de trabajo, que no tienen razones para sospechar que esto es mucho más que un simple matrimonio por amor. Por el rabillo del ojo, veo a Marsha observándonos con la cara pálida y tensa. Detrás de Peter, está Joe Levinson, que tiene la expresión de alguien que estuviera en un funeral en el que el ataúd estuviese lleno de explosivos.

—Hola —respondo con suavidad mientras me

esfuerzo en ignorar todas las miradas—. ¿Ya está aquí el fotógrafo?

—Sí, cariño, vamos.

Me coloca una mano posesiva en la parte baja de la espalda y me guía hasta un lugar precioso cerca del lago, donde un hombre con una cámara les está haciendo una fotografía a Phil y a Rory.

Mi padre ya está allí y mi madre va de camino, andando tan rápido como se lo permiten los tacones. Siento ternura en el corazón al verla tan fuerte y saludable; el recuerdo de ella en el hospital, vendada como una momia, aún me persigue en las pesadillas.

Cuando estamos a medio camino para llegar al lago, alejados de los oídos de los otros invitados, miro a Peter y murmuro:

—Lo siento.

Se le tensa la mandíbula.

—Ya lo hablaremos.

Trago saliva y bajo la cabeza para centrarme en no tropezar con los tacones en un desnivel del terreno. No miento: lo siento de verdad. Ahora que vuelvo a estar en la órbita de Peter, noto lo inevitable que es todo, la fuerza de los hilos oscuros que nos unen. Las dudas de antes parecen infundadas e inocentes, irracionales hasta la locura. ¿Qué importa si nos casamos hoy, mañana o el año que viene? Mi torturador seguirá siendo igual, el mismo asesino letal del que me he enamorado.

Desde el momento en el que conocí a Peter, supe

que no iba a escapar y lo que ha ocurrido hoy lo confirma.

Cuando nos acercamos al lago, localizo a los compañeros de Peter agrupados a un lado y les saludo con la mano. Me alegra que me devuelvan el gesto. Es raro, pero les he echado de menos. Para mí, son como sus hermanos.

Al llegar a nuestro destino, el fotógrafo, un hombre rechoncho con barba, similar a un Santa Claus moreno, nos coloca en distintas posturas, desde mirarnos con anhelo el uno al otro hasta sentarnos juntos en un banco, pasando por Peter abrazándome. Nos hace fotos juntos y, después, a cada uno por separado. También a los dos con mis padres y, luego, con todos nuestros amigos. Las combinaciones son infinitas y, tras presentar a todo el mundo a Peter, me encuentro a mí misma desconectando, sonriendo y adoptando las poses como un autómata.

¿Habría cumplido Peter la amenaza? ¿Habría matado a estas personas solo para castigarme por dejarle tirado?

Quiero creer que la respuesta es no, pero mis instintos me dicen que sí. Es capaz de eso, su obsesión por mí siempre ha estado teñida de oscuridad, igual que nuestros trucos en la cama.

Peter me ama, me valora, haría cualquier cosa por mí, hasta cometer un asesinato en masa.

Es una idea horrible o, al menos, debería verla así. Y lo hago... en gran medida. Solo hay una pequeña porción de mí que considera que ese nivel de obsesión es embriagador, tan emocionante como saltar de un acantilado sobre un mar embravecido.

—¿Preparada, cariño? —La enorme mano posesiva de Peter me agarra del codo y le miro, aturdida—. Para la ceremonia —aclara y asiento mientras me dejo guiar hacia el cenador.

Ya está. Vida de casados, allá vamos.

*eter*

MI *PTICHKA* ESTÁ PÁLIDA, IMPRESIONANTE Y PRECIOSA A mi lado, escuchando al juez dar el discurso. Habla sobre amor y compromiso, sobre apoyarnos el uno al otro en lo bueno y en lo malo, y siento una oleada perversa de satisfacción cuando le hace la típica pregunta a Sara y ella responde «sí, quiero» en voz baja.

Después, se gira hacia mí.

—¿Y tú, Peter Garin? ¿Quieres recibir a Sara Cobakis como legítima esposa para amarla y respetarla en la salud y en la enfermedad hasta que la muerte os separe?

—Sí —respondo con claridad para asegurarme de que la pequeña audiencia me escuche—. Quiero.

—Puedes besar a la novia —dice el juez antes de que me gire hacia Sara.

Me mira con los ojos muy abiertos y los labios suaves separados. Inclino la cabeza para presionar los míos con dulzura contra esa boca tentadora. Es muy importante ser delicado ahora. El más mínimo desliz en el control desataría la rabia que me hierve por dentro y no voy a permitir que eso ocurra. No hasta que estemos solos.

Nos aplauden y vitorean antes de que una melodía familiar comience a sonar detrás del cenador. La banda que he contratado, la que entusiasmó tanto a Sara, está aquí. Durante la ceremonia, se ha organizado y preparado para tocar. Me ha costado un ojo de la cara que vengan un par de horas, pero, a juzgar por la reacción del público, ha valido la pena.

—¿Vamos? —Le ofrezco a Sara el brazo mientras la mayor parte de los invitados más jóvenes se apresuran a ir hacia la música con expresiones de sorpresa al tener la oportunidad de ver a sus ídolos en directo.

—Por supuesto. —Me coloca la mano estilizada en la doblez del codo mientras me dedica una sonrisa cautelosa—. Vamos.

No hemos preparado un baile, pero, ante las peticiones de los nuevos compañeros de trabajo de Sara, la tomo entre los brazos y nos balanceamos al ritmo de una canción lenta y romántica, una que reconozco al ser un clásico, en lugar de uno de los éxitos de la banda. De nuevo, tengo que ser cuidadoso, tocarla con suavidad y delicadeza y mantener la distancia apropiada para no empujar a Sara contra mí y desgarrarle el elegante vestido blanco antes de follarla aquí y ahora, sobre el césped verde y suave.

Por suerte, la canción lenta termina antes de que mi autocontrol empiece a desmoronarse. La banda comienza a tocar una de sus canciones más conocidas. Los compañeros de banda de Sara y varios invitados más se unen a nosotros con risas y aplausos y acabamos bailando en grupo antes de que Marsha, su amiga, se la lleve a bailar con ella y dos enfermeras más.

Espero a que acabe la canción para hacerles una señal a los empleados del catering y estos empiezan a traer los entrantes. Puesto que somos pocos, solo hay tres mesas: una pequeña y redonda para Sara y para mí y dos más grandes ovaladas para el resto de los invitados. No me he preocupado en asignar los asientos, por lo que sus padres acaban sentándose con sus amistades y la mayoría de los amigos y compañeros de Sara se unen a la otra mesa.

La comida está espectacular, como debe ser, ya que el chef tiene ocho estrellas Michelin y, cuando empezamos a comer, la mayoría de los invitados parecen estar pasándoselo bien. Sara debe pensar lo mismo porque dice en voz baja:

—Gracias por organizarlo todo. Ha sido una de las mejores bodas en las que he estado.

Sonrío con calma, aunque quiera empujarla contra la mesa.

—Me alegro, cariño. Quiero hacerte feliz.

Y lo será, una vez que supere las dudas que le quedan sobre nosotros. Me aseguraré de eso. Haré lo que haga falta para que esté contenta. Lo único que no aceptaré será dejarla libre.

En cualquier caso, no creo que lo desee, al menos no en el fondo y eso es lo que de verdad importa. No sé qué le habrá asustado esta tarde, pero tengo una sospecha. ¿Habrá averiguado que Sonny Pearson está muerto?

No sé cómo porque no ha vuelto a la clínica en los últimos dos días, pero es lo único que tiene sentido. De un modo u otro, voy a llegar al fondo del asunto. Esta noche. En cuanto estemos solos.

Después de hartarnos de comer, Sara y yo partimos la tarta, una creación preciosa de siete pisos con glaseado de crema agria. Luego, todo el mundo empieza a bailar de nuevo y a hacerse fotos. Las presentaciones rápidas de Sara antes de la ceremonia parecen no haber sido suficientes y pronto me encuentro contestando a preguntas indiscretas, rodeado de invitados cuya valentía parece igualar el nivel de alcohol consumido.

—¿Cómo dices que os conocisteis? —dice Marsha, meciéndose sobre los pies, mientras apura otro vaso de champán—. Según Sara, habéis estado cortando y volviendo durante un tiempo…

—Sí, exacto —interviene Joe Levinson con la mandíbula contraída en una línea agresiva—. ¿Cuándo y cómo os conocisteis? Nadie sabía que Sara salía con alguien.

Me recuerdo que el cuchillo que llevo atado al tobillo no es para degollar a este hombre.

—Nos conocimos en una discoteca de Chicago hace unos meses —contesto con calma y hago una señal sutil a Anton—. Como viajaba mucho por trabajo, decidimos mantenerlo en secreto porque no estábamos seguro de que fuéramos a algún lado.

—¿Eres ruso? —Andy, la enfermera pelirroja, me estudia confusa con el ceño fruncido—. La misma nacionalidad del...

—¡Aquí estás! —Anton me da una palmada en la espalda—. Te he estado buscando por todas partes. Los chicos te necesitan un segundo.

—Perdonadme —me excuso ante los invitados de forma cortés antes de seguir a Anton hasta el lugar cerca del lago en el que mis compañeros de equipo se han reunido con una botella cara de vodka.

—Gracias por rescatarme —comento cuando ya no nos pueden oír los amigos de Sara—. No estoy de humor para contestar a tantas preguntas.

—Al final, tendrás que hacerlo —dice Anton y me encojo de hombros, aunque sé que tiene razón. Para integrarme con estas personas, tendré que darles alguna respuesta.

—¿Qué se siente al ser un hombre casado de nuevo? —Ilya me tiende un chupito de vodka.

En lugar de contestar, echo la cabeza hacia atrás para bebérmelo antes de sentir la quemazón familiar en la garganta. Nunca bebo demasiado, nunca lo he hecho, pero hoy me siento tentado. Quiero olvidarme de lo que sentí cuando oí, por teléfono, las dudas en la voz de Sara mientras me decía que necesitaba más tiempo.

—Otro —digo, mostrándole el vaso de chupito vacío, e Ilya obedece. Me lo vuelvo a beber de un trago antes de devolvérselo.

—¿Más? —pregunta con indiferencia y niego con la cabeza.

—Está bien así, gracias.

Tendrá que servir para tranquilizarme. Siento el autocontrol débil como una capa de hielo y no voy a arriesgarme a hacer daño a Sara cuando estemos solos en casa. No soy tan malvado.

—Entonces, de esto se trata, ¿no? —Anton hace un gesto hacia la gente que se relaciona alrededor del cenador—. ¿Esto es lo que quieres?

—Es a ella a la que deseo. —Me siento en la hierba mientras observo a Sara ir de grupo en grupo, riendo y hablando, fingiendo a la perfección que es una novia feliz—. Pero viene con lo demás de regalo.

—Quizás —comenta Yan, estirando el brazo hacia la botella. Le quita el tapón y toma un trago directo del frasco—. O quizás no.

Le dedico una mirada severa.

—¿Ahora eres un experto en mi mujer?

Se encoge de hombros y bebe otro trago.

—A lo mejor te sorprende. ¿Crees que es distinta a nosotros? ¿Qué es dulce, buena y alegre? ¿Crees que cualquiera de estas personas son todo alegría y dulzura? —Hace un gesto hacia los invitados con la botella. —Me giro para mirar a Sara de nuevo en lugar de responder y suspira—. Me sorprende que tú, de entre todas las personas, no lo vea. Te desea, ¿verdad? Te quiere a pesar de saber el tipo de hombre que eres. —Tampoco le contesto esta vez, por lo que continúa—. ¿Por qué crees que se siente atraída por ti? ¿Porque ve algo bueno? ¿O porque en secreto desea la parte mala?

Anton bufa.

—Oh, por favor, no vuelvas con esa mierda. Cada vez que bebes vodka…

—Yo creo que es lo segundo —sigue Yan como si Anton no hubiera hablado—. Se parece más a ti de lo que imaginas. —De nuevo, hace un gesto con la botella hacia el cenador—. Y toda esta mierda es lo que ha aprendido a creer que la hace feliz, aunque no lo quiera de verdad.

Me levanto y me limpio varias hebras de hierba de los pantalones.

—Hay más vodka en nuestra mesa —le digo a Ilya, que observa con envidia cómo su hermano se acaba la botella—. Si lo quieres, será mejor que vayas a por él. Nosotros vamos a irnos pronto.

Por muy divertido que sea escuchar las charlas de Yan borracho, prefiero irme a casa y llevarme a la cama a mi nueva mujer.

## 68

Siento como si Peter y yo estuviéramos en una obra de teatro, cada uno interpretando su papel. Él sería el novio amable, reservado, pero muy cortés, y yo, la novia radiante, entusiasmada y dicharachera. O, al menos, así me encuentro tras tres copas de champán, que me están ayudando en el aspecto entusiasta y dicharachero y que, a su vez, están contribuyendo a que evite las preguntas entrometidas de mis amigos.

Siempre me puedo cambiar de grupo de invitados, reír y animar a todos a que bailen, algo que hacen con entusiasmo dado el origen de la música.

—¿Cómo te encuentras, cariño? —pregunta mamá cuando me uno a su pequeño círculo durante unos instantes—. ¿Te sigue doliendo el estómago?

—No, mamá, todo bien. —Les dedico a mi padre y a ella una sonrisa resplandeciente—. ¿Qué tal estáis vosotros?

Mamá me devuelve el gesto y estira la mano para coger la de papá.

—Nos lo estamos pasando genial, como todos. Peter ha hecho un trabajo increíble.

—Gracias, mamá. —Les dedico una expresión encantadora. La reacción de mis padres era mi mayor preocupación, por lo que me siento aliviada al ver que han aceptado nuestra relación o, al menos, lo parece. No les he dado muchas opciones, por supuesto, pero sigue siendo genial saber que están de acuerdo en darle una oportunidad a Peter.

—Aquí estás —murmura una voz conocida con un ligero acento mientras un brazo largo me rodea la cintura.

Miro hacia los ojos plateados de mi marido y sonrío, olvidándome de ser cautelosa por un segundo.

—Hola, ¿dónde estabas?

—Con los chicos —responde mientras hace un gesto hacia la orilla del lago y río al ver a los tres rusos pasándose lo que parece una botella de vodka.

—Entonces, ¿los estereotipos son ciertos? —pregunta papá, siguiendo mi mirada, y Peter asiente con una sonrisa.

—En su mayoría, sí. Personalmente prefiero la cerveza, pero a veces necesitas sentir el fuego. —Me observa con los labios aún curvados—. ¿Cómo te encuentras, *ptichka*?

Se me acelera la respiración al percatarme del toque perverso bajo esa sonrisa sensual.

—Oh, estoy… estoy bien.

—Genial. —Se pone frente a mí y me pasa los nudillos con ternura por la mandíbula—. Estaba preocupado.

Trago saliva mientras el ritmo del corazón pasa a un nuevo nivel. Estamos acercándonos al momento del ajuste de cuentas, lo noto.

—¿Por qué no lanzas ya el ramo y nos despedimos de los invitados? —sugiere, como si me estuviera leyendo la mente—. Ha sido un día largo y quizás no te encuentres del todo bien.

—Sí, cariño —interviene mi madre, feliz al ignorar el trasfondo—. ¿Por qué no os marcháis? Ha sido una fiesta increíble y seguro que todos han comido y bebido bastante.

Observo el sol ponerse sobre el lago.

—Pero…

—Vamos, mi amor. —Peter me presiona la cintura con el brazo como aviso, aunque sigue sonriendo—. Venga.

—Vale. —Miro a mis padres—. Adiós, familia. Nos vemos pronto.

—Adiós, cariño. —Da un paso hacia mí y Peter me suelta lo suficiente para que les abrace a ella y a papá—. De nuevo, enhorabuena.

—Gracias. —Les dedico otra sonrisa resplandeciente y Peter me aleja de allí para que lance el ramo y me despida del resto de invitados.

—Entonces, ¿nos mudamos? —pregunto cuando salimos del coche, cerca del bloque de apartamentos. El tono que uso es demasiado débil porque toda la valentía alentada por el alcohol se ha desvanecido de camino aquí, dejándome con el corazón palpitante y cada vez más acelerado a medida que nos acercamos a casa.

—¿Te gustaría? —Me observa con la mirada velada cuando caminamos hacia el edificio—. Como te dije, he encontrado varios lugares bonitos, pero no quería dar el paso sin consultártelo.

Su tono no contiene ningún rastro de burla, pero la noto. Hoy me ha mostrado que sigue teniendo el poder y que pone las reglas.

Decido continuar con su farsa.

—Sí, creo que me gustaría mudarme. Este sitio es demasiado pequeño para los dos y sería genial no tener tantos vecinos.

—Estoy de acuerdo. —Le brillan los ojos con más fuerza y se le vuelve más grave la voz cuando murmura —: Quiero tenerte para mí solo. —Me ruborizo y abro la boca para replicar, pero, en ese momento, se inclina y me coge con delicadeza, ignorando el jadeo de sorpresa—. Tradición —dice con una sonrisa perversa y camina por el vestíbulo mientras me lleva en brazos con la facilidad habitual.

Pasamos cerca de mis jóvenes vecinas de camino al

ascensor y escondo la cara contra el cuello de Peter cuando nos vitorean y chillan:

—¡Enhorabuena!

Está claro, tenemos que mudarnos a algún lugar donde no haya tanta gente.

—Puedes bajarme —comento cuando estamos dentro del ascensor, pero solo me observa con una mirada aún más oscura.

—¿Por qué? —murmura, apretándome más fuerte con los brazos—. Me gustas así.

Se me acelera el pulso de nuevo a medida que el nerviosismo anterior regresa y empujo a Peter por los hombros.

—No, en serio, bájame, por favor.

—¿Por qué? —Se le tensa la mandíbula y le desaparece toda diversión del rostro—. ¿Para que puedas correr? ¿Para esconderte en algún lugar y mentir diciendo que estás enferma?

—Estaba enferma de verdad. —Le observo mientras el enfado reemplaza la ansiedad—. Pregúntale a mi madre si no me crees. Vomité y tuve que tomarme un omeprazol.

Junta las cejas oscuras.

—¿Qué?

—Mamá te lo contó. Por teléfono, la escuché. —Le empujo por los hombros de nuevo mientras las puertas del ascensor se abren y sale de él, llevándome por el pasillo—. Tenía el estómago revuelto.

Frunce aún más el ceño cuando se para frente a la puerta del apartamento.

—Sí, lo mencionó, pero creí... —Me pone de pie y se mete la mano en el bolsillo para coger las llaves.

—¿Creías que era una excusa? No, era verdad. —Sin embargo, no fue porque estuviera enferma. Me muerdo el interior de la mejilla antes de decidir que no voy a empezar nuestra vida de casados con una mentira, ni siquiera con una por omisión. Espero a que entremos en el apartamento y digo con un tono más calmado—. Peter... hay algo que deberías saber. El agente Ryson ha estado aquí, justo antes de que me marchara.

Tras quedarse paralizado, se gira para mirarme, incrédulo.

—¿Qué?

—De manera extraoficial —me apresuro a tranquilizarle—. Solo quería hablar conmigo.

Cierra las manos enormes en un puño a cada lado de los costados.

—¿Por qué?

—Creo... Creo que estaba frustrado por cómo ha terminado todo. Piensa que le he mentido... —Trago saliva porque me arde la garganta—. Que conspiramos para matar a George, que quería deshacerme de él porque estaba en coma y era un alcohólico del que ya planeaba divorciarme.

Peter maldice en voz baja:

—Ese puto *ublyudok*. Debería haber... —Se detiene y coge aire para calmarse. Después, con un tono más suave, pregunta—: ¿Te ha molestado, *ptichka*? —Da un paso hacia mí para sujetarme con ternura la barbilla y me obliga a que le mire—. ¿Por eso ibas a echarte atrás?

Consigo asentir levemente.

—Lo siento, de verdad. Todo estaba ocurriendo tan rápido. Luego, vino y... —Cierro los ojos con fuerza antes de abrirlos para encontrarme con esa mirada grisácea de nuevo—. Lo siento. No pensaba con claridad.

Me pasa la mano por la mandíbula con ternura y suavidad.

—¿Qué más te dijo, mi amor?

—Nada. Solo... Oh, dijo que, si vuelves a hacer algo de naturaleza criminal, el trato será nulo e inútil... y que ahora saben también cómo soy yo.

La mirada de Peter se endurece de nuevo.

—Ya veo. —Retrocede y deja caer la mano. Entonces, me doy cuenta de que está enfadado, más enfadado que nunca.

Siento una preocupación repentina y doy un paso al frente para cogerle la mano con las dos mías.

—No le vas a hacer nada, ¿verdad? Te lo he contado porque no quería que hubiera ninguna mentira entre nosotros, no porque quiera que le castigues. —No contesta, pero capto la respuesta en esa línea contraída de la mandíbula y la rigidez de los dedos bajo mi sujeción—. Peter, no lo hagas, por favor. Escúchame...

—Le aprieto la mano—. Es un agente federal y quiere que metas la pata. De hecho, no me sorprendería que hubiera venido por eso: para provocarte y asegurarse de que violes los términos del trato. No entres en su juego. No vale la pena.

La expresión de Peter no cambia.

—¿Estás preocupada por él o por mí?

Le suelto la mano.

—Por ambos, claro. No quiero que le hagas daño y no quiero que te metas en problemas por él.

—Mmm. —Me acaricia con delicadeza un lado de la cara de nuevo—. Me lo preguntaba.

Me humedezco los labios.

—¿El qué?

—Si serías feliz si me fuera y te dejara libre, si me metiera en problemas y me marchara para siempre.

Pestañeo.

—Pero... no lo harías. Me llevarías contigo, ¿verdad? Si tuvieras que marcharte.

Se le oscurece la mirada.

—Quizás. ¿Es lo que quieres, *ptichka*?

Se me constriñe el pecho y no puedo respirar.

—Peter... yo...

—Sigues sin poder decirlo, ¿no? —Me coge de la mejilla de nuevo para que le sostenga la mirada. Su voz adquiere un tono extraño—. No puedes admitir que esto es mutuo, que no soy el único que está loco.

Trago saliva con fuerza y retrocedo, alejándome de su alcance.

—No es así.

—¿No? —Se acerca tan implacable como un tiburón—. Entonces, dime por qué estuviste a punto de huir hoy. Dime qué parte de la visita de Ryson hizo que te sintieras así.

Sigo echándome hacia atrás hasta que toco la pared con la espalda.

—Ya te lo he dicho. Te lo he contado todo.

—Todo no. —Presiona las palmas contra la pared a ambos lados de mi cuerpo, encerrándome entre ellos de nuevo. Con un tono cruel y tierno a la vez, murmura—: Para nada, mi amor.

Le observo mientras noto el pulso en las sienes. No entiendo qué busca, qué quiere de mí.

—Peter, por favor, siento lo de hoy. De verdad. Estaba demasiado preocupada para pensar, pero no tengo excusa. No debí haber... —Niego con la cabeza.

—No, no debiste —admite mientras los ojos se le oscurecen aún más. Entonces, sin ningún aviso, me agarra del corpiño del vestido y lo arranca con una brutalidad sorprendente, rasgando el encaje hecho a mano y haciendo que los botones perlados se escabullan por las baldosas del suelo. Jadeando, me aferro a la parte superior del vestido destrozado, pero Peter me da la vuelta y me presiona la cara contra la pared—. No debiste, en serio —me gruñe al oído antes de tirar del vestido hacia abajo hasta arremolinarlo en torno a las rodillas.

Me he quedado con el sujetador blanco sin tirantes y el tanga, unas piezas de lencería sexi que llevaba a juego con el vestido. Tampoco duran mucho más porque Peter las arranca para dejarme desnuda por completo.

Resuello mientras presiono las palmas contra la pared, esperando que me abra las piernas con una patada y me folle, pero, en lugar de eso, me pasa un brazo poderoso alrededor de la caja torácica y me aleja de los restos del vestido. Los zapatos, con esa fina tira en torno a los tobillos, permanecen en su sitio, incluso aunque agite las piernas en el aire mientras me lleva con rudeza hasta la habitación.

Me tira de espaldas contra la cama y me incorporo para girarme y ver cómo se echa hacia atrás para quitarse su propia ropa. Capto algo metálico y oigo el golpe fuerte cuando arroja hacia un lado la chaqueta («¿iba armado durante la boda?»), pero me centro en algo más peligroso: la expresión del rostro.

Empequeñece los ojos mientras se le dilatan los agujeros de la nariz, al mismo tiempo que se desabrocha el cinturón. En la rudeza de los movimientos, encuentro una lujuria violenta que siempre ha estado ahí, la necesidad salvaje y perversa que hace que también a mí me palpite el interior.

Me va a hacer daño esta noche, lo noto, y mis entrañas se encogen con una oleada de miedo y placer. Debería correr o protestar, pero mi cuerpo actúa por voluntad propia. Me veo empujada fuera de la cama para arrodillarme sobre la alfombra frente a él antes de estirar las manos hacia la cremallera de los pantalones del esmoquin.

—Sí, eso es, ven aquí —murmura en voz baja cuando me agarra del pelo con las manos mientras abro la cremallera y tiro de los pantalones hacia abajo para liberar la erección. Ya está excitado por completo, con la polla larga y gruesa, tan dura que se le marcan todas las venas. Esta polla es como un arma, pero también una herramienta de placer inimaginable. Se me hace la boca agua al observarla, recordándome cómo me ahogó con ella y cómo me hizo arder. Me atrae la cara y me golpea con ella en la mejilla. Una, dos, tres veces. En la cuarta sacudida, abro la boca y le cojo la punta antes de chuparla a la vez que le sostengo la mirada. El familiar sabor a almizcle me calienta el interior y deslizo la mano izquierda entre mis piernas mientras le acuno las pelotas con la derecha. Se le desencaja el rostro con un placer feroz cuando le aprieto con suavidad y me penetra la boca con mayor profundidad, apretándome el pelo entre los puños—. Joder… —gruñe en voz baja y áspera—. Sigue así, justo así. —Obedezco, dejando que me folle la garganta mientras le masajeo los huevos. Al mismo tiempo, me acaricio el clítoris con la mano izquierda. Noto cómo me tiemblan los muslos por la tensión creciente cuando encuentro el ritmo perfecto. Se le dilatan las pupilas y mueve las caderas a mayor velocidad. Estoy cerca, muy cerca, cuando murmura algo en ruso y se aparta de mí con brusquedad. Sorprendida, caigo sobre las manos y, antes de que pueda recuperar la cordura, me sujeta y me tira contra la cama de nuevo—. No vas a librarte con tanta facilidad —gruñe y cojo aire de forma irregular cuando me abrocha el cinturón en torno a las muñecas y las une al cabecero. Después, se mueve por mi cuerpo antes de abrirme las piernas con esas manos fuertes.

—¿Qué haces? —Me palpita el corazón con tanta fuerza que apenas consigo hablar—. Peter, por favor, no tienes que…

—Shhh. —Suspira sobre el muslo y jadeo cuando me roza los pliegues con los dientes. Luego, mete la lengua entre ellos, encontrando con facilidad el clítoris palpitante.

El calor es casi instantáneo. El fuego me recorre las venas y me arqueo, gritando y tirando del cinturón mientras el orgasmo tardío me atrapa y hace que el cuerpo se me convulse. Pero mi torturador no ha terminado. Calma y suaviza la lengua el tiempo justo para que disfrute del temblor. Luego, me penetra con dos dedos ásperos y encuentra el punto G. Grito al sentir la espiral de nuevo mientras la lengua reanuda ese trabajo diabólico y, poco después, me corro otra vez.

Sin embargo, sigue sin haber acabado y me recorre el cuerpo con la boca habilidosa, dándome besos ardientes en el estómago y el pecho y chupándome los pezones y la parte sensible del cuello. Y, al mismo tiempo, continúa con los dedos dentro de mí mientras me acaricia el clítoris hasta llevarme al borde del abismo una vez más.

Al empezar a correrme, presiona los labios contra los míos y, tras gemir en su boca ante esta liberación, me saboreo en su lengua cuando intensifica el beso. Siento los músculos como si se me hubieran derretido dentro de la piel y las muñecas en carne viva por tirar del cinturón. Sin embargo, sigue follándome con los dos dedos ásperos, llevándome al clímax una y otra vez.

Estoy a punto de tener otro orgasmo cuando levanta la cabeza y retira los dedos antes de moverlos más abajo, repartiendo la humedad por todo el recorrido. Retrocedo al darme cuenta de lo que está planeando, pero es implacable. Grito con los ojos cerrados cuando el dedo anular encuentra mi abertura trasera y el flujo del sexo actúa como lubricante al presionarme con el dedo, traspasando la resistencia de los músculos contraídos.

Ya me ha follado así antes, pero han pasado más de nueve meses y siento el dedo como si fuera una enorme polla, dañándome el tejido suave con la uña. Se me acelera el corazón y se me congela la respiración en la garganta cuando retira con lentitud el dedo invasor, antes de introducirlo junto a otro.

—Peter...

—Shhh. —Me besa de nuevo y, a medida que los dos dedos me presionan la abertura, haciéndome sentir pánico, me acaricia el clítoris anhelante con el pulgar. El orgasmo que se había alejado vuelve con fuerza, la tensión crece con una energía explosiva y, mientras me corro, gimiendo sin poder remediarlo, mete los dedos hasta el fondo. Me tenso de nuevo, pero ya es demasiado tarde. Me obligo a respirar de forma temblorosa cuando estira esa estrechez, haciendo que me escueza y queme. Lo siento insoportable, invasivo, pero, bajo la incomodidad, encuentro la promesa de algo más. Se me contrae el cuerpo por los remanentes del orgasmo, buscando una sensación más perversa—. Sí, eso es, *ptichka*.

Respira contra mis labios y me estremezco cuando encuentra el clítoris con el pulgar de nuevo. No puedo correrme otra vez, es imposible, pero mi cuerpo no parece darse cuenta de que está agotado. La tensión se enrosca en mi interior, presionándome con más fuerza y estoy a punto de llegar al orgasmo, temblorosa y jadeante, cuando saca los dedos invasores del ano.

Gruño por la frustración, tirando del cinturón y arqueando las caderas. Entonces, se echa a reír suavemente con carcajadas graves y oscuras cuando se hunde el colchón a mi izquierda.

Sorprendida, abro los ojos, pero ya está de vuelta con una pequeña botella en la mano.

—No te preocupes, *ptichka*. Llegarás —me promete con voz ronca y me sobresalto cuando inclina la botella y me esparce el líquido frío sobre el sexo hinchado. Se desliza más abajo, por la grieta entre los glúteos, y se me acelera el pulso cuando le sostengo la mirada.

En la suya, veo el deseo y algo más, una petición sin palabras, pero con fiereza. Pasa los antebrazos por mis rodillas antes de levantarme las piernas y colocárselas sobre los hombros. Se inclina hacia delante, estirándome los isquiotibiales, mientras guía la polla hasta el culo.

—¿Esto es lo que quieres de mí? —Le brillan los ojos cuando se presiona aún más—. ¿Es lo que necesitas?

Empuja con mayor profundidad y gimo ante la presión punzante, el sudor me empapa la espalda cuando el esfínter comienza a ceder poco a poco. Con las piernas colocadas sobre sus hombros, no puedo controlar la profundidad de la penetración y él se desliza hasta el fondo, llenándome hasta que el estómago se me contrae y la respiración se me convierte en jadeos frenéticos y superficiales.

—No... —Respiro hondo mientras lucho contra la oleada de mareo—. No lo entiendo.

—¿No? —Se le tuerce la boca y le brilla la mirada metalizada con un toque cruel, a la vez que se retira en parte para volver a entrar—. ¿O no eres capaz de decirlo? —La quemazón punzante sigue ahí, la manera en la que me llena es tan extrema como antes, pero, cuando vuelve a acariciarme el clítoris con el pulgar, una tensión tentadora ahoga el dolor. Mueve las caderas con lentitud, deslizando la polla enorme más hondo con cada embestida despiadada, y el orgasmo comienza a crecer. Esta vez, es un placer distinto a los anteriores, más fuerte y oscuro, tan agonizante como exquisito. Es demasiado, demasiado intenso, y me oigo suplicándole e implorándole mientras me retuerzo todo lo que me lo permite esta posición restrictiva. Pero el brillo cruel no le desaparece de los ojos y no cambia el ritmo, aunque las gotas de sudor le empapen la frente—. Contesta —suelta, inclinándose contra mí hasta casi flexionarme por la mitad. Grito cuando el dolor enciende la chispa y prende el fuego que me consume. El éxtasis me invade las terminaciones nerviosas y se me nubla la visión con una luz blanca al cerrar los ojos. Un hormigueo de escalofríos me sube y baja por la columna y el clímax me recorre el cuerpo, haciendo que me tiemblen y se me tensen todos los músculos.

Le oigo gruñir sobre mí y siento una sacudida

cálida y profunda. Aturdida, me doy cuenta de que también se está corriendo. Abro los párpados lo suficiente para ver cómo se le desencaja la cara con el mismo placer agonizante.

Jadeando con fuerza, cae sobre mí y permanecemos así, con la respiración sincronizada, al mismo tiempo que nos recuperamos. Siento que se me van a desgarrar los isquiotibiales por el estiramiento y me arde el culo cuando poco a poco la polla se ablanda dentro de mí, pero no me quiero mover. Deseo permanecer así, unida a su cuerpo para siempre.

—Sí —digo con suavidad mientras levanta la cabeza con lentitud y se incorpora, lo que alivia parte de la presión en las piernas. Me sostiene la mirada y en la suya veo un brillo triunfal y oscuro cuando repito, agotada—: Sí, es eso.

Ahora entiendo la pregunta y conozco la aterradora respuesta. Esto es lo que quiero de él y, definitivamente, esto es lo que necesito: dolor, castigo, miedo... Lo necesito tanto como el amor y la ternura. Lo necesito todo, por muy jodido que parezca.

Se estira para liberarme las manos. Después, con cuidado, sale de mí y me limpia con un pañuelo. Cierro los ojos, demasiado agotada para moverme, por lo que desliza los brazos bajo mi cuerpo para levantarme de la cama.

Me lleva hasta la ducha y me lava, quitándome el maquillaje y deshaciéndome los rizos y las ondas del recogido. Luego, me envuelve en una toalla y me lleva hasta el salón, donde se sienta en el sofá para abrazarme sobre el regazo.

Apoyo la cabeza en el hombro ancho y le coloco la palma de la mano sobre el corazón para sentir los latidos firmes dentro de ese pecho musculado cuando me masajea con delicadeza la nuca y hace desaparecer las contracturas que no sabía que tenía.

—Entonces, dímelo —me murmura con voz suave, profunda y ronca contra el oído—. Dime por qué has estado a punto de echarte atrás hoy.

—Porque... —Porque Ryson me ha recordado la realidad, porque me ha hecho sentir peor que una babosa. Eso es lo que empiezo a decir, pero me detengo. No es mentira, pero tampoco es verdad por completo. Entré en pánico antes de la visita del agente, antes de que me obligara a enfrentarme a la fea realidad.

—¿Porque qué? —me presiona Peter, deteniendo el masaje.

—Porque... —Siento un nudo en la garganta y cierro los ojos antes de abrirlos para encontrarme con su mirada. Es hora de que deje de fingir y acepte la verdad. Cojo aire y digo de forma temblorosa—: Porque tenías razón. En Japón, cuando dijiste que era demasiado tarde para mí, estabas en lo cierto. —Me está costando cada vez más pronunciar las palabras, pero me obligo a continuar—: Entonces, era demasiado tarde y ahora es muy, muy tarde. No sé cuándo ocurrió; sin embargo, en algún lugar de este camino escarpado, me enamoré de ti. Pero...

Se le suavizan los ojos grises y prosigue con el ligero masaje.

—Pero ¿qué?

—Pero no puedo aceptarlo —confieso mientras siento las palabras como rocas presionándome las cuerdas vocales—. Necesito... —Me detengo, incapaz de decirlo en voz alta, pero lo entiende.

—Necesitas esto. —Levanta la mano para acariciarme la mejilla—. Necesitas que a veces te haga daño, que tome el control y te fuerce. Así alejo las otras opciones y puedes admitir lo que de verdad quieres.

Asiento con brusquedad, avergonzada y aliviada a partes iguales. Está mal y me acobarda, pero, entre todo lo malo, esto es lo único que me hace sentir bien. Nuestra relación nunca será como las de los demás... porque no debería existir. Un torturador y su víctima, un asesino y la viuda de su objetivo. Es tan imposible que estemos juntos como un depredador y la presa, pero, gracias a Peter, aquí estamos. Su obsesión nos ha creado.

Lo entiende, lo veo en la plata cálida de esos ojos.

—Entonces, cuando te he llamado desde el local hoy... —murmura, colocándome un mechón húmedo detrás de la oreja—. Necesitabas eso, ¿no, *ptichka*? Necesitabas saber que huir no era una opción... que tenías que casarte conmigo sí o sí.

Trago saliva con dificultad y lucho contra la tentación de desviar la mirada.

—Creo que sí. Quizás. Yo... —Me detengo de nuevo, incapaz de formular la mezcla confusa de emociones que experimenté. Me aterrorizó tanto su amenaza como pretendía, pero ahora me doy cuenta de que también me alivió. En los más hondo, contaba con que lo hiciera, con que se llevara la peor parte de la vergüenza y la culpa.

Me coloca una mano cálida en torno a la mandíbula y me acaricia la mejilla suavemente con el pulgar.

—No pasa nada, *ptichka*. No te sientas mal. Es así y está bien admitirlo.

Le miro a los ojos.

—¿No crees que soy... una mala persona?

—¿Por quererme o porque no puedas aceptarlo por completo?

—Por cualquiera de las dos cosas. Por ambas.

Me sonríe con sensualidad y tristeza.

—No, mi amor. Eres producto de tu educación, igual que yo de la mía. También tú tenías razón en la clínica de Suiza, cuando dijiste que, en mundos diferentes, con vidas distintas, todo sería de otra forma. Si pudiera, borraría mi pasado para reescribir nuestra historia, pero, en lugar de eso, te daré lo que necesitas, lo que los dos necesitamos, para ser sinceros.

Le sostengo la mirada mientras me arden los ojos. Lo entiende porque es mi reflejo aterrador y perverso, los anhelos que tiene son inversos y paralelos a los míos. Me ama, me lo ha demostrado de la forma más evidente, pero una parte de él necesita herirme, castigarme por el dolor del pasado. Controlarme para que no le abandone, para no perderme como ocurrió con Tamila y su hijo.

—Te quiero de verdad —digo con dulzura. La segunda vez las palabras se me escapan con mayor facilidad—: Te quiero, Peter, con todo mi ser. Y agradezco lo que has hecho por mí, lo que has dejado atrás.

Me ha elegido por encima de la venganza. Ha elegido nuestro amor por encima del deseo de matar.

Se le apaga la sonrisa porque el recuerdo de Henderson debe dolerle aún, pero se inclina para besarme con ternura en los labios.

—Lo sé, *ptichka*. Sé que me quieres y, de una u otra manera, vamos a hacer que funcione. Tenemos que hacerlo… porque no te voy a dejar ir.

Apoyo la cabeza contra el hombro y cierro los ojos para escuchar el corazón palpitante dentro de ese pecho poderoso.

Tiene razón. Vamos a hacer que funcione. Quizás nuestro amor no sea simple y directo, pero no es menos fuerte por la forma en la que comenzó. Este matrimonio no será fácil, pero durará para siempre. No importa lo que ocurra, nos tendremos el uno al otro. Mientras estemos vivos.

# EPÍLOGO

$\mathcal{H}$*enderson*

OBSERVO LA PANTALLA DEL ORDENADOR, PASANDO DE una fotografía brillante a otra, mientras la garganta me arde y la mano me tiembla con una rabia nauseabunda. Son guapos, jóvenes y saludables, vestidos con las prendas de boda más elegantes que la riqueza manchada de sangre puede comprar. En una foto, él la aprieta contra el pecho; en otra, se agarran de las manos y se miran a los ojos. Hago clic de nuevo y siento el sabor amargo de la bilis. En esta fotografía, se sonríen el uno al otro, junto a los amigos y la familia de la novia.

¿Lo sabrá alguna de estas personas? ¿Se habrán dado cuenta de lo que es?

Ella sí lo sabe. No tengo duda de eso. Lo veo en sus ojos, en esa sonrisa falsa y bonita. Lo sabe y lo quiere. Se ha casado con él, a pesar de conocer las monstruosidades que ha cometido.

Giro la cabeza de un lado a otro, tratando de liberar sin conseguirlo la tensión agonizante. La dosis de esteroides ya no ayuda y el dolor me carcome, manteniéndome despierto por las noches, lo que se añade a las pesadillas y al insomnio.

Tres años huyendo. Tres años temiendo por la vida de mis hijos. Tres años sabiendo que todas las personas que he dejado atrás están muertas o han sido torturadas… que nadie que me importa estará nunca a salvo.

Clico en la ventana del buscador y navego hasta la página de Facebook de mi hija. No hay nada nuevo desde hace tres años, igual que en las redes sociales de mi hijo. Ellos también han sentido miedo todo este tiempo, miedo del monstruo que sonríe a esta novia encantadora.

Cree que ha ganado. Cree que se ha acabado. Está convencido de que olvidaremos la oleada de terror.

Me alejo del ordenador, cojo un archivador del escritorio y, tratando de mantener la calma, reviso la lista de nombres, mi propia lista.

Julian Esguerra, la mascota terrorífica de la CIA.

Lucas Kent, su socio leal.

Yan e Ilya Ivanov.

Anton Rezov.

Y, por supuesto, el propio Sokolov.

Creen que lo han conseguido, que son intocables, pero no pueden estar más equivocados. Es hora de que el mundo sepa que son terroristas. De una u otra manera, pagarán.

# ANTICIPO

¡Gracias por leer! Si quieres dejar tu valoración, te lo agradeceré muchísimo.

La historia de Peter y Sara continúa en *Mi eternidad*.

Si quieres que te avise cuando se publique el próximo libro, no dudes en visitar mi página web www. annazaires.com/series/espanol/ y apuntarte a la newsletter.

Y ahora, por favor, pasa la página para leer unos fragmentos de *Secuestrada* y *Atrápame*.

# EXTRACTO DE SECUESTRADA

**Nota del autor**: *Secuestrada* es una trilogía erótica oscura sobre Nora y Julian Esguerra. Los tres libros se encuentran ya disponibles.

∿

**Me secuestró. Me llevó a una isla privada.**

Nunca pensé que pudiera pasarme algo así. Nunca imaginé que ese encuentro fortuito en la víspera de mi decimoctavo cumpleaños pudiera cambiarme la vida de una forma tan drástica.

Ahora le pertenezco. A Julian. Un hombre que tan despiadado como atractivo, un hombre cuyo simple roce enciende la chispa de mi deseo. Un hombre cuya ternura encuentro más desgarradora que su crueldad.

Mi secuestrador es un enigma. No sé quién es o por qué me raptó. Hay cierta oscuridad en su interior, una oscuridad que me asusta al mismo tiempo que me atrae.

Me llamo Nora Leston, y esta es mi historia.

Tengo diecisiete años cuando lo conozco.

Diecisiete años y estoy loca por Jake.

—Nora, vamos, me aburro —dice Leah, sentada conmigo en las gradas viendo el partido. Fútbol americano. No sé nada de fútbol, pero finjo que me encanta porque es donde puedo verlo. Allí, en ese campo, mientras entrena cada día.

No soy la única chica que mira a Jake, claro. Es el quarterback y el más buenorro del mundo… o por lo menos de Oak Lawn, un barrio residencial de Chicago, Illinois.

—No es aburrido —le digo—. El fútbol es divertidísimo.

Leah pone los ojos en blanco.

—Ya, ya. Anda y ve a hablar con él. No eres tímida. ¿Por qué no haces que se fije en ti?

Me encojo de hombros. Jake y yo no nos movemos en los mismos círculos. Las animadoras se le pegan como lapas y llevo observándolo bastante tiempo para saber que le van las rubias altas y no las morenas bajitas.

Además, por ahora es divertido disfrutar de esta atracción. Sé qué nombre tiene este sentimiento: lujuria. Hormonas, así de simple. No sé si me gustará Jake como persona, pero me encanta como está sin camiseta. Cuando pasa por mi lado, noto que se me acelera el corazón de la alegría. Siento calor en mi interior y me entran ganas de removerme en el asiento.

También sueño con él. Son sueños sensuales y eróticos donde me coge la mano, me acaricia la cara y me besa. Nuestros cuerpos se tocan, se frotan el uno contra el otro. Nos desvestimos.

Trato de imaginar cómo sería el sexo con Jake.

El año pasado, cuando salía con Rob, casi llegamos hasta el final, pero entonces descubrí que se había acostado, borracho, con otra chica en una fiesta. Acabó arrastrándose cuando me enfrenté a él, pero ya no podía fiarme y rompimos. Ahora me ando con mucho más ojo con los chicos con los que salgo, aunque sé que no todos son como Rob.

Pero puede que Jake sí lo sea. Es demasiado popular para no ser un mujeriego. Aun así, si hay alguien con quien me gustaría hacerlo por primera vez, ese es Jake, sin duda alguna.

—Salgamos esta noche —dice Leah—. Noche de chicas. Podemos ir a Chicago a celebrar tu cumpleaños.

Mi cumpleaños no es hasta la semana que viene —le recuerdo, aunque sé que tiene la fecha marcada en el calendario.

—¿Y qué? Podemos adelantar la celebración.

Sonrío. Siempre está a punto para la fiesta.

—No sé. ¿Y si vuelven a echarnos? Esos carnets no son muy buenos...

—Iremos a otro sitio. No tiene por qué ser el Aristotle.

El Aristotle es el club más molón de la ciudad. Pero Leah tenía razón... había otros.

—De acuerdo —digo—. Hagámoslo. Adelantemos la fiesta.

~

Leah me recoge a las nueve.

Va vestida para salir de fiesta: unos vaqueros ceñidos oscuros, un top brillante sin tirantes de color negro y botas de tacón hasta las rodillas. Lleva la melena rubia completamente lisa y suave, que le cae por la espalda como una cascada radiante.

Sin embargo, yo aún llevo puestas las zapatillas de deporte. Tengo los zapatos de tacón dentro de la mochila que dejaré en el coche de Leah. Un jersey grueso esconde el top sexi que llevo. No me he maquillado y llevo la melena castaña recogida en una coleta.

Salgo de casa así para no levantar sospechas. Digo a mis padres que me voy con Leah a casa de una amiga. Mi madre sonríe y me dice que me lo pase bien.

Ahora que casi tengo dieciocho años, no tengo toque de queda. Bueno, quizá sí, pero no es oficial. Siempre y cuando llegue a casa antes de que mis padres empiecen a preocuparse, o por lo menos les diga dónde voy a estar, no pasa nada.

Cuando subo al coche de Leah empiezo a transformarme.

Me quito el jersey, que revela el ajustado top que llevo debajo. Me he puesto un sujetador con relleno para aprovechar al máximo mis encantos, algo pequeños. Los tirantes del sujetador están diseñados inteligentemente para ser bonitos, así que no me da vergüenza que se me vean. No tengo unas botas tan llamativas como las de Leah, pero he conseguido sacar a hurtadillas mi mejor par de zapatos negros de tacón. Me añaden unos diez centímetros de altura. Y como necesito hasta el último centímetro, me los pongo.

Después, saco mi neceser de maquillaje y bajo el visor para mirarme al espejo.

Unos rasgos familiares me devuelven la mirada. Mis ojos grandes y marrones y las cejas negras y muy definidas dominan mi pequeño rostro. Rob me dijo una vez que parecía exótica, y sí, algo así es. Aunque solo tengo una cuarta parte de latina, siempre estoy algo bronceada y mis pestañas son más largas de lo normal. Leah dice que son postizas, pero son auténticas.

No tengo ningún problema con mi aspecto, aunque a veces me gustaría ser más alta. Es por los genes mexicanos. Mi abuela era bajita y yo también lo soy, aunque mis padres tienen una altura normal. Y no me preocupa, lo que pasa es que a Jake le gustan las altas. Creo que ni siquiera me ve en el pasillo porque estoy por debajo del nivel de su vista.

Suspiro, me pongo brillo de labios y sombra de ojos. No me paso con el maquillaje porque a mí me funciona más lo sencillo.

Leah sube el volumen de la radio y las nuevas canciones pop llenan el coche. Sonrío y empiezo a cantar con Rihanna. Leah se une y ahora las dos estamos cantando a voz en grito la de S&M.

Sin casi darme cuenta, ya hemos llegado al grupo.

Nos acercamos como si fuéramos las reinas del mambo. Leah sonríe al portero y le enseñamos nuestros carnets. Nos dejan pasar, sin problemas.

Nunca habíamos estado antes en este club. Está en una parte del centro de Chicago más vieja y deteriorada.

—¿Cómo descubriste este sitio? —grito a Leah para que me oiga por encima de la música.

—Me lo dijo Ralph —grita ella y yo pongo los ojos en blanco.

Ralph es el exnovio de mi amiga. Rompieron cuando él empezó a comportarse de forma extraña, pero, por algún motivo, siguen en contacto. Creo que ahora él está metido en las drogas o algo así. No lo sé seguro y Leah no me lo quiere contar por lealtad a él. Es un tío muy turbio, y que estemos aquí porque nos lo haya recomendado él no me tranquiliza en absoluto.

Pero, bueno, da igual. La zona de fuera no es lo mejor, pero la música es buena y me gusta la gente variada que hay.

Estamos aquí para pasárnoslo bien y eso es exactamente lo que hacemos durante la hora siguiente.

Leah consigue que un par de tíos nos inviten a unos chupitos. No nos tomamos más de una copa. Leah porque tiene que llevar el coche y yo porque no metabolizo bien el alcohol. Puede que seamos jóvenes, pero no somos tontas.

Después de los chupitos, bailamos. Los dos chicos que nos han invitado bailan con nosotras, pero poco a poco nos vamos alejando de ellos. Tampoco son tan monos. Leah encuentra a unos buenorros de edad universitaria y nos ponemos a su lado. Entabla conversación con uno y yo sonrío al verla en acción. Se le da muy bien esto del flirteo.

En esas que la vejiga me dice que tengo que ir al baño. Así que los dejo y allá que voy.

Ya de vuelta, pido al camarero un vaso de agua. Después de bailar me ha entrado sed.

El chico me lo da y me lo bebo de un trago. Cuando termino, dejo el vaso en la barra y levanto la vista.

Me topo con un par de ojos azules y penetrantes.

Está sentado al otro lado de la barra, a unos tres metros de mí. Y me está mirando.

Le devuelvo la mirada, no puedo evitarlo. Es el hombre más guapo que haya visto en mi vida.

Tiene el pelo oscuro y un poco rizado. Su rostro es de facciones duras y masculinas, con rasgos simétricos. Tiene las cejas rectas y oscuras por encima de los ojos, que son increíblemente claros. Y una boca que podría pertenecer a un ángel caído.

De repente me acaloro al imaginar esa boca rozando mi piel y mis labios. Si fuera propensa a ponerme roja, ahora mismo me habría puesto como un tomate.

Él se levanta y camina hacia mí sin dejar de mirarme. Anda sin prisa, tranquilo. Se lo ve muy seguro de sí mismo. ¿Y por qué no iba a estarlo? Es muy guapo y lo sabe.

Al acercarse, me doy cuenta de que es grande. Es alto y fornido. No sé qué edad tiene, pero supongo que se acerca más a los treinta que a los veinte. Es un hombre, no un chiquillo.

Se coloca a mi lado y tengo que acordarme de respirar.

—¿Cómo te llamas? —pregunta en una voz baja, pero audible por encima de la música. Oigo su tono profundo a pesar de este entorno tan ruidoso.

—Nora —respondo con voz queda, mirándolo. Me he quedado fascinada y estoy segura de que él lo sabe.

Sonríe. Al separar esos labios tan sensuales deja entrever unos dientes blancos y rectos.

—Nora. Me gusta.

Como él no se presenta, me armo de valor y le pregunto:

—¿Cómo te llamas?

—Puedes llamarme Julian —dice, y miro cómo mueve los labios. Nunca me había fascinado tanto la boca de un hombre.

—¿Cuántos años tienes, Nora? —me pregunta a continuación.

Parpadeo.

—Veintiuno.

Se le ensombrece la expresión.

—No me mientas.

—Casi dieciocho —admito a regañadientes. Espero que no se lo diga al camarero y me echen de aquí.

Asiente, como si hubiera confirmado sus sospechas. Entonces levanta la mano y me toca el rostro. Suavemente, con cuidado. Me roza el labio inferior con el pulgar como si sintiera curiosidad por su textura.

Estoy tan sorprendida que me quedo allí plantada. Nadie me lo había hecho antes, nadie me había tocado así, como si nada, de aquella forma tan posesiva. Siento frío y calor a la vez, y un escalofrío de miedo me recorre la espalda. No vacila en sus gestos. No pide permiso ni se detiene a ver si lo dejo tocarme.

Me toca sin más. Como si tuviera derecho a hacerlo. Como si yo le perteneciera.

Con la respiración agitada y entrecortada, doy un paso atrás.

—Tengo que irme —susurro, y él vuelve a asentir, mirándome con una expresión inescrutable en su hermoso rostro.

Sé que me deja ir y me siento agradecida porque algo en mi interior me dice que podría haber ido más allá, que no sigue las normas establecidas.

Que seguramente sea la persona más peligrosa que he conocido jamás.

Me doy la vuelta y me abro paso entre la muchedumbre. Me tiemblan las manos y el pulso me late con fuerza en la garganta.

Tengo que salir de allí, así que cojo a Leah y le pido que me lleve a casa en coche.

Al salir de la discoteca, miro hacia atrás y vuelvo a verlo. Sigue mirándome.

A su mirada se asoma una oscura promesa; algo que me hace estremecer.

∼

*Secuestrada* ya está disponible. Para saber más y registrarte para mi lista de nuevas publicaciones, visita www.annazaires.com/book-series/espanol/.

## EXTRACTO DE ATRÁPAME

Es mi enemigo.... y mi misión.

Una noche, solo tenía que ser eso. Una noche de pasión desenfrenada.

Cuando se estrelle su avión, debería terminar todo. En cambio, no es más que el principio.

Traicioné a Lucas Kent y ahora me lo hará pagar.

Lo primero que hago al llegar a casa es llamar a mi jefe y trasladarle todo lo que he descubierto.

—Así que es lo que yo sospechaba —dice Vasiliy Obenko cuando termino—. Van a usar a Esguerra para armar a los putos rebeldes de Donetsk.

—Sí. —Me quito los zapatos y entro a la cocina para

prepararme un té—. Y Buschekov ha exigido exclusividad, así que Esguerra está ahora totalmente aliado con los rusos.

Obenko lanza una ristra de insultos, la mayoría de los cuales incluye alguna combinación de putos, putas e hijos. Lo ignoro mientras echo agua a un hervidor eléctrico y lo enciendo.

—Vale —dice Obenko cuando se calma un poco—. Vas a verlo esta noche, ¿verdad?

Respiro hondo. Ahora llega la parte incómoda.

—No exactamente.

—¿«No exactamente»? —La voz de Obenko se vuelve peligrosamente suave—. ¿Qué cojones significa eso?

—Me ofrecí, pero no estaba interesado. —Siempre es mejor decir la verdad en este tipo de situaciones—. Dijo que se iban pronto y que estaba muy cansado.

Obenko empieza a maldecir de nuevo. Aprovecho el tiempo para abrir el envoltorio de una bolsita de té, ponerla en una taza y echarle agua hirviendo.

—¿Estás segura de que no lo vas a volver a ver? —pregunta cuando acaba con los insultos.

—Razonablemente segura, sí. —Soplo el té para enfriarlo—. No estaba interesado y punto.

Obenko se queda callado unos instantes.

—Vale —dice por fin—. La has cagado, pero ya resolveremos eso más tarde. De momento tenemos que averiguar qué hacer con Esguerra y las armas que van a inundar el país.

—¿Eliminarle? —sugiero. Mi té todavía está un

poco caliente, pero aun así le doy un sorbo y disfruto del calor que me baja por la garganta. Es un placer muy simple, pero las mejores cosas de la vida siempre son muy simples. El olor de las lilas que florecen en primavera, el suave pelaje de un gato, el jugoso dulzor de una fresa madura... En los últimos años he aprendido a atesorar estas cosas, a exprimir cada gota de alegría en la vida.

—Del dicho al hecho hay mucho trecho. —Obenko parece frustrado—. Está más protegido que Putin.

—Ya. —Doy otro sorbo al té y cierro los ojos, esta vez paladeando el sabor—. Estoy segura de que encontrarás la forma.

—¿Cuándo ha dicho que se iba?

—No lo ha dicho. Solo ha dicho que pronto.

—Vale. —De repente, Obenko se impacienta—. Si contacta contigo, avísame de inmediato.

Y, antes de que pueda responder, cuelga.

Como tengo la tarde libre, decido disfrutar de un baño. Mi bañera, como el resto del apartamento, es pequeña y lóbrega, pero las he visto peores. Engalano la fealdad de ese baño estrecho con un par de velas perfumadas en el lavabo y burbujas en el agua y entonces me meto en la bañera; dejo escapar un suspiro de felicidad cuando me envuelve el calor.

Si pudiera elegir, siempre haría calor. Quienquiera que dijese que en el infierno hace mucho calor se equivocaba. El infierno es muy muy frío. Frío como un invierno ruso.

Estoy disfrutando en remojo cuando suena timbre. Se me disparan los latidos al instante y la adrenalina se me propaga por las venas.

No espero a nadie; lo que significa que solo pueden ser problemas.

Salgo de la bañera de un salto, me envuelvo en una toalla y corro hasta la sala principal del estudio. La ropa que me he quitado sigue en la cama, pero no tengo tiempo de ponérmela. En lugar de eso, me pongo un albornoz y cojo un arma del cajón de la mesita de noche.

Entonces respiro hondo y me acerco a la puerta, arma en ristre.

—¿Sí? —digo, y me paro a un par de pasos de la entrada. La puerta es de acero reforzado, pero la cerradura no. Podrían disparar a través de ella.

—Soy Lucas Kent. —La voz profunda, hablando en inglés, me sobresalta tanto que el arma me tiembla en la mano. El pulso se me vuelve a acelerar y me tiemblan las piernas.

¿Qué hace aquí? ¿Sabe algo Esguerra? ¿Alguien me ha traicionado? No dejo de darle vueltas a esas preguntas y el corazón me late desbocado, pero justo entonces se me ocurre el procedimiento más lógico.

—¿Qué pasa? —pregunto, procurando que mi voz no pierda su firmeza. Hay una explicación para la presencia de Kent sin que quiera matarme: Esguerra ha cambiado de opinión. En cuyo caso, tengo que actuar como la inocente civil que se supone que soy.

—Quiero hablar contigo —dice Kent, y oigo en su voz un deje divertido—. ¿Vas a abrir la puerta o vamos a seguir hablando a través de ocho centímetros de acero?

«Mierda». Eso no suena a que Esguerra lo haya enviado a por mí.

Barajo rápidamente mis opciones. Puedo quedarme encerrada en el apartamento y esperar que no consiga entrar —o cogerme cuando salga, algo que es inevitable porque en algún momento tendré que salir— o puedo correr el riesgo de suponer que no sabe quién soy y actuar con normalidad.

—¿Por qué quieres hablar conmigo? —pregunto para ganar tiempo. Es una pregunta lógica. Cualquier mujer en esta situación sería precavida, no solo si tiene algo que ocultar—. ¿Qué quieres?

—A ti.

Esas dos palabras, pronunciadas con su voz profunda, me asestan un golpe. Los pulmones dejan de funcionarme y miro a la puerta, poseída por un pánico irracional. No me equivocaba, cuando me preguntaba si yo le atraía. Sí, al parecer la razón por la que no dejaba de mirarme era tan simple como la naturaleza misma.

Sí. Me desea.

Me esfuerzo por respirar. Debería ser un alivio. No hay motivo para entrar en pánico. Los hombres me han deseado desde que tenía quince años y he aprendido a lidiar con ello, a volver su lujuria a mi favor. Esto no es diferente.

«Salvo que Kent es más duro y más peligroso que la mayoría».

No. Silencio esa vocecilla y respiro hondo mientras bajo el arma. Al hacerlo, vislumbro mi imagen en el espejo del pasillo. Los ojos azules abiertos como platos en una cara pálida, el cabello recogido de cualquier manera con varios rizos húmedos que me caen por el cuello. Con el albornoz abrochado y el arma en la mano, no me parezco en nada a la chica elegante que había intentado seducir al jefe de Kent.

Tomo una decisión y grito:

—¡Un momento!

Podría intentar negarle a Lucas Kent la entrada a mi apartamento —no sería muy sospechoso tratándose de una mujer sola—, pero lo más sensato sería aprovechar esta oportunidad para conseguir algo de información.

Como mínimo, puedo intentar averiguar cuándo se va Esguerra y contárselo a Obenko, para compensar parte del fracaso anterior.

Con rapidez, escondo el arma en un cajón bajo el espejo del pasillo y me suelto el pelo para dejar que los gruesos y rubios mechones me caigan por la espalda. Ya me he quitado el maquillaje, pero tengo la piel suave y mis pestañas son marrones al natural, así que tampoco estoy tan mal. En cualquier caso, así parezco más joven e inocente.

Más como «la chica de al lado», como les gusta decir a los estadounidenses.

Ya segura de estar presentable, me acerco a la puerta y abro la cerradura, tratando de no hacer caso del fuerte y frenético latido de mi corazón.

*Atrápame* ya está disponible. Para saber más y registrarte para mi lista de nuevas publicaciones, visita www.annazaires.com/book-series/espanol/.

Anna Zaires es una autora de novelas eróticas contemporáneas y de romance fantástico, cuyos libros han sido éxitos de ventas en el New York Times y el USA Today, y han llegado al primer puesto en las listas internacionales. Se enamoró de los libros a los cinco años, cuando su abuela la enseñó a leer. Poco después escribiría su primera historia. Desde entonces, vive parcialmente en un mundo de fantasía donde los únicos límites son los de su imaginación. Actualmente vive en Florida y está felizmente casada con Dima Zales —escritor de novelas fantásticas y de ciencia ficción—, con quien trabaja estrechamente en todas sus novelas.

Si quieres saber más, pásate por www.annazaires.com/book-series/espanol.